炊妞巧手改運

1

白折枝 著

風文創 961

風 文創 961

目錄

序文

白折枝

你曾試過為了舌尖上的美食，而跋涉千里嗎？

你相信，美食能治癒人心嗎？

2020年，注定是不平凡的一年。因疫情影響，學校推遲開學，我閒賦在家，在一個機緣巧合下，動了提筆寫文的念頭。

雖然閱網文無數，可真正提筆去寫一個完整的故事，我還是第一次嘗試，也是因此才知道，寫網文並不像想像中那麼容易。

又一次被拒絕簽約後，心情沮喪的我毅然戴上口罩，騎上我老弟咯吱作響的自行車，在一個細雨濛濛的中午，開啟一場尋覓美食之旅。

因疫情的緣故，街上人很少，不少店鋪也都關了門，我騎車穿越了兩、三條街，終於在日落之前，找到一家算上老闆娘只有九個人的火鍋店。

一日的黯然，就這麼止於一鍋火辣辣的火鍋。酒足飯飽以後，我看著鍋裡咕嚕冒泡的紅湯，回顧這一天的經歷，一個故事便在心中油然而生。

那便是主角葉玖穿越到架空古代，依靠美食走上人生巔峰的故事。

如果說，主角初到古代代表著我的沮喪與忐忑，那麼她最後完滿幸福的生活，則是我這本書簽約完結後的喜悅和滿足。而沿途的風景和心情，便是她在這個過程中所經歷的或好、或不好的人或事。

幸運的是，她身邊一直有個唐柒文陪著她，走過春夏，越過秋冬，天黑打燈，下雨撐傘。

《炊妞巧手改運》這本書，始於草長鶯飛的四月，在結實纍纍的十月結束，歷時六個月。毫無疑問，它於我意義非凡。現在，我把它分享給各位可愛的讀者。

世間繁華三千，唯愛與美食不可辜負。

第一章

初春的寒涼順著門縫闖進了屋裡，破舊的房間內，劣質的木炭散發著淡淡煙氣，時不時發出「噼啪」炸裂聲。

葉玖睜著眼睛看著破敗的屋頂，眼中滿是驚慌和不可置信。

她不過是直播完後，熬夜看了個小說，怎麼一覺醒來就到了這個鬼地方？

一張掉了漆的八仙桌，上面放著一套青花瓷茶具，一張梳妝檯靠牆放著，黑漆漆的看不出實際是什麼顏色，上面放著一只紅色上了鎖的木匣子和一塊模糊不清的圓形銅鏡。梳妝檯旁邊是個木頭架子，上面放著一個銅製水盆。地下則放著一個炭火盆，還有她躺的這張雕花的木床，這些古樸的陳設無一不是在告訴葉玖——這裡，不是現代。

難道……她穿越到古代了？

葉玖腦海裡空白一片什麼都想不起來，揉了揉暈乎乎的頭，便聽見門外忽然響起了腳步聲，隨即越來越近，朝著這屋子過來。她迅速起身靠在床上，用被子將自己包得嚴嚴實實，警惕地望向門口。

「吱呀」一聲門開了，進來一個婦人，穿著一身洗得發白的藍色粗布短衣，身形很瘦，身高不高，臉上盡是飽經風霜的歲月痕跡，但慈眉善目的，似乎不像個壞人。

婦人一進來就看見床上的人已經醒了，正坐起身來看著她，高興的朝門外大叫。「阿文，阿文你快來，她醒了！」

隨即，她走到桌前倒了杯水遞給葉玖。「姑娘渴了吧？先喝杯水，我去給妳做些吃的。」

葉玖將杯子端在手上，遲疑了下，道了聲謝謝。雖然她現在是真的口渴難耐，但也並未忽略那婦人進來後眼中對她的打量以及好奇，保險起見她還是謹慎為妙。

不過這短暫的接觸，至少明白了這邊的語言她聽得懂，讓她微微鬆了口氣。

在門外劈柴的人聽見了婦人的叫喊聲，放下斧頭拍了拍身上的木頭渣，理了理有些凌亂的頭髮，然後才進了屋。

葉玖將杯子放在床頭的矮几上朝門口看去，就見進來一個十七、八歲的男子，一身灰色的粗布短打，可能是長個子的原因，褲子有些短了，使得腳脖子露出來了一大截，跟現代的八分褲似的。

那張略顯消瘦的臉上嵌著一雙漆黑而深邃的眼睛，高挺的鼻子，小麥色的皮膚，整體看上去眉清目秀，斯斯文文的很是帥氣。可能是察覺到了葉玖的目光駐留在他身上，所以那張薄唇緊抿著，顯示著主人的局促。

「姑娘可是醒了？」他問完才發現自己這話問得有些多餘，有些尷尬地撓了撓頭。「姑娘可有哪裡覺得不適，可還頭暈？」

見葉玖那雙水靈靈的大眼睛裡滿是警惕與疑惑，臉上還透露著她的無措，唐柒文溫聲解釋道：「姑娘別怕，妳昨日在路邊暈倒了，我不知道妳家住哪兒，無奈之下才將妳帶回了我家，我們並沒有惡意的。」

葉玖看眼前之人說話眼神清亮，目光毫無閃躲，似乎不像是騙人的樣子。而且不知道是不是她的錯覺，她總覺得這些話、這個場景很熟悉，她似乎在哪裡見過，可是到底是在哪裡見過呢？

葉玖想破腦袋也沒想出個所以然來，隨即看見他還目光灼灼，很是擔憂地看著她，只得連忙搖了搖頭，表示自己已無大礙。

看她搖頭，男子心裡鬆了口氣，隨即施禮道：「沒事就好，在下姓唐名柒文，不知姑娘如何稱呼？」

唐柒文！

葉玖聞言，心中大驚，隨即慌張問道：「你是唐柒文？」她頓了頓，又道：「那這裡，是涼淮縣俞竹村？」

見她那激動的神情，唐柒文心中雖詫異，卻還是如實地點了點頭。

「姑娘為何如此驚慌，可是走錯了路？」

葉玖聞言，心一下子盪到了谷底，她蹲坐在床上，像是想到了什麼，認命般地嘆了口氣。所以說，她不是穿越到古代，而是穿書了，而且還是穿到她昨晚上熬夜看的那一本狗血小說裡……

依方才的情況判斷，她現在恐怕就是書中那個被鳳凰男欺騙，卻毅然千里追夫上京城，然後再次被拋棄，最終橫死街頭的炮灰女配「葉小玖」。而眼前這人，就是與她同為炮灰的男配唐柒文。

在小說裡，葉小玖走到涼淮縣因為發高燒暈倒在路邊，被唐柒文母子所救。在她養病期間，唐柒文對她動了心，希望她可以留下來，可奈何原主一心追夫，毅然決然要走，唐柒文無法，只得放她離開。

後來唐柒文高中狀元，在上京城時遇見落魄的葉小玖，對她施以援手，卻被書中的男主，也就是當時的丞相女婿邵遠記恨，最終被誣陷迫害下獄，在原主葉小玖死的當晚，也被毒死在獄中。

因為名字與角色相近，葉玖當時看小說的時候對原主是恨鐵不成鋼，還為唐柒文的死哭得稀裡嘩啦的，覺得這麼一個風姿綽約，才華洋溢的美男子就這麼死了，著實可惜。

卻不想現在，她就看見了本尊。她這是什麼狗屎運啊？

在一旁站著的唐柒文沒想到一個人臉上竟會在如此短的時間裡出現這麼多的表情，時而懊惱、時而疑惑、時而悲傷，最後又變成了一種釋懷，不禁覺得有趣，勾唇莞爾一笑。

從思緒中回過神來，葉玖抬眼就看見她的紙片人男神衝著她笑，那張本就清俊的臉顯得更加出塵絕世。她連續受驚嚇的弱小心臟瞬間像被一把利箭「咻」的一下刺中，直讓她心肝顫動，全身彷彿觸電了。

她抬頭，暈暈乎乎地看著唐柒文不禁開口問道：「偶像可以幫我簽名嗎？」

唐柒文不知偶像之意，但是簽名二字還是聽懂了，隨即問：「姑娘可是需要紙筆？」

看他轉身要出門，葉玖才反應過來自己說了什麼，忙叫住他。心裡不禁佩服自己的神經大條，居然在這種情況下還能犯花癡，尷尬一笑，她道：「我叫葉小玖。」

其實，她是很想叫回自己的名字的，可是古代出行需要路引，她那路引上的名字注定了她必須要按書中的來。

幸好，葉小玖與葉玖就一字之差。不出意外，她往後就得用「葉小玖」的身分活了，早點習慣才好。

就在二人都思忖著還能再說點什麼的時候，婦人端著一個碗走了進來，打破了這沈默而略顯尷尬的氣氛。

「姑娘，吃點東西吧！」

婦人便是唐柒文的母親，他們家並不富有，從二人的穿著就能看出來。可唐母為人心善，見葉小玖臉色蒼白，人也瘦削，特地為她做了一碗雞蛋羹。

唐母手藝還不錯，雞蛋羹入口滑嫩，味道恰到好處，一碗下肚，葉小玖覺得自己活過來了，身上暖呼呼的，胃裡也不再空空盪盪。

「嬸子。」葉小玖叫著唐母。「我想在妳家租間房子住。」

她是不會像原主一樣上京城追邵遠那個渣男的，老家的房子被原主賣了，所以她手上有些錢，便想先在唐家租間房子，靠著自己做美食的手藝做點小生意，以維持生計，等賺到第一桶金再在外面開間小食肆，搬出去住。

至少，她知道唐家人是能信賴的好人。

葉小玖在吃飯的時候向唐母他們說了自己的遭遇，但她只說自己是去尋親，而親戚卻搬走了，現在走投無路。

唐母對她是很同情的，這會兒聽她這麼說，不禁急忙道：「妳這孩子說啥呢？什麼租不租的？妳就把我家當作妳家，安心住著。」

唐柒文也道：「葉姑娘若是不嫌棄，就安心在我家住著。等打聽到妳親戚的去處，再慢慢趕路也不遲。」

知唐家心善，可租金這事葉小玖還是堅持要付，唐母無奈，只得同意，然後將東屋的空房間收拾出來給她住。

但唐母的意思是收了租金就讓葉小玖和他們同吃，反正也不差她那一雙筷子、一個碗。可葉小玖有自己的計劃和想法，想著和唐家同用一個廚房終究不方便，就又厚著臉皮請求他們將東屋旁邊的小廚房借給她。

唐母只覺得這姑娘人小，卻是個很自立、很有主見的，便答應了。

看著收拾得十分整潔的房間和擺滿油鹽醬醋茶的小廚房，葉小玖很是開心。她總算在這人生地不熟的地方有了屬於自己的一方小天地，雖然只是暫時的，但她依然很滿足。

唐柒文在幫她把房間收拾好後，就被村長叫去了。明日村裡要組織村民上山打獵，唐柒文也報名參加了，這是叫他去一同商量明日的上山事宜。

晃晃悠悠的到了下午，葉小玖終於見到了在書中只有隻言片語描述的唐柒文的妹妹唐昔言。

小姑娘今年十二歲，比她小了四歲，此時剛挖野菜回來，估計是跑著過來的，所以臉蛋還是紅撲撲的。

「玖姊姊好。」她乖巧打了招呼，一雙水靈靈的大眼睛卻好奇地看著她，聲音甜甜地道：「我娘讓我給妳送些野菜來。」

「妳是昔言吧？」葉小玖摸了摸她的毛腦袋，接過她手中的菜籃子。「外面天冷，快到屋裡坐。」

「不了，我還要回去幫我娘摘野菜呢！」小丫頭聲音甜甜的，笑容也甜甜的，人又很有禮貌，葉小玖著實是喜愛得緊。

「那好吧。」她有些失望道：「那妳幫我跟嬸子說聲謝謝。」

「嗯！」唐昔言使勁點頭，然後拿著葉小玖騰出來的空菜籃，蹦蹦跳跳地回去了。

關好門進屋，葉小玖看著桌子上綠油油、嫩生生的薺菜，不由得嚥了嚥口水。

在現代，每到野菜上市的季節，她定會買上許多來料理，餃子、包子、涼拌、燉湯，用各種方法做個遍，直到吃夠為止。可城市裡買的野菜多是人種的，哪有這些野生的好？

想到這裡，葉小玖當即從包袱裡拿出三十文錢，去問了問唐母何處能買到豬肉，唐母見葉小玖身子單薄，這會兒唐柒文又沒回來，就讓唐昔言代勞去村東頭買兩斤五花肉來。

而後，即使唐母再三阻攔，葉小玖還是把一半五花肉給了他們。

提著剩下的回了小廚房，葉小玖好不容易磕磕絆絆地生好火，在鍋裡添了一瓢涼水，一邊燒火，一邊淘洗著野菜。

她今日要做的是薺菜肉餡餃子，所以她只挑了薺菜來洗。菜是野生的，裡面泥沙比較多，她清洗了好幾遍才覺得乾淨了。

等水燒開後，葉小玖在裡面加入一小勺油，隨即將鮮嫩的薺菜下鍋。在薺菜汆燙的時候加油，是她的一個小竅門，既可以保持薺菜的營養不流失，還能保存薺菜的翠綠。

等了差不多兩分鐘，她將薺菜撈出來過涼水，然後擠乾水分剁碎，放在一旁，準備處理豬肉。取了一半五花肉，去皮後切成小塊，隨即剁成肉泥，加入切好的薺菜，最後打入一個雞蛋增加滑嫩的口感。

因為手邊沒有香油、蠔油這類東西，她只好將就著放了些目前有的。倒入一大勺油，她相繼在裡面加入了鹽、花椒粉、八角粉、生薑丁，最後是蔥花，然後順時針攪拌均勻，放在一旁備用。

麵粉是唐母分給她的，只有小半袋。她取了適量的麵粉加水和成軟硬適中的麵團，將麵團搓成長條再切成一個個小麵團，用擀麵杖擀成薄厚適宜的圓餅，麵皮就算是做好了。

包餃子，葉小玖是最拿手的，銅錢形、葵花形、元寶形、三角形的都是手到擒來。不一會兒，各種形狀的餃子各包了十來個，整整齊齊擺放在砧板上。水開後，葉小玖將一大半餃子下鍋，順便還調了個酸味的蘸料，待餃子煮熟後，將其撈出來放在盤子裡，再用籃子裝著拎去了隔壁。

唐柒文家現在住的地方是唐家老宅的祖屋，房子雖然破舊，但勝在地方大，葉小玖住的東屋曾是唐家二房住的，與唐柒文他們的院子還隔著一方院牆，只有一個小小的月亮門可以進出，環境十分安靜。

提著籃子穿過月亮門，葉小玖看見唐家廚房的煙囪裡升起了裊裊炊煙。書房的門大開著，唐柒文也回來了，正站在書桌前習字，低頭提腕，神思凝重，十分認真的樣子。聽見了她的腳步聲，他抬頭看見她站在門外，只是勾唇笑笑點了個頭，並未說話。

進了廚房，葉小玖看見唐母在灶臺邊忙前忙後，唐昔言正在一旁燒火。

「玖丫頭妳怎麼來了？可吃飯了？」唐母說著，讓昔言搬來個凳子讓她坐。

「不坐了嬸子，我做了些餃子，送過來給你們嚐嚐。」葉小玖將裝在盤子裡還冒著熱氣的餃子擺在了桌上，又從籃子裡拿出了蘸料。

「喲丫頭，妳這手藝不錯嘛！」唐母看著餃子誇獎道。

葉小玖的餃子皮擀得很薄，所以煮出來之後一個個晶瑩剔透的，隱隱還能看見裡面翠綠的野菜與肉餡，擱在盤子裡，肥嘟嘟的很是好看。

正好他們也要開飯了，唐母就留葉小玖一起吃。盛情難卻之下，她只好回自己的院子滅了灶火，將剩餘的餃子也帶過來。

唐家的晚飯不是很豐盛，都是一些家常小菜，一盤涼拌蒲公英，一小盆麵片湯，還有一碗肉末蒸蛋，一家人圍坐在桌前有說有笑的很是溫馨。

葉小玖的薺菜鮮肉餃子儼然成了一道精緻菜，得到了眾人的喜愛。

將放涼的餃子再次下鍋加熱。咬一口，燙熱的餃子皮夾雜著濃香的薺菜餡，肉的肥美和薺菜的清香搭配得恰到好處，微酸的蘸汁混合著流出來的湯汁，鮮香撲鼻，越嚼越香，就連向來遵循食不言、寢不語的唐柒文，都破天荒地開口說了句好吃，讓唐母和唐昔言驚訝不已。

吃過晚飯後，葉小玖回到自己的院子，古人晚上沒什麼娛樂項目，所以她便在漱洗後早早的睡覺。

第二日天剛亮，唐柒文就跟著村人上山，葉小玖被他們的聲音吵醒，也起了床。

唐母今日要和唐昔言去縣裡賣野菜，她和她們約好要一同去縣裡瞧瞧。

將昨日吃剩的餃子做成了煎餃當早飯，吃過後她就去了隔壁。

晨光熹微中，唐家的小推車裝了三大筐洗乾淨的野菜，葉小玖幫忙唐母推行，而唐昔言拿著水壺，默默地跟在她們後面。

涼淮縣雖是個小小的縣城，卻是大鄴朝的門戶，貿易十分發達，無論是海運還是陸運都要經過涼淮縣，所以這地方可以看到不少外邦貨，各種新鮮玩意兒更是應有盡有。

幫唐母她們將小車推到菜場，占好地方擺好攤後，葉小玖便開始了她的古代閒逛之旅。

揹著背簍到了涼淮縣最大的雜貨鋪，在店小二的推薦下，她發現不少這裡的人還不曾食用的調味料，比如孜然、肉桂。

因為是外來商人寄存在他們這裡代賣的，認識這些東西的人又不多，放在店裡除了占地方著實是沒什麼用，所以店小二見葉小玖想要，便在老闆的示意下，連賣帶送的全給了她。

將袋子放在背簍裡裝好，她又買了些平常家用的調味料，然後揹著沈甸甸的背簍趕往轉角處的海鮮市場。

美食生意要朝著哪一方面發展，她還沒決定，所以她今日算是來做市場調查的，自是要多看看。

涼淮縣鄰海，所以這裡海產品種類繁多，幾乎在現代能見到的這裡都有，她將整個市場轉了個遍，買了一小袋蝦米，在路過糧店時又順便買麵粉和大米。

第二章

不知不覺間到了申時，葉小玖揹著背簍趕回菜場，卻未發現唐母她們的蹤影，猜測她們應該是回去了，她便也踏上歸程。

縣城到俞竹村只須三刻鐘，但葉小玖又揹又提的，生生走了半個多時辰，回到自己院子的時候，她只覺得手腳都要斷了。

癱在凳子上休息片刻，她將自己買來的東西分門別類安置好。因為中午沒吃東西，葉小玖這會兒瞅著牆角唐母送來的翠綠小蔥，忽然就想吃蔥油麵了。

一想起蔥油麵的味道，葉小玖舔舔唇，起身穿好新買的圍裙，拿出半碗麵粉，加水和成了麵團，揉到麵團表面光滑後，放在一旁扣上盆讓它自然發酵。

拿出三、四根小蔥摘洗乾淨，她拿布細細地擦去蔥表面的水分，以免炸的時候濺油。

小蔥是今年開春剛挖的，只冒了一點綠芽，味道極好。她將擦乾的小蔥切成小段，起鍋燒油，加入蔥段小火慢炸，直到蔥段酥脆、變黑時撈出，再在炸好的蔥油裡面加入醬油和鹽、少量的胡椒粉。

為了讓蔥油味道更加鮮美，她還在裡面加了一小撮蝦米提味。

將熬好的蔥油醬盛出來，在鍋裡注入了清水，趁著燒水的時間，她將麵團揉開切成了長麵。水滾後煮麵，將煮好的麵條撈出，拌上蔥油，再添上幾根焦香酥脆的蔥段，擺盤成好看的樣子。

麵條因為是手揉麵，所以十分的滑溜筋道，淡淡的麥香混合濃濃的蔥香和濃厚的醬香在嘴裡不停的迴盪，刺激著味蕾和每一寸神經，令人食慾大開，葉小玖一口氣吃了兩大碗方才罷休。

吃完飯後，她正打算收拾東西，卻聽見前院裡有個尖利刺耳的聲音，如同鴨子一樣吵嚷個不停。

解了圍裙擦淨手，她走到月亮門，就看見唐母和一個老婆子在大門口面對面地站著。

「我不管，今天妳要是不還錢，我就去縣衙告官。」那婆子蠻橫地說，絲毫不顧唐母的請求。

葉小玖回憶著書裡的情節，隨即記起來，這應該是放印子錢的廖老婆子上門討債來了。放印子錢，在今日就是放高利貸，這廖老婆子是收了唐家老宅的錢，趁著唐柒文不在家時來鬧事，想將他以欠債不還的名義告上官府壞了他的名聲，好讓官府的人取消他去州裡學習的推薦名額。在書裡，唐家因為沒有錢還債，唐柒文最終吃了官司，使得他科舉的時間整整推遲了五年。

呵呵，這死老婆子，竟為了錢幹這種毀人前途的缺德事。

唐母自是知道告官的後果是什麼，為了兒子的前程，她努力求廖老婆子通融一二，先給她十兩剩下的過幾天再還，可那死老婆子絲毫不為所動，強硬地表示如果還不完錢就要去告官，還把揪著她袖子的唐母推了一個趔趄，險些跌倒。

葉小玖看不下去，走上前揚聲道：「可否將借據給我瞧瞧？」

廖老婆子斜著眼瞅了她一眼，隨即大方地將借據遞給她，眼中是毫不掩飾的蔑視。

「呵，一個黃毛丫頭，識字嗎？」

葉小玖懶得和她搭話，只是仔細地看著借據。借據上全是文言文，她看了許久，才勉強讀懂。

「這借據是去年六月寫的，說好了借十五兩，為期一年，到今年六月連本帶利還二十兩，沒問題吧？」

「嗯，是又怎麼樣？」廖老婆子語帶輕蔑，眼睛斜斜地瞅著葉小玖，一個不知道從哪兒來的鄉下丫頭，一身窮酸氣，她能懂什麼？

知道她瞧不起自己，葉小玖也不生氣，只道：「那妳提前來催債，應該算是妳單方面毀約吧？」

聞言，廖老婆子心中一驚。這小娘皮，居然還知道毀約？

「妳胡說什麼？什麼毀約？這借據上清清楚楚寫著還二十兩，難道妳想賴帳不成？」

見她急匆匆地狡辯，葉小玖挑眉。「妳先別急，聽我說完。先不論其他的，妳這一年的利息是五兩，難道只借半年也是五兩？印子錢雖然好賺但也不是這麼個賺法吧！這事若是傳言出去，妳這印子錢家的名聲，怕是毀了吧？到時候，誰還敢找妳借錢？」

「妳……妳……妳敢?!」

廖老婆子囂張氣焰一下沒了，頓時慌張不已，說話也結結巴巴的。她這印子錢家的名聲要是沒了，那就是等於飯碗沒了啊！本來想趁著唐柒文不在家來撿個便宜，卻不想碰上個懂行的。

看她那緊張的樣子，葉小玖微微一笑，繼續道：「這事若是告官，我們頂多是按利息還妳銀子，妳這單方面毀約，估計要挨上那班房的十大板了，也不知道妳這麼大年紀了還受不受得住啊？」

葉小玖語氣輕飄飄的，像是在幫她分析利弊，廖老婆子聽得卻是怕了。平民見官，終究是心中沒底，兩股打顫。別看是她先嚷嚷著告官，其實她也害怕，畢竟她這個放印子錢的生意官府雖不怎麼管，但終究是見不得光，要不是唐家老宅許諾的那三十兩，她那裡敢自投羅網？

現在看這小丫頭說得振振有詞，還威脅著要壞了她的名聲。而且如她所說，見官也是她吃虧，就算到時候拿到唐家老宅的錢她也沒命花，所以她還是老老實實拿著本錢走吧！

「我看妳可憐，我也不要利息了，妳只要還我十五兩，我們兩清。」廖老婆子心中雖害怕，可面子不能丟，佯裝大方地朝唐母嘴硬道。

可如果唐家拿不出來十五兩，那就怪不得她了。

即使廖老婆子只要她十五兩的本錢，可唐母手裡除了給唐柒文留作學費的那十兩，多餘的是一分都拿不出來了。見狀，葉小玖便添了五兩，湊夠十五兩給廖老婆子，隨即撕了借據，雙方兩清。

送走了罵罵咧咧的廖老婆子，唐母一邊感謝著葉小玖，說等唐柒文回來給她寫借據，一邊為了唐柒文的學費發愁。

唐家的情況葉小玖很了解，自唐柒文的父親去世後，唐家老宅的人就將他們孤兒寡母攆了出來，只扔給他們這套祖屋的房契和幾畝田地的地契。

唐母不會種地，就將地租了出去，每年只收些租子。唐母視一雙兒女為命根子，更將唐柒文的學業看得極為重要。現在僅有的學費被要走了，野菜也賣不出去，這次村裡人打獵，唐柒文撐死也就得個二兩銀子，眼看開學在即，唐母肯定是要為唐柒文的學費發愁的。

可她總歸是曾在大戶人家做過當家主母的，心中雖愁，卻不會在外人面前顯露半分，只是再次感謝了葉小玖幫她解圍，便在唐昔言的攙扶下回了屋。

看著唐母遠去的背影，葉小玖微微皺了皺眉。

唐母身上的那種氣質和她的母親很是相似，可母親早逝，她無法承歡膝下，這是她一生的遺憾。這會兒看著唐母微微佝僂的身軀，步履蹣跚，她不由得心中一疼，隨即急忙追了上去。

「妳要把這些野菜全買回去？」唐母震驚，隨即語重心長地勸說道：「丫頭，我知道妳是好心，想幫嬸子一把，可現在野菜不好賣，嬸子一天也沒賣出去多少，妳一個小丫頭，新來乍到就更賣不出去，還是算了吧！」

看著唐母直搖頭，一臉的不同意，葉小玖上前一步，握住她的胳膊道：「嬸子妳聽我說，我是想將野菜做成野菜包子拿去鎮上賣，為自己尋個營生。」

見唐母遲疑，葉小玖打鐵趁熱道：「妳也知道我一介孤女，初來這地方，連個依靠都沒有，雖然嬸子心善給了我住處，但這終究不是長久之計。所以我想著做個買賣，為自己尋個餬口的營生，也為將來攢點嫁妝錢。」

唐母知葉小玖下廚的手藝不錯，若是說擺攤做個生意倒是值得一試。又看她確實是孤身一人，若是沒有嫁妝銀子傍身，將來出嫁，到婆家去定是要受欺負、挨白眼的，自己也有女兒，那愛女之心自然是一樣的。

唐母答應了，但她執意不收一分錢，葉小玖拗不過她，只好點頭，順便還厚著臉皮將唐昔言借過來，說是明天需要人幫忙。

送走將野菜送過來的兩人，葉小玖看著她們身影遠去後，臉上露出了勝利的表情，開心的比了個耶。

她方才和唐母說計劃的時候，明顯從唐昔言的臉上看出羨慕與渴望，是那種一個懂事的女孩想為家人分擔家計，卻苦於無門的渴望，以及對她有能力可以賺錢的羨慕。

所以，她才會提出讓唐昔言來幫忙，到時候她給唐昔言工錢，唐母總不能再推辭了吧？心情頗好地哼著歌，她將摘好的野菜洗乾淨後，拿出唐母給的老麵團，用溫水泡開，合著比例和好了麵，將其放在大瓷盆裡發酵。

一番折騰下來，葉小玖收拾好明日要用的東西已經是傍晚了。拖著疲憊的身體草草地漱洗一番，便上床休息了。

清晨第一遍雞鳴剛過，她就被一陣敲門聲驚醒了。睡眼惺忪地開門，就看見唐昔言神采奕奕的站在門外，看見她後扯開嘴一笑，露出八顆大白牙。

「玖姊姊，我來幫忙了。」

這小丫頭比她還要積極啊！葉小玖瞬間睡意全無，心中還有一絲絲羞愧。起床收拾一番，葉小玖拿著油燈到了廚房，摸黑點亮了廚房裡的燈。

包子餡是按照前日餃子餡的方法調的，肉是昨日下午唐昔言幫她買來的，這幾日天氣冷，放在外面凍著，倒還是新鮮的。

唐昔言幫忙點火燒水時，葉小玖準備和麵，她將發麵兌好了鹼後，有些吃力地揉著一大團麵。

「玖姊姊，我來幫妳。」唐昔言洗了手，葉小玖切了一小團麵分給她。

昏暗的燭光裡，兩個女孩子相視一笑，為自己的夢想努力著。

包包子算是個技術活，葉小玖揉包子皮還行，包包子的手法卻還有些欠缺，甚至還比不上唐昔言。

那包子在唐昔言手裡似乎有靈魂一樣，只見她速度極快地一提一拉、一扯一掐，一個圓潤的包子就出現在她的手裡，葉小玖不禁嘆為觀止，心裡對她也多了幾分疼惜。

想她十二歲的時候，還是在父母懷裡撒嬌的年紀，就是跟著父親學做菜也只是在玩，哪有唐昔言這麼專業？只能說，窮人家的孩子早當家啊！

唐昔言速度極快，再加上葉小玖，兩個人相互配合不到半個小時就將滿滿一大盆的餡包完了。

將四籠屜的包子蒸熟後抬上板車，葉小玖還用洗乾淨的棉被包裹起來，防止包子在路上變涼，唐母在她們出門的時候叮囑了幾句，但因為她今天有事不能同去，只得滿臉擔憂地看著她們的背影。

二人到縣裡的時候才剛過辰時，也就是現代的七點。因為春日天亮較遲，再加上這會兒城門才開，所以街上並沒有多少人。

將板車停好後，葉小玖搓了搓凍得有些僵硬的手，轉頭問一旁被她包得嚴嚴實實的唐昔言。「昔言妳冷不冷？」

「不冷，玖姊姊，這棉襖還是讓妳穿著吧！」唐昔言說著就要把棉襖脫下來，卻被葉小玖一把按住了手。

「不用了，妳穿著吧，我不冷。」為了表示她真的不冷，葉小玖還用她在胳膊上捂得有點熱度的手碰了碰唐昔言的臉。

這大紅大綠的臃腫花棉襖，她是一點都不想穿，要不是唐母堅持，她死都不會帶出來。這天氣有些涼沒錯，但她還撐得住。

「玖姊姊，我們是不是來早了？」唐昔言看著空盪盪的街道，跺了跺站麻了的腳。

「好像……是有點。」葉小玖無奈。

她本想著早起的鳥兒有蟲吃，卻忘了這是古代，根本就沒有那麼多急著去上班、上學的人，唉，失策啊！

就在葉小玖張望得脖子都瘦了的時候，一個男人風塵僕僕的走了過來，遠遠衝著她們大喊道：「喂，妳們是幹麼的?!」

這人語氣不好，聽著很是粗魯，一旁的唐昔言嚇得忙拽著葉小玖的袖子，悄悄說道：「玖姊姊，他不會是壞人吧？」

葉小玖拍了拍她發顫的小手，輕聲安慰道：「不怕！」

那人見葉小玖久久不說話，又向前走了幾步，粗聲道：「問妳呢，幹麼的？」

說實話葉小玖也被嚇到了，這大早晨的，街上又沒多少人，這人看著凶神惡煞，著實令人害怕，可她還是努力定了定心神，揚聲回道：「賣包子的。」

那人聞言，哈哈一笑，隨即朝著前面吼道：「大哥快來，這裡有賣包子的！」

這會兒天雖然亮了，可是起了晨霧，所以葉小玖看不清前面的情況，但是聽腳步聲貌似人還挺多的，又聽見那人喊大哥。

不會是……遇上強盜、土匪之類的吧？應該不至於吧，她就是賣包子的。

葉小玖嚥了口口水，一隻手摟著懷中的唐昔言，眼巴巴地望著前方，然後她就看見一個穿著暗黃色錦衣，上繡著玉蘭花的三十多歲中年男人領著十來個牽著馬的漢子向著她們走過來。他身邊還跟著個臉上有刀疤的黑臉漢子，葉小玖猜測他就是方才喊話的那個。

中年男人走到她們跟前，見葉小玖兩人抱成一團，知道定是他這二弟粗聲粗氣的嚇到人家女娃了，忙賠禮道歉道：「丫頭不好意思啊，我們是路過的商人，因為急著趕路所以誤了客棧。這一大早天寒地凍的，就想找些熱呼呼的暖暖身子。我這兄弟性急又粗野冒失，說話向來是個大嗓門，沒嚇到妳吧？」

葉小玖聞言，搖了搖頭，鬆開抓著昔言的手。「那客官要不要先買個包子墊墊胃？」既然他們沒有危險，推銷還是要的。

「我這是鮮肉薺菜餡的包子，今早剛蒸的，還熱著呢！」說著，她便把棉被拿開，掀開了籠屜的蓋子。瞬間，那熱騰騰的白色水氣冒了出來，看著就讓人覺得暖和。

這行人此時是餓得不行了，哪兒還管包子是啥餡的。看著中年男子點頭，他那些個夥計跟餓狼似地衝上來，抓起包子就啃，把葉小玖兩人都擠出去了。

葉小玖被他們擠得一個趔趄險些跌倒，幸好唐昔言扶了她一把。站好後她就見中年男人站在一旁，看著那些狼吞虎嚥的夥計，舔了舔嘴唇後還摸了摸肚子。

葉小玖知道，這人定是平日斯文慣了，這會兒也做不出和夥計一同搶食的舉動，只能受著餓在一旁看著他們嚥口水。

男人見葉小玖看他，略微有些不好意思地笑了笑。葉小玖也抿唇輕笑，示意唐昔言拿張油紙給她，然後去籠屜前取了兩個包子。

幸虧這些夥計已經不那麼餓了，也注意起吃相，葉小玖才能擠進去。

中年男人方才就聞著這包子極香，這會兒吃到嘴裡，更是覺得鮮香可口，很有嚼勁，肉的顆粒感和野菜的綿軟感融合在唇齒間，搭配著很有筋道的包子皮，只覺得越嚼越香，吃了一個想再吃兩個。

見他這個體格，葉小玖就知道這兩個包子定然是不夠的，所以又拿了兩個包子過來。

第三章

四個包子下肚，中年男人才覺得那駭人的饑餓感沒有了，身上也暖和了不少。見夥計們也吃得差不多了，一個個站在路邊打著嗝，他笑著施禮道：「煩請姑娘算一算他們吃了多少，我好付銀錢。」

聽她這麼說，葉小玖也不矯情，走到籠屜前瞅了瞅，道：「兩籠屜的包子總共八十個，一個兩文錢，總共是一百六十文。」

中年男人點頭，付錢道謝後，指使著夥計收拾東西，準備趕路。

這會兒天已大亮，街上已然人來人往，過客不斷。不少過路的行人見這包子攤前圍著好多人，那包子聞著又特香，都想來嚐鮮，這會兒見人終於走了，紛紛圍上來打聽價格。

「啥？一個純肉餡的才兩文，妳這加了野菜的居然也賣兩文！」

「莫不是想錢想瘋了！」

「妳這小丫頭心有點黑啊！」

眾人一聽包子的價格，紛紛嚷嚷著。

這包子聞著是香，可犯不著賣這麼貴啊！

走在隊伍最後面的中年男子聽到眾人的議論，微微皺了皺眉，隨即走過來道：「丫頭，妳這包子確實好，給我包上十個，我帶回家給我閨女吃。」

「咦？這不是柳山青柳老爺嗎？」有人喊出了中年男子的身分。

這柳老爺經常在外面跑生意，什麼山珍海味沒吃過，他說好吃那便一定好吃。

想到這裡，眾人便一哄而上，生怕去得晚了，這連柳老爺都誇獎的包子就沒了。

葉小玖知柳山青是幫自己打廣告，笑著收了他的二十文錢，卻給他包了十二個包子。

柳山青也不多做推辭，扔下一包東西，提著包子就走了。

因為買包子的人多，葉小玖忙得來不及看那包裡的東西，只將其放到一邊，認認真真地拿包子，唐昔言在一旁收錢。

不一會兒，剩下的兩籠包子就賣光了，不少沒買到的人只得遺憾離開，說明日要早點來。

拉著板車回家後，葉小玖見唐母不在家，扯著唐昔言去了自己屋裡。

將錢袋裡的銀錢倒出來數了數，除去自己今早放的一百文，總共是三百一十六文。

拿出一半遞給唐昔言，葉小玖說是給她的工錢，還威脅她說不拿明日就不用來了。唐昔言無法，只得乖乖地拿了。

下午，唐母回來後果然將錢拿了回來，推辭著不要，卻被葉小玖一頓舌粲蓮花勸了回去，還答應讓唐昔言跟著她一起做生意。

唐母舐犢情深，一雙兒女就是她的命根子，所以只要是他們願意的事，在不違背本心的情況下，她都會答應，更何況唐昔言還堅定表達了想跟葉小玖一起擺攤的決心。

而葉小玖之所以幫她，一是因為她在唐母身上看見了她媽媽的影子，出於自身的遺憾，她想找一點心裡慰藉；二是因為她知道唐母一家都是心善之人，雖被趕出來生活得很是困苦，但還是保持著一顆善良的赤子心。

善良的人，就應該被溫柔相待不是嗎？

有了昨天受凍的教訓，第二天出攤葉小玖便選在了辰時之後，趕到縣城剛好是八點街上人多的時候。

昨日她的包子大受歡迎，有了一定的口碑，所以今天她們一來就見有不少婆婆媽媽在昨天的攤位前等著，哈著熱氣三三兩兩地站在一塊兒聊天。

「哎，妳別說，那小丫頭的手藝是真好，同樣是野菜包子，我回家做出來就不是那麼個味，總覺得苦澀難吃。」

「可不是，昨兒個我老頭子買回去，家裡的娃都說好吃，下午我也做了，卻不是那個味道，這才一大早的來這裡等著，今日定要多買幾個，讓那幾個饞貓吃個夠。」

「哎哎哎，那丫頭來了！」眾人尋聲望去，果然見葉小玖推著板車過來了。還不等板車停穩，她們就擠了上來，深怕速度慢了包子又沒了。

葉小玖還來不及搓搓她冰涼的手，就立刻幫她們裝包子、繫繩子，一旁的唐昔言也手腳麻利的收著銀子，時不時的還為葉小玖搭把手。

不到半個時辰，這四籠屜的包子又賣完了，葉小玖見時間還早，就給了一旁賣鞋子的攤主四文錢，請他幫忙看著東西，自己領著唐昔言去了布料店。

大清早就迎著寒風拉板車，她這本就不太光滑的手都快凍腫了，所以她要買點布料和棉花，做兩雙棉手套禦寒。

錦衣閣是涼淮縣最大的布料店兼成衣店，店裡布料種類繁多，價錢卻童叟無欺，所以生意很好。葉小玖在店小二的介紹下，買了三尺棉布，又買了兩斤棉花和幾對盤釦。

下午天氣不錯，唐昔言和唐母又去山上找野菜了，葉小玖一個人在家，便借了唐母的針線笸籮做手套。

這東西她在現世的時候做過，並不是很難，一下午時間，三雙大小不一的棉手套就擺在了她的床頭。

晚上葉小玖將手套拿過去，還被唐母好一頓誇，說她手巧心更巧，居然想得到做這種東西。她這才知道，原來這地方竟然沒有手套，只有極不方便的暖手筒。

連賣了四天的包子，葉小玖的生意都十分好，幾乎是開張不久就賣完了，使得賣其他吃食的小販羨慕不已，紛紛像她一樣賣起了野菜包子。

葉小玖的包子味道雖好，但還是架不住人其他人降價賣和不知情的人去買，在被分走一部分客源後，她打算暫停一天，好好盤算盤算接下來的計劃。

而且更重要的是，唐柒文他們上山已經五天了，卻毫無音信。這幾日和她們相處下來，葉小玖儼然把她們當成了親人一樣的存在，唐母著急她心裡自然也不平靜。

唐母這幾日是著急上火連覺都睡不好，日日跑去村長家打聽情況，就差沒住在村長家了。

就在村裡心急如焚的人們準備組織著上山去尋的時候，打獵大隊卻抬著幾隻野豬和不少野雞、兔子之類的野物，浩浩蕩蕩的回來了。

唐母看見兒子，那緊繃了好幾天的心一下放鬆了，身體軟得像灘泥，要不是有葉小玖和唐昔言扶著，恐怕要癱到地上了。

「娘，我沒事！」唐柒文上前扶著唐母，神色蒼白，卻還是努力擠出了個微笑。

唐母此時已然哭成了個淚人兒，摸著唐柒文消瘦的臉頰是一句話也說不出來，唐昔言也在一旁抽泣著，緊緊揪住唐柒文的袖子。

葉小玖看著眼前的一幕，觸景傷情，只覺得鼻子發酸，眼睛發脹。

也不知爸爸知道她走了，心裡有多難過、多痛苦……她真的好想他啊！

唐柒文在野外生存了五日，睡不好又吃不飽的，此時身體已然到了極限，還沒走到家就暈了過去，嚇得唐母驚叫著讓昔言去請大夫。

好在他只是勞累過度，只須好好休息即可。唐母心疼兒子，坐在他床邊一步也不肯離開，非要等著他醒來。葉小玖無法，便和唐昔言去廚房做了點蔬菜肉粥，等唐柒文醒來吃。

唐柒文這一覺睡得很香，而且還作了一個美夢。夢見自己考上了狀元，將母親和妹妹都接去了上京城。夢見曾經看不起他們的祖父和二叔都上門請求他的原諒，他還夢見葉小玖穿著一身大紅嫁衣，嫵媚含羞的上了他的花轎。結果他一睜眼，就看見唐母趴在他床邊睡著了，而此時葉小玖正好端著一碗粥走了進來。

一想到自己方才作的夢，又看著床前站著的葉小玖，唐柒文頓時覺得有些臊得慌，臉燙得不行，急忙移開眼睛不去看葉小玖。

葉小玖端著碗進來，就看見唐柒文醒了，且俊臉通紅，連帶著耳朵都染了顏色，不由覺得奇怪。

「你很熱嗎？」葉小玖問。

「啊……」唐柒文先是迷茫，隨即才反應過來葉小玖為何這麼說，頓時心裡更加覺得羞恥，要不是要保持風度，他真恨不得扯了被子蒙在頭上。

看他那呆愣的樣子，葉小玖微微一笑只覺可愛，隨即走上前小聲道：「我做了肉粥，你起來喝一點。」

唐柒文點頭，看了看熟睡的唐母，慢慢地起身，卻不想還是驚動了唐母，她猛然驚醒，見唐柒文醒了，喜極而泣地拉著他問東問西。

最後還是葉小玖提了一句他身子弱需要吃東西，唐母才止了哭，擦了擦眼淚將唐柒文扶起身來。

下午不用出攤，唐柒文也回來了，葉小玖放心下來，開始規劃自己的生意。

以她現在的情況，就只能做了熟食再拿去縣城賣，現在賣野菜包子的人太多了，所以這條路是行不通了，那她……葉小玖看著吊在屋梁上的豬皮，眼睛一亮。

這幾日做包子餡，她覺得豬皮影響口感所以都切了下來，放在籃子裡吊在廚房的屋梁上，天氣冷，豬皮還是半凍的狀態，並沒有壞。

將豬皮拿下來，葉小玖細細的除去了上面的豬毛，清洗過後涼水下鍋。

經過這幾日，她已經可以熟練的運用這土灶控制火的大小了。

將水大火煮開後，又煮了約兩分鐘，葉小玖將豬皮撈出來放涼，用菜刀細細的刮去豬皮下面的肥油，放到一邊早已準備好的瓷盆裡。

做豬皮凍最關鍵的一步就是清洗豬皮上的油脂，這一步若是做不好，肉皮最後不容易凝固到一起。

在瓷盆裡加了溫水，葉小玖取了一小勺鹼倒進去後使勁搓洗。這道程序她進行了好幾遍，直到洗豬皮的水變得清澈，她才停手。在圍裙上擦了擦手，剛想去拿菜刀，結果轉頭就看見鹼罐子已經下去了好一層，頓時覺得心如刀絞。

這鹼是她前日買的，這地方的鹼超級貴，一兩銀子她才買了這一小罐，結果洗個豬皮就用去了一半。

這銀子不好掙，東西還不經用，真難啊！

葉小玖嘆了口氣，將洗乾淨的豬皮切成細絲放進鍋裡加涼水，加柴轉大火等它燒開。在這個間隙，她取出櫥櫃裡的香料包，挑選了幾味她需要的香料紮了個小滷包。

大火水開後，葉小玖撤了幾根木棒，轉小火慢燉，順便將滷包也扔了進去。

約一個時辰後，她掀開鍋蓋，看見湯汁已經變得很黏稠了，「咕嚕咕嚕」的冒著泡泡。嚐了嚐味道後加入適量的鹽巴，她將滷包撈出來，找了幾個大一點的碗，將煮好的湯汁倒了進去。

等湯汁冷卻凝固後，她用筷子輕輕的敲打，筷子落下去還會反彈回來，一晃一晃的Q彈感十足。

將皮凍輕輕取出，切成薄片後整齊的擺在盤中，用蔥花、醋，以及少許鹽做了個碗汁倒在上面，一道涼拌皮凍就算是做好了。

遺憾的是她到現在都沒找到辣椒，不然的話，她這道菜絕對堪稱完美。

將拌好的豬皮凍裝到籃子裡，葉小玖正想送去給唐母他們嚐嚐，卻不想在出門的時候碰上了唐柒文。

「你怎麼來了？」葉小玖疑惑。他這面色雖不似中午那樣蒼白，身體看起來也不是那麼虛弱，可終究還沒休息好，唐母怎麼放心放他出來？

「我是來給妳這個的。」唐柒文說著，拿出一張紙遞給了葉小玖。

葉小玖接過瞅了一眼，是張欠條。

「謝謝妳那日幫我娘解圍，這是欠條，還請葉姑娘好生拿著。」說著，他向後退了兩步，施施然行禮道：「大恩不言謝，若姑娘日後有需要，唐某定當赴湯蹈火、在所不辭。」

葉小玖知道，唐柒文說的是她幫忙還了帳，保住他名額一事。她也知道，唐柒文這番話不是隨便說說的，畢竟他人品優良，在書裡他甚至為了原主獻出了生命。

笑著將還在行禮的人扶起來，葉小玖讓他不用太在意，順便將手裡的籃子遞給了他，說是讓他們幫著嚐嚐味道。

唐柒文接過籃子道了謝，本打算離開，結果看見葉小玖的頭髮裡有一根柴草，髒兮兮地插在她烏黑靚麗的秀髮裡，看著很是礙眼。

「怎麼了？」見他盯著她的頭髮看，葉小玖不由得問道。

「可是我頭上有什麼髒東西？」她一邊說一邊抬手去尋，結果摸了好多次都沒摸到，唐柒文看不下去，將籃子放在桌子上，說了句「得罪了」，便上手幫她。

「別動！」見她很不配合的動來動去，他出聲制止道。

唐柒文是個極斯文的人，人長得好看、說話聲音也好聽。葉小玖本就視他為明星偶像，這會兒他又幫自己取東西，還用類似說情話般的語氣在她耳邊低語。雖然算是呵斥，可葉小玖瞬間就覺得渾身酥麻，把持不住犯了花癡。

唐柒文取下髮絲間的柴草，才發現自己此時的行為好像有些過於親密，後退了一步正準備道歉，就見葉小玖小臉通紅的抿著唇笑。

一瞬間，那夢中的情景與此時的畫面重合，唐柒文頓時像觸了電一般，呼吸急促，口乾舌燥，隨即頭也不回的衝出了葉小玖的院子，徒留葉小玖一人看著他的背影發呆。

這是怎麼個情況，不就是取個東西，他怎麼跟見鬼了一樣？

不明所以地摸了摸頭頂，然後葉小玖鬼使神差地扯過自己髮絲聞了聞，隨即，那張俏麗的小臉皺得像朵菊花。

這地方洗頭、洗澡不太方便，現在天又涼，所以她這頭髮都是兩到三天一洗。因為今日不出攤，所以她昨日就懶得洗頭，卻不想……

嗚嗚嗚，頭髮太油將男神嚇跑了怎麼辦？

晚飯過後，唐昔言將籃子拿過來，說她特別喜歡豬皮凍那種彈彈的感覺，吃著很爽口，很有嚼勁。葉小玖點頭，表示認同。

她在現世的時候也非常喜歡吃皮凍，但又嫌自己做麻煩，所以一般都是買的。但很顯然，自己做的那種Q彈的口感更甚，味道也更好。

「娘也特別喜歡吃。」唐昔言道：「就是哥哥不知道怎麼了，通紅著臉只吃了一點就睡了，還讓我們別去打擾他。他平時都會陪我們吃完的，今日也不知是怎麼了，古怪得很。」

唐昔言自顧自地說著，卻讓葉小玖覺得有些扎心。

所以說，他這是真的被她的大油頭嚇到了？

「玖姊姊妳在想什麼？」唐昔言見她呆呆的不說話，揪著她的袖子搖了搖。

「啊，妳說什麼？」葉小玖回過神來問。

「我說，妳是不是要去賣這個東西？」唐昔言指了指桌子上放的皮凍。

這東西味道極好，若是拿去賣，應該會受歡迎。

「不是。」葉小玖搖了搖頭。「這皮凍味道雖好，但量太少了。所以我想著明日去賣灌湯包。」

「灌湯包，那是什麼？」唐昔言好奇。「是要將湯灌進包子的意思嗎？」

這個，好像不是很容易吧？

唐昔言的疑惑葉小玖當然知道，她細細地向她講述了灌湯包的做法和吃法，小丫頭聽得眼睛亮晶晶的，一個勁兒地瞅著葉小玖。

「玖姊姊，妳真的好聰明啊！」唐昔言這幾日和葉小玖混熟了，感情好得像親姊妹，她抱著葉小玖的胳膊，腦袋靠在上面撒嬌，笑靨如花的樣子甚美，葉小玖不禁也笑彎了眼。

第二天清晨，葉小玖剛剁好了肉末，唐昔言就過來了，戴著葉小玖做的棉手套，手裡還端著一碗泡好的乾香菇。

將香菇擠乾水分後切碎，再加入切好的皮凍和肉末。因為皮凍是用大料熬的，所以葉小玖在餡裡只放了少許的鹽和蝦米提味。

包包子和往常一樣，葉小玖擀皮，唐昔言包。

因著這幾日賣包子的人越來越多，葉小玖便又買了一個籠屜，五籠屜的包子，在唐昔言速度下根本就不算什麼。

第四章

蒸好後，葉小玖先拿出來十個灌湯包，作為她和唐昔言的早餐。吃完後，兩人拉著板車來到老地方，車還沒停穩，對面鐵匠鋪的胡立就走了出來和她們打招呼。

「胡大叔早！」唐昔言聲音甜甜的說，葉小玖忙著解車上綁著的繩子，所以只是笑著朝他點了點頭當作打招呼。

五層籠屜挺高的，葉小玖和唐昔言兩個小丫頭著實有些吃力，胡立便過來幫忙。

「丫頭妳昨日怎麼沒來啊？老頭子我昨日沒有吃妳的包子，連大錘都揮不動了。」說完，他哈哈一笑，眼睛瞇成了一條縫，陷在眼角的皺紋裡。

葉小玖當然知道他是在開玩笑，也微微一笑道：「昨日在家裡研究了下新吃食，所以沒來。」說著，她便掀開了籠屜蓋子，白白的水氣立刻冒了出來。

胡立瞅了一眼，隨即道：「丫頭，妳今日這包子，怎麼看起來癟癟的？莫不是露餡了？」

不等葉小玖說話，一旁的唐昔言出聲道：「胡大叔，這是玖姊姊新做的灌湯包，味道可好了，你要不要嚐嚐？」

胡立早年喪妻，一個人開著個鐵匠鋪拉拔兒子長大。前幾日兒子去他外祖母家住，他一個人懶得開伙，早餐便是在外面吃的。正好葉小玖的攤子在他鋪子對面，他也省得走路去別處，連著幾日下來他也算是葉小玖的老主顧了，這會兒聽著有新鮮的吃食，自然是要試一試的。

「好，那就先來兩個。」

在準備好的碗裡鋪上油紙，葉小玖挾了兩個給他。

「這包子裡有湯汁，您小心燙。」葉小玖提醒著。

胡立接過碗，挾起包子來細細地瞅了瞅。這包子外形玲瓏剔透，個頭比前幾日的野菜包子要小，皮也更薄，雖隱隱可以看見裡面流動的湯汁，但這麵皮似乎彈性十足，並沒有在筷子的摧殘下露了餡。

按照葉小玖說的方法咬了一口，包子鮮香爽口，肉餡滑嫩，配合著菌類的特殊香氣，裡面的湯汁醇香濃郁，微燙中帶著濃濃的肉香，入口卻油而不膩，三種味道搭配著一同衝向味蕾，帶走了春日清晨的寒冷與饑餓，從舌尖開始溫暖著身體的每一個部位，只讓人覺得如沐暖陽，慵懶鬆散。

此時攤位前已經圍了好多人，都等著胡立這個第一個吃的人發表感言，結果他卻在咬了一口後就愣在那裡，嚼來嚼去的也不說話。

包子的香味已經在他們的鼻間迸發開來，勾得他們胃裡的饞蟲到處亂鑽，嚥了嚥口水，有人著急道：「胡老頭，到底啥味？你倒是說啊！」

「就是，好吃不好吃你倒是說啊！」

回過神來的胡立哪裡還顧得上與他們說話，兩、三口兩個包子下肚，拿著碗又朝葉小玖道：「給嗚……給窩摘拉兩個！」

看他那嘴裡塞著包子說話含糊不清的樣子，眾人還能不明白這包子是啥滋味？忙向葉小玖要一、兩個來嚐嚐味道。

葉小玖的碗是鋪了油紙的，別人用完後，換上新油紙可以繼續使用，可眾人在嚐了味道之後，都想把這叫灌湯包的新鮮吃食帶回去給家裡人嚐嚐，這就把葉小玖難住了，這東西可怎麼裝啊？

還是胡立買了六個灌湯包拿自家的碗來裝，說是留給下午回來的兒子吃，眾人這才反應過來，紛紛回家拿碗拿盆，離家遠的，就到最近的碗行去買，搞得碗行的老闆以為最近附近夫妻打架，摔碟子摜碗的頻率又上升了。

忙活了近半個時辰，葉小玖終於把全部的灌湯包賣出去，直起腰來捶了捶有些痠痛的背，她喝了口水潤了潤喉。

見唐昔言哼哼唧唧的將銅錢裝進錢袋，看那小財迷的樣子，她笑著搖了搖頭。然後將放在一旁的蒸籠和碗擺放好，她看了眼還站在對面牆角處的那個男人，終究還是問出了聲。

「你找我，有什麼事嗎？」

那人已經在那裡站了大概有三刻鐘了，不買包子、不閒談，只是直勾勾地盯著她的攤子看，一副欲言又止的樣子讓她看著很是難受。

阿武見葉小玖問他，手指緊緊地擰了擰衣角，略顯拘謹的抿了抿唇，才從嗓門裡擠出了幾個字。「我們……我們老爺想請妳過去談點生意。」

「談生意？」葉小玖疑惑。她這幾日沒認識什麼能和她談生意的老爺啊，莫不是有人看上了她的灌湯包，想買方子？

「你們老爺是誰？」葉小玖直問。

「錦……錦衣閣的沐老爺。」阿武結結巴巴地說。

錦衣閣？錦衣閣為何會和她一個賣早點的談生意，莫不是要在她這兒訂餐？

葉小玖心中雖疑惑，但還是秉承著有錢不賺王八蛋的原則，想跟著阿武過去瞧瞧。唐昔言放心不下，也要跟著她一起去，葉小玖無法，只得將板車託付給胡大叔幫忙看著，兩人跟著阿武去了錦衣閣。

剛進了錦衣閣的門，一個和阿武一樣穿藍色短衫的小廝便急忙趕了過來。

「阿武，你怎麼動作這麼慢？出去多長時間了！」說著，他又將目光轉向了葉小玖二人，笑嘻嘻道：「二位姑娘樓上請，我家老爺已經等候多時。」

跟著小廝上樓，轉過一個拐角，小廝稟報後，就讓葉小玖自個兒推門進去。

葉小玖心中雖不解，但來都來了，不進去瞅瞅也說不過去。

推開門，葉小玖一眼就看見那紫檀木的桌子旁，坐著一位年過不惑的……大叔。

一襲暗紅色雲紋錦衣長袍，絳紫色的白玉腰封，上面掛著可大一塊玉珮，看成色絕對價值不菲。頭上是一頂造型十分別致的鑲寶石金冠，映照著從窗外照射進來的陽光，差點閃瞎了葉小玖的眼睛。

哇，活生生的暴發戶啊！葉小玖心裡暗嘆。

沐封見葉小玖自進門就直直地盯著他看，眼睛還睜得老大，就知道她定是震驚於自己的穿著打扮，但他不甚在意，微微一笑後朝葉小玖道：「姑娘請坐。」

葉小玖回過神來，才發現自己剛才的行為有多不禮貌，連忙道了聲抱歉，後者卻很隨意地擺了擺手。

「不知沐老闆叫我們來是要談何生意？」坐下來後葉小玖直接開門見山地問。

沐封原本還在想要如何朝這兩個嬌滴滴的姑娘開口，這會兒倒是完全不用糾結了。看葉小玖這個樣子，是一點沒有女子初見生人的拘束，那二郎腿蹺得比他還熟練。

見他掃了一眼自己的腿，葉小玖才想起來這裡不是現代，瞅了一眼她身邊正襟危坐的唐昔言，她尷尬笑了笑，隨即放下腿整整衣裙。

「今天請姑娘來，是想和姑娘談談妳那個手上套的玩意兒。」沐封倒了兩杯茶遞過去，才悠悠道。

「手上套的玩意兒，沐老爺說得可是手套？」

「手套？這個名字倒是貼切。」沐封抿了口茶。「姑娘可願將這東西賣予我錦衣閣？」

原來是想買這手套的創意啊！

既然知道了他的用意，葉小玖放鬆下來，也像沐封一樣抿了一口茶，才道：「不知道沐老爺出價幾何呢？」

沐封早就看出這姑娘不似尋常女兒家，卻不想竟比他一個男子還豪爽，而且瞅著好像還閱歷頗深的感覺，一點都不符合她這十六歲的面容。

「我出四十兩，不知姑娘意下如何？」

四十兩！

葉小玖聞言，壓住心中的激動，嚥了嚥口水，轉過頭去看了一眼唐昔言，很顯然，後者比她還要震驚。

尋常人家一年不過才三兩銀子的花銷，他買這一個手套的圖紙就要給她四十兩。有這四十兩，離她開店的目標頓時就跨近一大步啊。

沐封見葉小玖二人遲疑，以為她是對這價格不滿意，隨即改口道：「最高五十兩，不能再高了。」

「好，就五十兩！」葉小玖一口定價，隨即她頓了頓。「這手套其實一點都不難做，只須稍稍研究一下就可製作出來，你以這麼高的價格買我的圖紙，萬一賠了怎麼辦？」

說完，她才意識到自己說了啥，頓時皺起臉。

她這是在幹麼？錢都沒拿到手呢！

「哈哈哈哈，這個妳不必擔心。」沐封豪邁大笑。這小丫頭著實有趣，他縱橫商場近三十年，從沒見過哪個人在生意沒談成之前擔心他虧本的。而且提醒就提醒吧，完了還一副後悔不已的樣子，真是逗死了。哎！要不是婉兒不願意結交朋友，他定要將這小丫頭介紹給她認識一下。

「昔言，妳掐我一下。」

從錦衣閣出來，葉小玖懷裡揣著一張五十兩的銀票還有些精神恍惚。

前世她雖然做美食影片也賺錢，可那是她踏踏實實做菜拍影片、做直播，和粉絲互動經營得來的。到這個地方後，她和唐昔言兩個人起早貪黑近六天，除去成本後不過才賺了二兩銀子，所以突然憑著十分簡單的手套賺得這五十兩銀子，對她來說完全就像是天上掉下的禮物。

唐昔言雖出身大戶，可終究過慣了苦日子，並沒見過這麼多銀錢，所以這會兒也是一臉茫然。聽了葉小玖的話，她沒掐葉小玖，反倒伸手擰了自己的腿一把，頓時疼得她齜牙咧嘴的。

「玖姊姊，疼！」

疼，那就說明不是夢了，葉小玖聞言，咧嘴一笑，隨即一把攬過唐昔言的肩膀。「走，姊請妳吃好的。」

看著兩個女子嘻嘻哈哈遠去的背影，在樓上窗戶前觀望的沐封眼裡卻晦暗不明，看起來似乎有些陰鬱。

葉小玖她們吃過午飯，在向胡大叔道過謝之後，便推著推車回家。路上，葉小玖便笑說唐昔言替她省錢了，明明說好帶她去吃大餐，她卻拉著她去吃了四文錢一大碗的餛飩。

「我就想吃那個。」唐昔言笑著說：「爹爹以前經常帶我們去吃。」

自爹爹去世，他們一家被二叔攆出來，娘就再也沒有帶他們去吃過那個地方的餛飩了。一是因為沒錢，而是怕觸景生情。

這幾年來，她對爹爹的記憶是越來越模糊，所以今日葉小玖說要請她吃大餐，她才會帶著她去那個地方，也算是這麼多年第一次的故地重遊。

只可惜，故地依舊，親人難逢。

看著她黯然神傷的樣子，葉小玖停下來摸了摸她的頭，將她抱進了懷裡。

「好了，別難過了，妳爹爹在天上看見昔言這麼懂事，他會很開心、很欣慰的。」葉小玖用下巴抵著唐昔言的頭頂，柔聲安慰道。

唐柒文經過一晚上的休息，恢復了精神，其他村人也是。今日一早，村長便吆喝著他們一起，挑著獵物來縣裡賣。

到中午時，那些野豬都被酒樓的人買走了，野雞、野兔也沒剩下幾隻。因為這次他們迷路後還能下山都是多虧了唐柒文，所以在村長的提議下，唐柒文比別人多得了半兩銀子和兩隻賣剩下的兔子。

家裡現在是啥情況唐柒文一清二楚，所以他也沒端那文人的清高架子，幾句感謝便收下，回家溫書習字了。

而葉小玖回家後，美美地睡了個午覺，直到太陽西斜她才醒來，稍稍收拾一番，去了前院。

前院唐母正在洗衣服，這幾日天雖熱了但河水還沒完全化凍，所以這衣服她只能在家裡洗。看見葉小玖來，唐母展顏一笑。「玖丫頭來啦，可是來找昔言的？那丫頭這會兒在屋裡睡覺呢，估計快醒了，我去瞧瞧。」

唐母說著就要起身，卻被葉小玖喊住了。「不是嬸子，我是來找唐柒……柒文哥的。」

葉小玖覺得她的牙都要被這句柒文哥酸掉了！雖然她是喜歡唐柒文的臉，可她著實做不到對一個才認識不久的人叫什麼哥哥，可直呼名字又覺得不太禮貌，實在是……

「哦，找阿文啊，他在書房習字呢。」唐母用下巴指了指書房的方向。「妳找他什麼事啊？」

「我想找他寫幾個字。」葉小玖道。

今日和沐封談事給了她靈感，她完全可以先為自己的攤子取名，到時候就算別人再次模仿她的吃食，可她終究是占了先機；而且這名號一旦打出去，不知情的人也會在別人的推薦下自己尋著名字而來，也就不會在出現吃了別人的吃食後，直接否定她做的東西也不好吃的情況，這就是所謂的品牌效應。

唐柒文的書房葉小玖是第一次來，偌大的房間裡沒擺幾件物品，甚至可以說是一覽無遺。正對著門口放著一張書桌，書桌上面是一個圓形硯臺，上面刻著花中四君子的蘭花，硯臺旁是一虎形鎮紙，下面壓著幾張品相一般的宣紙。筆架上掛著三枝黑漆漆的毛筆，葉小玖不太懂筆，但卻能看出這幾枝筆似乎價格不菲，應該是唐柒文在唐府時用的。

書桌後面長長的書架，上面堆滿了各種線裝書籍和竹簡，看上去似乎都有些年頭了。右側是一張鏤空的屏風，白色的屏面上是用墨筆勾勒出來的竹子，清俊淡然。屏風後面似乎是一張床，應該是他累時用來休息的，但被屏風擋著影影綽綽的看不出什麼。

屋子裡是淡淡的書香加淡淡的松香氣，使人有一種如沐書海的感覺。總之這房間無論大到陳設還是小到雕花都透露著一股文人雅士的高潔，葉小玖很是喜歡。

唐柒文倒是沒想到葉小玖會來書房找他，驚訝之餘還有一點昨日剩餘的羞澀。但好歹已經過了一天，他也想通了，那終究是個夢罷了，夢過了無痕，僅此而已。

以手掩唇輕咳了聲，他看向目光灼灼環顧他書房的葉小玖。「葉姑娘可是有事？」

葉小玖回過神來，往前走了幾步到他書桌前，朗聲道：「我想請你寫幾個字。」

「寫字？」唐柒文將手中的書放到桌上，拿起筆架上的毛筆。「寫什麼字？」

看他那動作是要幫她寫了，葉小玖忙走到書桌左側幫他研墨。

「就寫『一家小攤』四個字。」

這是她經過深思熟慮才定下來的，現在她的攤子叫一家小攤，將來她的食肆就叫一家食肆，以此類推。這不僅代表她和昔言兩人情同姊妹、親如一家，更代表著她要在這裡將飲食古今相融，中西合璧，取其大成，終為一家。

「葉姑娘這可是為自己的小攤起的名字？」

一家小攤，這個名字倒是別致又有趣味。

見葉小玖點頭，他又道：「不如我幫妳刻在木板上吧，到時候妳綁了繩子，直接將它掛上去就好。」

「你會雕刻？」葉小玖驚訝地問道，隨即又想起書裡的情節。

是了，唐柒文在唐府的時候有一段時間癡迷於雕刻，唐父寵兒，所以特意請了這方面的師傅來教他，所以唐柒文的雕刻技藝雖不能說到了爐火純青的地步但也很是精湛。

原主在離開唐家時，他還送了一個照著她的樣子雕刻的小人兒，據書中描寫，那模樣甚是相似，簡直可以用栩栩如生來形容。只可惜後來原主為了討好邵遠，親手將它扔進了火爐裡，化為灰燼。

知道這段劇情，唐柒文的技術葉小玖自然信得過，便不再多言，道謝後就出去了。

唐母見葉小玖出來，與她又閒聊了幾句後，十分熱情地請她晚上來做客，想要好好謝謝她這幾日裡的幫助。

葉小玖推辭不過，便答應了。正好唐昔言午睡醒來，見葉小玖在院子裡，親親密密地過來攬著她的胳膊，說想看她打一個她說的叫中國結的絡子。

葉小玖看著她那撒嬌的可愛樣子，想著左右自己此時回去也無事，便答應了，任由她拉著去了屋裡。

第五章

唐母看著葉小玖、唐昔言兩個小丫頭嬉笑的身影，笑著搖了搖頭。

本打算洗完衣服就去做飯，唐母卻在晾好衣服後被隔壁田嬸子叫去幫忙，說是她家兒媳婦要生了，她心裡慌張想要唐母去做個伴。於是這做飯的任務，就到了葉小玖和唐昔言兩人手裡。

唐母是個勤快人，廚房收拾得十分乾淨。無論是東西的擺放還是廚具的整潔，都讓人挑不出一絲毛病。

葉小玖戴好圍裙後，挽了挽袖子，卻看著瓷盆裡收拾乾淨的雞和兔子發起了呆。

這春日裡的雞經過了一個冬天，身上沒什麼肉不說，肉質還十分的柴，所以不太適合爆炒，用燉煮是最好不過的，可是……調味料不夠啊。

葉小玖瞅了瞅櫥櫃裡的調味料罐子，讓唐昔言去隔壁取一個她包好的滷包來。

趁著唐昔言出去的工夫，葉小玖將雞和兔子都剁成了小塊，順便汆燙去腥。

這個院裡是個大廚房，有兩個灶洞，一次可以燒兩道菜。葉小玖在問過唐昔言可以分別掌控兩邊的火力後，便調了個簡易的滷水，將雞塊和滷包一同放下去燉煮。

讓雞肉在鍋裡滷著，葉小玖著手弄紅燒兔肉。原本她準備弄辣子兔丁或者是冷吃兔，可奈何沒有辣椒，雖然茱萸可以用來調辣味，但那東西放多了會有一股淡淡的苦味，所以她只能退而求其次的選了紅燒兔肉。

起鍋燒油下白糖，等白糖變成棗紅色冒泡泡時下入兔肉翻炒，加入需要的調味料，待兔肉全部上了糖色，葉小玖便在裡面加入開水，蓋上鍋蓋燉煮。

在這等待的空閒，葉小玖便繼續教唐昔言編中國結，奈何唐昔言是第一次編，常常笨手笨腳把自己的手指纏了進去，惹得葉小玖哈哈大笑，而唐昔言則是時不時的發出一聲嬌嗔，讓葉小玖別再笑她，還叫喊著說葉小玖欺負她，要她哥來主持公道。

坐在院子裡拿著刻刀在木板上刻字的唐柒文，聽著廚房裡的歡聲笑語，挑了挑眉，嘴角也勾出了一個好看的弧度。

夕陽西下，晚霞緋紅，樹影輕柔，微風不燥，在這古樸的院子裡，形成了一幅歲月靜好的風景畫。

葉小玖剛把大火收汁的紅燒兔肉裝好盤，唐母便回來了，手上還提著一小罈酒，那雙慈愛的眼睛已然瞇成了一條縫，看起來開心極了。

「娘，妳買酒啦？」唐昔言起身，接過唐母手中的酒罈放在一邊的桌上。

唐母搖了搖頭，喜氣洋洋地說：「妳田嬸子抱了個大孫子，這是她送的喜氣酒。」說著，她還從掛在身上的口袋裡掏出來一把瓜子和花生遞給了葉小玖和唐昔言。

田嬸子跟唐母關係極好，平日很幫忙唐家，所以這次田嬸子得償所願抱了個大孫子，唐母自然是發自內心地替她開心。

唐母身上的喜氣感染了廚房裡的兩人，葉小玖從唐母身上感受到了人與人之間的質樸情感。沒有爾虞我詐，沒有勾心鬥角，沒有金錢利益，只有一顆淳樸的心，讓她感覺彌足珍貴。

既然唐母回來了，便準備開飯了。今日的肉菜分量十足，足夠他們四人吃，但葉小玖為了講究營養均衡，多涼拌了一道蒲公英。

唐昔言將飯菜端上了桌，葉小玖將停了火後還在鍋裡泡著的滷雞肉撈出來裝盤，唐母去書房叫了唐柒文過來。

葉小玖的手藝再次受到了眾人的誇獎。

滷雞肉鹹淡正好，雞肉的肉香味夾雜著茱萸那一絲絲的辣意在口齒間來回的湧動。肉質嫩而不柴，油而不膩，吃著著實是下飯。至於那紅燒兔肉，色澤紅亮，味香肉爛，鹹辣的口感中帶著細微的甜，令人回味無窮，欲罷不能。

看著桌上大快朵頤的三人，葉小玖開心地揚起了嘴角。

做菜的人最喜歡的，還是看到別人大口吃菜，那是一種被認可的感覺，就像此時，她心裡很是滿足。

晚飯後，唐母讓唐柒文拿來了酒盅，打開今日從田家拿來的酒，為自己和唐柒文、葉小玖各倒了一杯。

「玖丫頭，這一杯酒，我和柒文敬妳，謝謝妳對我們家的幫助。」

見唐母和唐柒文都站了起來，葉小玖有些受寵若驚，連忙跟著站了起來。

唐母說完後，唐柒文又跟著說了許多，話語雖然較為委婉，但主要內容還是感謝葉小玖。

昏黃暗淡的燭光裡，葉小玖看著滿臉真誠的唐柒文和唐母，以及不能喝酒在一旁站著但滿眼感激的唐昔言，鬼使神差地忘了自己是白酒一杯倒的事實，將杯中的酒一飲而盡。

夜深人靜之時，唐母看著蹲在臺階上，時不時用雙手捧著下巴低頭沈思，時不時用手指著天空豪邁作詩的葉小玖陷入了深思。

她是不是……不應該讓她飲酒啊！這丫頭蹲在那兒都快半個小時了，外面天寒，只能先給她披上自己的外衣，可要是再這麼坐下去，怕是會著涼啊。

唐母身體不好所以向來睡得很早，唐柒文看夜已深了，外面又冷，便勸著她先去休息，說自己和妹妹會將葉小玖安全送回房去。

唐母雖心中擔憂，可也知道自己此時幫不上什麼忙，若是凍病了反倒添亂，便再叮囑他們幾句後，一步三回頭地回了房。

兄妹倆看著蹲在院中一臉迷糊卻慷慨激昂指著月亮吟詩的葉小玖，互相在對方的眼中看出了一絲無奈與寵溺。

過了許久，葉小玖那酒瘋總算是撒完了，酒意上來後就低著頭遲遲不動，似是睡過去了。

因著怕她著涼，唐柒文便裹好了她身上的外衣，道了聲「得罪」後，將她攔腰抱起，信步去了隔壁。

在睡夢中的葉小玖感覺有人打攪她的好夢，很不舒服地動了動，撇了撇嘴後睜開眼就看見唐柒文那張帥到讓她流口水的俊臉近在咫尺，而他身上那股淡淡的松香味更是讓她放鬆。

睡眼惺忪地瞧著眼前那稜角分明的側臉，和唐柒文一動一動的喉結，此時的葉小玖已全然分不清自己是在夢中還是現實，只想按著心裡的想法去做，於是她嚥了嚥口水，噘著嘴就朝那張誘惑性十足的臉湊了上去。

唐柒文懷中抱著葉小玖，目不斜視地只一心走路，所以並不知道葉小玖的舉動。可他身後跟著的唐昔言卻看得一清二楚，看著葉小玖噘起紅潤的小嘴，她驚訝地張了嘴。

玖姊姊是要親哥哥了嗎？

眼看著葉小玖快要親上去了，唐昔言猶豫著她要不要拿手遮著眼睛，避免看見這種非禮勿視的場景的時候，葉小玖卻忽然打了一個酒嗝，然後再一次酒勁上頭，咂幾下嘴之後又睡了過去。

唐昔言本來既興奮又害羞的心，頓時只充滿無語。

將葉小玖抱回房間，唐柒文打來熱水後，便保持他的君子風度去了門外，留妹妹在房裡給葉小玖擦臉，脫鞋、脫衣服。

第二日日上三竿了，葉小玖才醒過來，看著窗外暖融融的陽光，她舒服地伸了個懶腰，眯著眼睛勾了勾唇，然後翻身起床。

看了眼這既熟悉又陌生的房間，她才想起來昨晚她好像是喝醉了，然後……然後她是怎麼回房的呢？

看著自己的衣服整齊地擺放在床角，再瞅了眼水盆裡的水和旁邊擺著的擦臉布巾，葉小玖覺得應該是唐昔言和唐母送她回來的。

起身下床漱洗了一番後，葉小玖正打算去廚房熬碗白粥喝，唐昔言卻提著籃子進了屋。

「玖姊姊妳醒了呀！」昔言將籃子放在桌子上，從裡面端出一碗白粥和一碟小菜。「娘說妳昨晚喝醉了，今早定是沒什麼胃口，所以特意熬了白粥，說是暖暖胃可以舒服點。」

葉小玖笑著坐下。「那妳幫我謝謝嬸子。」喝了一口白粥，她又道：「也謝謝妳昨晚送我回來。」

「不是我送妳回來的。」唐昔言認真道：「妳昨晚大醉，是哥哥抱妳回來的。」

抱？公主抱嗎？哎呀，這是她長大後第一次有人公主抱自己，而且還是男神，她居然沒了記憶，真是太可惜了。

葉小玖自個兒在心裡意淫，抬眼卻看見唐昔言純真的眼神，瞬間覺得自己此刻的想法有些羞人，頗有一種帶壞小孩子的感覺，忙低下頭紅著臉喝了口粥順便轉移了話題。

「那我昨晚沒做什麼出格的事吧？」比如說什麼奇怪的話，跳什麼奇怪的舞之類的。

見唐昔言搖頭，她鬆了口氣。也對，她的酒品應該還不錯。

「不過，妳偷親哥哥不知道算不算。」

聞言，正安心喝粥的葉小玖頓時米粒入喉，咳了個天昏地暗，好久後她才忍著難受，眼含淚水地問：「我真的親妳哥了？」

葉小玖頓時覺得自己沒臉見人了，現在在唐柒文心裡，她恐怕是一個十分輕浮，藉著酒勁輕薄人的登徒子。

「不過，妳那會兒正好打了個酒嗝，所以沒親上，而且，我哥好像不知道妳要親他。」

畢竟他當時頭抬得高高的，一點都不敢隨便亂看，多半是沒看到吧！

正糾結地想要扯小手絹的葉小玖聽了這話，只覺得心口一梗。

丫頭啊，妳知不知道妳說話大喘氣是會嚇死人的？

「他真的不知道？」謹慎地又問了一遍後，葉小玖長舒了一口氣。

那就好，不然還真不知道怎麼相處了。不過話說回來，她為何會在醉酒後想親唐柒文？莫不是因為單身太久了，飢不擇食？呸呸呸，人家那相貌不該這樣說，怎麼說也是自己酒後亂性、不矜持！

送走了唐昔言，葉小玖還沒來得及燒壺熱水，唐柒文便抱著一堆宣紙和描刻好的木板來敲門。

聽著他的聲音，葉小玖頓時有一種做壞事被發現的心虛感覺，開門後看見他那張逆著光清逸出塵的面容，感覺更是羞恥，臉也不自主的紅了。

唐柒文見她這副樣子，還以為她是昨夜受了風，生病了。葉小玖只得謊稱自己是熱的，順便移開目光不去看他。

此時一門心思在手裡的東西上，唐柒文沒怎麼在意葉小玖的怪異，聽她說沒事，便移步院中，將手中的東西擱置在院子裡那缺了一角卻擦拭得十分乾淨的石桌上，然後打開了其中一張捲成筒的紙給葉小玖看。

「這是什麼？」葉小玖看著那紙上一句句頌酒吟月的詩句，疑惑地開口。

這是架空的朝代，怎麼有唐詩、宋詞啊？

「這都是妳昨晚作的啊！」唐柒文激動道。

昨晚他回去後死活睡不著，便起來將葉小玖作的那幾首詩寫了出來。卻不想這詩是越讀越有意境，越讀越有韻味，那豪爽恣縱的文風，完全就是詩壇大家風範。

文人之間總是惺惺相惜，更何況葉小玖還是一個女子，所以他激動得一晚沒睡，方才聽妹妹說她已經醒了，便立刻抱著東西想來討教一番。

「這文風完全就像是名家之作啊！」唐柒文讚嘆道。

不是像名家之作，它就是名家之作啊！葉小玖腹誹。不過，她喝醉居然真的會吟詩，以前聽閨密說，她還以為只是個惡作劇，現在好了，人家連證據都拿來了。

「嗯……這個……這個其實就是名家之作。」葉小玖不知道該怎麼說：「我只是把它都背下來了而已。」

「哦？」唐柒文眼神亮晶晶。「不知是哪位名士，現在何處？」

「那個……那個寫這首詩的叫青蓮居士。」葉小玖指著那首〈將進酒〉。「其他的我忘了叫什麼，我也是偶然遇到他們的，所以他們現在何處我不是很清楚。」

葉小玖睜眼說瞎話，想著快些將這件事糊弄過去，否則說多了以唐柒文的警覺，她絕對會露餡兒。

唐柒文聞言，失望地嘆了口氣，暗恨自己無緣，隨即將桌子上刻好的木板遞給葉小玖。

葉小玖方才看唐柒文的字，便覺得遒勁有力、瀟灑飄逸，卻不想他刻出來的字更是颯爽有神。世人都說字如其人，看唐柒文的這一手好字，便能明白他是一個端端正正的正人君子。

唐柒文雖對葉小玖的話將信將疑，但看她那一副不願多說的樣子，他也沒好意思再多問，只閒扯幾句便回到自己院子。不過臨走時還徵求了葉小玖的同意將那幾首詩詞拿走了，看來是真的很喜歡。

下午的時候，幾個佃農前來唐家退租，說是家中困苦，沒法再租種他們家的地了。葉小玖雖知道這一切還是唐家老宅在背後使壞，但也無計可施，總不能威脅這些佃農強租強種吧？

無奈之下，唐母只好讓唐柒文按了手印後撕了租契，收回了田地。好在離春種還有近半個月，她去里長那裡問問，應該還是可以找到租種的人。只是這樣一來，作為頭租地，這租子要到今年秋天才能收回來，唐柒文的學費又遙遙無期了。

晚飯過後，唐母和唐柒文兩人去了里長家。葉小玖便和唐昔言兩人在小廚房裡忙活。這幾日三天打魚、兩天曬網的，也不知道胡立門前的空地還幫她留著沒。

有了前幾日的口碑基礎，葉小玖隔日一出攤，就見有不少人已經拿著碗等在了那個地方。

「玖丫頭，妳昨日怎麼沒來？」毫無疑問，胡立又是第一個客人，拿著碗站在攤子旁，眼睛眯成一條縫。

「昨兒有點事耽擱了，所以沒顧得上。」葉小玖說著，手腳麻利地挾了六個包子放到他的大碗裡。

胡立本想與葉小玖閒聊幾句，可葉小玖戴著自製的簡易口罩，所以說話聲嗡嗡的，再加上周圍吵，他聽不清楚，而且葉小玖還這麼忙，他只得作罷。遞給唐昔言十二文錢，端著碗回了鋪子。

因為許多酒樓買豬肉都嫌棄豬皮口感不好所以壓價，屠戶為了多賺點錢，一般都會把送到酒樓的豬肉脫皮，這樣一來，這作為邊角料的豬皮價格就十分便宜，所以連著好幾天，葉小玖就只賣灌湯包，有些時候甚至下午也會出攤。

葉小玖這火爆的生意可眼饞壞了其他小販，沒過多久，大街上就多出來好多走街串巷賣灌湯包的，甚至連酒樓，都推出了湯包這一主食。

幸好「一家小攤」的名號已經打了出去，老顧客就只認準她這一家，慕灌湯包名而來的外地人，也專找那個板車上掛著「一家小攤」那四個龍飛鳳舞的大字的小攤，至於其他的是看也不看，所以仿冒品的出現並沒有影響到她，反倒讓她的生意在激烈的競爭中更上一層樓。

唐家的地也租了出去，為了防止唐家老宅的人再次搗亂，葉小玖還委婉地提醒唐柒文在新的租契裡面擬定了違約賠償金這一項，想必有了這一項，這些佃農違約時心裡也會再三思考。若真是違約，也不怕沒有進項。

唐柒文這幾日和他的同窗開起了書畫攤，早出晚歸的，葉小玖也是極少看到他。

眼見清明將至，天氣一天一天熱起來，村裡人也大量地忙活起來準備春種。唐家自己也留了幾畝地，種些小麥、大米留作一年的吃食，但因為地少，倒不用他們幾個過於操心。

第六章

這幾日，葉小玖不出攤的時間幾乎都在田裡，雖然幫不上他們什麼大忙，但偶爾遞個東西、提個水什麼的還是可以的。所以她也認識了不少俞竹村的人，而村民只覺得唐家的這租客性子好，相貌漂亮、人又勤勞，還有一門足以餬口的美食手藝，著實是個好姑娘。

田嬸子對葉小玖更是喜歡，多次向唐母旁敲側擊地打聽，目的很明確，就想探探葉小玖的情況好說給她家二娃做媳婦，只不過都被唐母搪塞了過去。

對於這些葉小玖並不知道，她看著這漫山遍野的翠綠，感受著溫暖的陽光，呼吸著泥土的芳香，只覺得心曠神怡。比起現代城市的那種快節奏與緊迫，她更喜歡這種鄉村的輕鬆與愜意。

唐母看著葉小玖朝著遠處發呆，走上前來朝她看的方向看了一眼，隨即道：「那是小玲子她們採艾草呢，馬上就到清明了，家家戶戶都是要吃青糰的。」

葉小玖知道唐母是誤會了，剛想解釋，卻被她的話吸引了。

「這裡清明家家戶戶都吃青糰？縣裡的人也吃？」

「嗯。」唐母點頭。

清明時節要用青糰來祭祀這是大鄴朝的老規矩了，而且在清明期間，若是家裡來了客人，一定要拿出青糰來招待，這算是最高禮節。

所以每到清明時節，縣裡賣青糰、賣艾草的比比皆是，就連那大酒樓裡，一天的青糰銷量遠遠大於其他。

這些葉小玖當然不知道，畢竟在現代，青糰只是一種小吃，卻不想在這大鄴朝，這青糰居然是季節限定的商品。

葉小玖覺得，她似乎從中窺見了商機。

大鄴朝的青糰多是用糯米兌上艾草汁做成的，除了軟糯中帶一點艾草的清香外幾乎沒有別的味道，若是她加進現代的創意，包上紅豆餡或者是肉鬆，那是不是銷量會更好呢？

第二日出攤，葉小玖在親眼目睹了那個賣艾草的大嬸以迅雷不及掩耳之勢將那四大筐嫩綠的艾草賣得一乾二淨的時候，更加堅定了自己的想法。

「啥，在青糰裡面加餡？」唐母感覺震驚，她長這麼大，也沒聽過青糰還有這種吃法，又不是包子。

「對，就是加餡，像包包子。」

「這能好吃嗎？」唐母一臉不可思議地望向身邊的唐柒文。

因為今日他家種麥子，所以唐柒文就留在家裡幫忙，沒去書畫攤，可他讀了那麼多書，也沒看見青糰還有別的吃法啊？

葉小玖知道他們不相信，只是笑了笑也不多做解釋，因為她知道實踐出真知，只有吃過才知道好不好。

午飯過後，葉小玖便囑託唐昔言去河邊採艾草來，自己留在家裡準備餡料。

紅豆是她前些日子煮八寶粥的時候買的，泡了一晚上已經泡發了，只須加水燉煮軟爛即可。

拿出從胡大叔那兒新打的小爐子和鍋，加水和調味料後，葉小玖放進去一塊她精挑細選的瘦肉。

紅豆沙和肉鬆的做法其實並不難，唯一讓葉小玖覺得崩潰的是這裡沒有食物調理機，她只能用洗乾淨的錘子掌握好力道將肉絲砸至蓬鬆。

這一番工夫下來，著實讓人累得氣喘吁吁，滿頭大汗。

接下來的步驟倒是十分容易，她和唐昔言花了半個時辰不到，一籠青糰就開始蒸了。待青糰出鍋後葉小玖在上面塗上她現榨的芝麻油，便歡歡喜喜的和唐昔言兩個人裝著去了隔壁。

唐母沒想到葉小玖還真弄出這玩意兒了，這青糰外表看著跟平常的沒啥差別，只是刷了一層油看起來顏色格外鮮豔，但看這掰開後的內裡……她有點不敢下嘴。

「娘，妳吃吃看啊，很好吃的。」唐昔言微微一笑，將半個青糰遞給唐母。

這紅豆沙和肉鬆，葉小玖在做好後就給她嚐過了，無論是口感和味道都十分奇特，她在出鍋後已經偷偷吃了好幾個了。

唐母猶豫著咬了一口，瞬間睜大了眼睛。

唐昔言給她的是肉鬆的，聽葉小玖說應該是鹹的，她本以為這味道會很奇怪，卻不想竟是意外的和諧。

清香軟糯的外皮，包裹著鹹香可口的肉鬆。蓬鬆感與緊實感在唇齒間碰撞，激發了味蕾的活力，只讓人覺得想繼續吃。

葉小玖見唐柒文在一旁看著，也遞給了他一個。

唐柒文拿著青糰捏了捏，鬆鬆軟軟的，外表看起來綠油油的，跟玉似的。葉小玖給他的是豆沙餡的，糯韌綿軟的糯米皮帶著一股艾草的清香撲鼻而來，豆沙餡甜而不膩，香糯可口不黏牙，口感著實讓人上癮。

不知不覺間，一盆的青糰就吃完了，最後投票結果是唐母和唐昔言比較喜歡甜的，唐柒文跟葉小玖一樣比較喜歡鹹的，而最終結果就是這青糰定能在涼淮縣賣得火爆。

有了唐母他們幾個人的肯定，葉小玖心裡也有信心。第二日早上賣完包子後，下午便做了青糰拿去賣，不過分量不是很多，算是先試探市場。

離清明還有五、六天，所以街上都是賣艾草的，像葉小玖一樣賣青糰的倒是沒有。

「玖丫頭，這清明還早，妳怎麼賣起青糰了？」

說話的是姚嬸子，自葉小玖擺攤以來幾乎可以說是日日都來，算是葉小玖的老顧客。

「姚嬸子。」葉小玖喊了一聲。「我這不是有個新的想法，所以先來試試嘛～～」

「啥新想法？」姚嬸子疑惑。這青糰不就一個做法嗎？

說再多，都不如直接讓他們試吃，正好胡立也笑呵呵的過來了，葉小玖便取出一個鹹的青糰，一掰兩半分別遞給他們。

二人看著葉小玖這青糰裡奇奇怪怪像木頭渣子一樣的東西，皺了皺眉。可出於對她手藝的信任，還是硬著頭皮嚐了嚐。

本來二人打算這東西就算不好吃也要誇誇葉小玖腦筋靈活，畢竟不能打消了這丫頭的積極性，然後再委婉地告訴她這東西著實是沒人喜歡吃。卻不想這東西一進口就瞬間征服了他們的味蕾，滿腦子只剩下了「好吃」二字。

看他們那驚訝的表情，葉小玖微微一笑，隨即又掰開一個豆沙的給他們。

兩種口味的青糰吃完，二人各自發表意見。姚嬸子說豆沙的好吃，沙沙的餡配上軟糯清香的外皮十分香甜可口；胡大叔說肉鬆的好吃，肉鬆的鹹香緩解了外皮那股有些膩人的艾草味，味道更好。

為此，兩個人還爭執了起來，非要分出個高下。二人的大嗓門引來了不少路人前來圍觀，這可為葉小玖的青糰打了免費的廣告，為了平息這場鬧劇，不少人都分別買了兩種口味的青糰，想著嚐過後說句公道話，結果吃過之後他們也加入了這場鹹甜之爭。

最終的結果就是，葉小玖的青糰賣完了，他們還沒爭出個所以然來。

青糰爭論之事算是涼淮縣多年來的一大怪談，所以不到一晚上時間便傳遍了大半個縣城。第二日，還不等葉小玖出攤，就已經有人早早地等在了攤位前，想要一嚐這引起爭論的新口味青糰到底是何模樣。於是，葉小玖的青糰以一種很奇特的方式成功打入了涼淮縣的市場。

一時間，買青糰的人瞬間增多，需求量也越加越多，葉小玖和唐昔言兩個人忙不過來，便央著唐母去請了田嬸子一家前來幫忙，當然這個幫忙是給工錢的。

田嬸子這幾日正為家裡的老大、老二沒處尋個活幹發愁，唐母說這是葉小玖雇工，她便帶著一家老小歡快地來了。

一番思量下來，葉小玖決定她自己負責做餡，讓田小貴和田小富兩人男人幫忙做肉鬆，田嬸子、唐母以及昔言負責包青糰，田嬸子的小女兒田小冬負責帶人採艾葉，她以市場價收購。

唐柒文本來也打算來幫忙的，可奈何他新接了個作畫工作，這幾天要忙著趕出來，便只好作罷。

隨著清明節的臨近，葉小玖的青糰以迅雷不及掩耳之勢在涼淮縣迅速走紅，只要是來走親訪友的，拿出在一家小攤買的青糰招待客人那定是倍有面子。有些大戶人家竟然還買了青糰，打包好後趁著天還冷，派小廝快馬加鞭地送去給上京城做官的兒孫嚐嚐。

於是，葉小玖變得更加忙碌了，白天她要和唐昔言以及田小冬一起出攤，晚上回來就要備好第二天要用的餡料。原本包青糰的人手也由之前的兩個變成了現在的六個，當然這些人都是唐母找來的，都是平日裡交情不錯的村民。

因為俞竹村離縣城有一段距離，葉小玖為了不耽誤時間還買了匹馬，賣馬的大叔知道她是一家小攤的攤主後，還大方的送了她一個新的板車。於是這輛馬車就成了葉小玖的代步工具，平時她出攤的時候，田小富和田小貴兩人就用它來送青糰。

有了一個製作青糰的完整生產線後，葉小玖也能稍稍喘口氣了，只須每日負責準時出攤，其他的自有唐母幫她看顧。

新式青糰這麼盛行，自然不可避免地傳到了唐家老宅的耳朵裡。尤其是唐家現任的當家主母劉茹慶，她在交好的貴婦人家裡嚐過之後很是喜愛，問了地址後便領著自己的貼身丫鬟和幾個小廝前來購買。

「喲，原來是妳這個小賤丫頭啊！」劉茹慶那張搽過脂粉的臉上滿是鄙夷。沒想到這風靡縣城的青糰，竟出自一個擺地攤的女子之手，她更沒想到竟會在這裡看見唐昔言。

「怎麼，離開了我們唐府，妳就只能在這個小攤上打下手了嗎？」劉茹慶紅唇上挑，尖細的聲音刺激著唐昔言的神經。「妳那個要強的娘呢？不是當時我動妳一根指頭都要和我拚命嗎？現在竟捨得讓妳出來幹這種下賤事了？」

本來埋頭在一旁打包青糰的葉小玖聽見這陰陽怪氣的話，抬頭就看見一個衣著不俗的中年婦人站在攤子前，趾高氣揚地看著旁邊的唐昔言，而唐昔言此時是渾身發抖，一雙小手更是冰涼。

看唐昔言這個樣子外加這女人方才的一番話，葉小玖也能猜到她就是書裡那個尖酸刻薄的唐柒文二嬸。也就是那個在原男主邵遠心裡妒忌唐柒文的情況下，作偽證說唐柒文與原主有首尾，徹底葬送了唐柒文性命的唐家二夫人。

此時葉小玖不得不佩服書中作者的表述能力，劉茹慶與唐母雖年紀相差不大，可養尊處優所以顯得很是年輕，一雙柳葉吊梢眉下是一雙三角眼，此時因為生氣所以緊瞇著；與臉蛋不太相符的鼻子下面是一張薄唇，大紅色的口脂非但沒顯現出她的好氣色，反而有一種恃強凌弱的倨傲，配上她那脂粉抹得白生生的臉，再加上她這般姿態，真真是將尖酸刻薄四個字表現了個十成十。

看唐昔言怕她怕成這副樣子，恐怕以前在唐府沒少被她欺負吧？

這事倒是葉小玖想岔了，唐昔言之所以怕劉茹慶並不是因為挨欺負，畢竟她父親死後還有唐母擋在他們兄妹前面，而且劉茹慶作為二房還是有所顧忌不敢動他們。真正讓她害怕的，是她親眼看著劉茹慶打死了唐府一個新來不久的小丫鬟，只因為那丫鬟在擦地時不小心將水濺到了她的裙襬上。

葉小玖的打量讓劉茹慶感覺很不舒服，尤其是她那種看透一切的眼神更讓她覺得有點恐懼。不能向葉小玖發怒，她便將所有的怨氣發洩到了唐昔言身上。

「妳個小賤蹄子是越發沒有規矩了，長輩問妳話，妳居然敢不答？」劉茹慶眉頭緊皺，眼神直勾勾地看著唐昔言，如同地獄前來索魂的惡鬼，嚇得她抖得更厲害了。「賤人生下的盡是些下賤胚子，只能幹這些下賤活！」

葉小玖本在安撫著唐昔言，聽她這番話，便將唐昔言拉到自己身後，直起身勾唇道：「既然我們這是下賤地方，還請這位夫人移步到適合妳的高貴地方去吧！」

「妳什麼意思?!」劉茹慶厲聲問。

「什麼意思？」葉小玖拿起一旁的布巾擦了擦手後扔在一邊。「妳是聽不懂人話嗎？我的意思就是讓妳有多遠滾多遠，哪裡涼快上哪兒待著。」

「嘿，妳個小賤蹄子敢這麼跟我說話？妳知不知道我……」

「哎，妳買不買？不買就讓開別賴在這裡妨礙人！」不等劉茹慶說完，後面排隊的大叔早已等得不耐煩了，大聲道：「跟隻母雞似的，大清早的在這裡聒噪，妳是覺得妳聲音好聽？還是長得好看啊？」

這個大叔昨天沒買到，所以今天起了個大早來排隊，結果這女的占著茅坑不拉屎，排著隊在這兒磨磨蹭蹭的，著實讓他火大。

劉茹慶轉頭見罵她的男的穿著一身粗布短打，眼裡盡是嘲諷。「你知道我是誰嗎？我可是唐府當家主母，你一個泥腿子竟敢這麼跟我說話？」

她看了一眼那男人又看了一眼葉小玖。「也是，也只有你們這種下等人才吃這種低賤的東西！」

這一番話頓時惹了眾怒，不用葉小玖出聲，後面排隊的人就已經群起而攻之，其中最生氣的，便是近來的常客，沐府的管家沐陽。

「唐夫人好大的口氣啊，不知什麼時候我們沐府在你們唐府面前，竟然成了下等了？您倒是說說。」沐陽聲音不大卻讓劉茹慶聽得心驚肉跳。若是惹怒了沐府，他們碾死唐家就像碾死一隻螞蟻一樣容易。

知道自己踢到了鐵板，劉茹慶只好在眾人的一片嘲弄聲中灰溜溜地逃走了，等出了眾人的視線，她狠狠地擰了幾下她身邊的丫鬟，直疼得丫鬟哇哇大叫。

「妳個小賤蹄子，居然看著我出醜？真是白養你們這些飯桶了！」

她身邊的幾個小廝低著頭不說話，而被她擰了的丫鬟也只能委屈地癟癟嘴，任由她打罵。

看著那人擠得滿滿的小攤，劉茹慶惡狠狠地啐了一口唾沫。

「小蹄子，看妳能得意幾時，早晚讓妳關門大吉。」

唾沫噴到了落葉上，風一吹，落葉正巧黏在劉茹慶的衣裙上，她嘴裡罵罵咧咧，沒注意到，葉片隨著裙襬起伏幾下才掉落下來，徒留那一口唾沫隨著裙襬在陽光下閃耀。

「剛才多謝沐管事幫忙。」好不容易隊伍排到了沐陽這裡，葉小玖連忙道謝。幾次與錦衣閣打交道，葉小玖與他也算是很熟稔了。

「小事罷了，不足掛齒。」沐陽豪爽一笑。「對了，我們老爺說手套生意很好，說等妳有時間了，定要好好謝謝妳。」

「沐老爺客氣了！」葉小玖將他要的整整六大食盒青糰裝好，遞給他身邊的小廝。「不過是銀貨兩訖的交易罷了，生意好主要還是靠錦衣閣的名聲和沐老爺的智慧，與我這賣點子的著實沒什麼關係。」

葉小玖這直率不攀高枝的性格讓沐陽很是敬佩，畢竟在這涼淮縣或者說整個華陽府，哪個人不想與沐府攀上些關係，好在商界扶搖直上，平步青雲？偏偏這丫頭不但不要這主動送上來的機會，還一副恨不得撇乾淨的樣子，著實讓他驚奇，更佩服她一介女子居然可以不慕權勢。

葉小玖若是知道她這想法恐怕得哭死，有大腿誰不想抱，誰不願意躺贏？但她弄不清楚這沐老爺突如其來的示好到底是什麼意思，她這新來乍到的新手跟商場老狐狸打交道，還是留個心眼比較好。

第七章

清明時節的青糰讓葉小玖賺了個盆滿缽滿，幾乎涼淮縣所有的大戶都在她這裡訂購過，而且不止一回。當然了，這裡面自然不包括唐府。

話說劉茹慶那日回到家後，氣了個七竅生煙。不知是何人那樣下流無恥，居然在她的裙子上吐口水，她裙子用的布料是價格不菲的外來貨，防水的，那口水滲不進去，所以掛在那裡十分顯眼，害她被花姨娘那個小賤人嘲笑，還被老夫人教訓說她身為唐家主母衣冠不潔，丟了唐府的體面。

果然，遇上那小賤蹄子就是晦氣！

可緊接著，前來唐府拜訪的那些個貴夫人見她用來招待客人的竟然還是普通青糰，紛紛覺得這唐府小氣，偌大的產業竟會對一個便宜的青糰捨不得，著實小家子氣。

劉茹慶在不知道緣由的情況下就這樣被那幾個貴夫人輕視了，往後前去拜訪，不是吃閉門羹就是得等好久。

這些事葉小玖自然不知道，她的青糰生意在清明過後就陷入了停滯，當然這也是她預料的。畢竟青糰算是個時令小吃，而且過了清明後的艾草，味道沒有之前鮮嫩不說還添了一絲苦澀，做出來的顏色也不再那麼翠綠，確實無法再招來顧客。

既然青糰之路行不通了，葉小玖便再次賣回了她的灌湯包。

不過這幾日下來，除去做青糰的原材料和人工費，她總共賺了二百兩。

二百兩雖多，但在涼淮縣寸土寸金的地方買一個大一點的酒樓還是不夠，所以她想著先租一個小店。畢竟現在招牌打出去了，灌湯包的需求量也日益劇增，她這樣來回跑實是浪費時間，而且在家裡做好再運往縣裡局限性太多，一番盤算下來還是租店面比較划算。

這次的事能這麼順利，可以說唐母一家是幫了大忙的。唐母也看出來了，葉小玖著實是個做生意的料，再加上葉小玖和唐昔言的勸說，她便在攢夠了唐柒文的學費後，將剩下的錢以葉小玖所說的投資入股的方式交給了葉小玖。

葉小玖本認為唐家若是為商，可能會對唐柒文將來的仕途有所影響。卻不想觀察下來，這大鄴朝商人地位雖然不高，但卻不怎麼影響讀書人。而且這裡面並不包含做美食生意的，甚至做廚師的身分地位還不錯，由此看來，這大鄴朝是個吃貨國啊！

既然打定了主意要租店面，她便在縣裡老住戶姚嬸子的陪同下特意去找了涼淮縣口碑最好的房牙。

房牙姓梁，是個四十多歲的中年男人，一襲黑色長袍，嘴裡叼著一根煙管，正躺在院子裡的躺椅上「吧嗒吧嗒」的抽著。

老房牙聽葉小玖要租鋪子，斜斜地瞥了她一眼，慢吞吞地起身在椅子邊上磕了磕煙管，理了理自己起了褶縐的衣服，才去房裡拿來一大串鑰匙，帶著葉小玖去看房。

一番晃悠下來轉了四、五個鋪子，葉小玖都沒有找到滿意的。不是鋪面太大、價錢太高，就是鋪面合適、位置太偏。慢慢的，那房牙也沒了耐心，臉拉得跟鞋拔子一般長。

葉小玖自然知道這房牙是不滿她過於挑剔，可就連姚嬸子都看出來了，之前那些鋪面確實不適合用來做吃食。就在葉小玖一籌莫展之際，卻在街上遇見了沐陽。

「葉姑娘，妳這是要去幹麼？」沐陽看了看葉小玖身邊的梁房牙，好奇地問。

沐陽在涼淮縣是有頭有臉的人物，這梁房牙自然是認得他的，只見他一改之前的死人臉，對著他笑得跟朵花兒似的。

不等葉小玖回話，他便急急搶話道：「原來是沐管事啊！您怎麼有空到這偏僻地方來了？」

看著梁房牙那狗腿模樣，葉小玖無奈撇了撇嘴。

人家到這個地方來自然是有事，難不成是來看你的？還有，既然你知道這地方偏僻，還這樣胡亂推薦？唉，只能說有錢的才是大爺啊！

見沐陽不理睬他，梁房牙也不尷尬，笑著換了個話題。「這葉姑娘是來租房子的。」

「租房子？」沐陽看著葉小玖。「葉姑娘可是要租個店面？」

「是。」葉小玖點頭。「只是尚未尋到合適的。」

聞言，沐陽哈哈一笑，道：「我這兒有合適的，葉姑娘不妨跟我去瞧瞧。」

沐陽是一臉的正人君子相，葉小玖不疑有他，便跟著去了，結果他將她帶去了錦衣閣。

「沐管事，你這是？」葉小玖疑惑，好端端地看店面，將她帶到這兒來幹麼。

沐陽看出葉小玖的心思，微微一笑道：「葉姑娘請稍等，我去請我們老爺下來。」

沐陽話剛說完，沐封便踩著臺階一步一步地走了下來，看見葉小玖他明顯一怔，隨即道：「玖丫頭，妳怎麼到這兒來了？」

因為這幾日前來買包子的客人都叫她玖丫頭，所以沐封這麼叫她葉小玖並不覺得彆扭，只是沒好氣地說：「不是我要來，是沐管事將我騙來的。」

見沐封將目光移到了他身上，沐陽忙低聲道：「是這樣的，我在路上見葉姑娘在忙著找店面，想起老爺有間店面要租出去，索性將人帶來了。」

「原來如此。」沐封豪爽一笑，對葉小玖道：「丫頭妳別氣，我確實有間房子要租出去，走，我帶妳去瞧瞧。」

一行人起身出門，沐封見跟在後面亦步亦趨的梁房牙，朝沐陽使了個眼色，沐陽會意，掏出近一兩的碎銀子遞給了他。梁房牙拿了銀子，高興得咧著嘴走了。

葉小玖原想著沐封要出租的房子，位置應該很一般，卻不想那地方就在錦衣閣隔壁，只須拐個彎就到了。

「沐老爺，這……」葉小玖看著大小與她期許正合適的鋪面說不出話來。從這兒往房子裡面看，這應該是錦衣閣的一個廢棄庫房，可在這種優越的位置下，租金肯定不會便宜。

再說了，沐老爺好端端的，為何要將這鋪子租給她？他又不缺那幾兩銀子。

葉小玖眼底的防備沐封也看在眼裡，他無奈地嘆了口氣，道：「丫頭，我知道妳對我心存疑慮。我也實話跟妳說了，我之所以幫妳，是因為我將妳的事與小女講了，她十分敬佩妳的才能和膽識，所以央我幫著妳。」

「我這……」沐封聲音忽然有些哽咽。「我這也算是行善積德了。」

「沐小姐？」葉小玖心裡好奇，很想問問這沐小姐的情況，可看沐封這副樣子，提及沐小姐怕是要戳著他的痛處，只好閉上嘴，默默地站在一旁。

最終，葉小玖以每個月十兩的價格租下了這間店面。這價格雖遠高於市價，但卻是她主動要求的，她不想欠沐老爺太多，至於這恩情，尤其是那素未謀面的沐小姐的恩情，她都一一記在了心底。

送走了沐封他們，葉小玖細細打量著房子，思忖著該如何設計裝修。

這鋪面若是在裡面弄幾個大一點的爐灶，以及打幾張放籠屜用的桌子，剩餘的地方有限，賣包子的攤子還是得放在外面。

心裡大概有了計劃後，葉小玖便拿著沐封給的鑰匙鎖上門，結果轉身就瞧見了唐柒文的書畫攤就在店鋪的不遠處。

原來是在這兒擺攤呀！

書畫攤這會兒沒什麼人，所以唐柒文他們幾個都拿著一本書默默地讀著。葉小玖本想上前去打個招呼，但又覺得有唐柒文的幾個同窗在，怪不好意思的，只得作罷。

但或許是唐柒文感覺到有人在看他，他忽然抬起頭朝這邊看過來。見是葉小玖，他明顯一怔隨即朝著她勾唇一笑。

恁是多年以後，葉小玖都深深地記得，那個陽光明媚的午後，那個白衣長髮的少年手中執書，朝她露出了這世上最璀璨、最溫暖的笑容，驚豔了她的餘生。

一家小攤即將有店面，當屬唐昔言最是開心，那嘴巴都快咧到耳根子後面去了，唐柒文回來聽了此事後，也對她道了聲恭喜。

第二日葉小玖在出了早攤後，便將板車放在了店裡，和唐昔言二人去找了泥瓦匠來打爐子，順便去了木材行訂做了幾張大桌子、砧板和新的幾套籠屜。

至於鍋子這類的，葉小玖自然是在胡立那裡打，她委婉地告訴他租到店面的事情，以後都不會再來他這裡擺攤了，不過若是他想吃她做的東西，就到店裡來，她請客。

胡大叔除了捨不得葉小玖的包子，其實更捨不得這兩個古靈精怪的小丫頭，可終究還是笑著說了聲恭喜，說到時候定會過去捧場。

三人又閒聊了幾句，葉小玖才想起來她最重要的事還沒辦呢。

她從荷包裡拿出一張圖紙來，遞給了胡立。

「胡大叔你瞅瞅，這東西你能打嗎？」

胡立接過圖紙，細細地瞧了一番。一個鐵框子又加了兩層鐵片，外面還有個門。圖紙上也標注了尺寸，很是詳細。這東西對他來說不難，但他著實看不出用途。

「這是用來烤饃的。」葉小玖看出了他的疑惑，回話道。

雖然村裡有專門用來烤饃的爐灶，可用著並不方便。所以她便照著現代烤箱的樣子弄了一個古代版陽春烤箱，用時只須在最底下和最上面的一層放木炭，加熱後在中間那一格烤即可。

待訂做的器具一切到位後，葉小玖的「一家食肆」便悄無聲息地開張了。因為店鋪面積小，葉小玖並沒有發請柬、打廣告，只是告訴那些老顧客自己的攤子挪到了錦衣閣旁邊，到時候還煩請他們來捧個場。

開張的時間是唐母找算命的算了風水，反正是啥都算的半仙算的良辰吉日，唐柒文因為今日有事不能來，便早早地寫好了一副對聯當作賀禮讓唐昔言帶了過來。

時間還早，葉小玖就讓前來幫忙的田小富、田小貴兩人直接將對聯掛了起來。那龍飛鳳舞的字，正好與正上方「一家食肆」的新招牌相得益彰。

店鋪開張葉小玖雖沒擺宴席，但還是弄了個為期三天的開業大酬賓，只要買三個灌湯包就送一個豬肉芹菜包，無上限增加。

此話一出，無論是前來捧場的老顧客，還是尋著熱鬧來的旁觀者都紛紛拍手叫好，一窩蜂的湧了上來。

姚嬸子和胡立都是提了賀禮來的，但葉小玖因為忙，便讓唐昔言前去招待了下，準備等她空閒了再親自好好謝謝他們。

葉小玖料想到了今日客人肯定特別多，所以早早地請來了田嬸子一家前來幫工，就連向來只願意侍弄田地的田大叔都被田嬸子拘來，待在一旁幫忙燒火。

唐母之前是唐家老宅的當家主母，領導能力沒話說，後廚被她打理地妥妥當當，所有工序都有條不紊的。葉小玖連同唐昔言以及田小冬三人在前面忙活，倒是各司其職，進行得有模有樣。

葉小玖開張，沐封作為鄰居兼房東自然知道，所以他早早地讓沐陽備了一份賀禮派小廝送了過去。

站在錦衣閣二樓的窗戶前，沐封看著樓下與人有說有笑忙活的葉小玖，那雙向來精明的眼睛暗了暗，充滿了無奈和傷痛。

「你說婉兒若是也像那丫頭一樣活蹦亂跳的，那該有多好？」

猶記得前日他去看她時，婉兒雖笑得開心，可那笑過於蒼白，一點兒人氣都沒有，他看了心疼。

「小姐吉人天相，會好起來的。」沐陽也走到了窗前，眼睛向遠處眺望，看不出絲毫情緒。「況且老爺多年來行善積德，老天有眼，定會聽見老爺心中的期許讓小姐好起來的。」

「但願吧……」沈默了良久，沐封嘆了口氣，轉身走到了桌前，坐了下來。

他何嘗不知道，這事的希望近乎微渺，可是他還是希望婉兒能夠好起來，否則將來他還有何顏面去見他那早早去世的亡妻呢？

三天酬賓過後，葉小玖的鋪子也漸漸走上正軌，客流量穩定了下來，於是葉小玖便只長期雇傭了田小冬一人，每天給她三十文的工錢，中午管一頓飯。

唐母偶爾會來幫忙，但大多時間都在忙家裡或者田裡的事，所以也不太能顧得上。因為半月後學堂要開學，故而唐柒文這幾日都在官府忙著登記信息，今日才終於空閒下來，便又和胡萊與文悅兩個同窗擺起了書畫攤。

「喂文兄，你有沒有發現今日唐兄有些奇怪啊？」胡萊看著坐在攤前發呆的唐柒文，低聲對文悅說。

文悅瞅了唐柒文一眼，贊同地點了點頭。

這唐兄往日無事都是在一旁認真溫書，今日竟會無故發呆，著實稀奇。

文悅向來是個性子直的，有什麼事都是直接問，甚少自己藏在心裡。看著唐柒文古怪，他便想上前去問問，卻正巧過來一個女子，指定要唐柒文寫字，無奈之下，他只好先轉到一旁替他磨墨。

唐柒文的字是他們三人裡面最好看的，所以來找他寫字的人偏多。待唐柒文寫好，那女子拿起紙瞅了一眼，隨即一臉嬌羞的抿唇微笑，丟下一錠碎銀子，在兩個婢女的簇擁下走了。

「嘖嘖嘖……」看了唐柒文寫的字，文悅更是覺得他有古怪，嬉笑調侃道：「唐兄莫不是春心萌動，所以才寫了那樣的詞？」

他們這字畫攤子，並非提前寫好了東西拿來賣，而是客人指定讓他們寫，若是客人沒什麼想法但是喜歡他們的字，也可自己即興創作，但一般這種情況下，他們都是寫些讚頌四君子高潔的詩句，從無例外。

今日那女子讓唐兄即興發揮，但他卻寫了那樣的一句詩，讓他覺得離奇至極。

唐柒文聞言，抬起頭來看了他一眼，隨即低下頭道了句。「無聊。」

「巧笑倩兮，美目盼兮。唐兄若不是春心萌動，為何會寫這樣一句詩？」讀書之人並不避諱談論這些風流韻事，更何況他們關係極好，文悅自然是要刨根問底的。

唐柒文本以為文悅只是過於無聊，所以才調侃他逗樂，經這麼一說，他才想起自己方才寫了些什麼，隨即受驚般地站了起來，連帶著凳子也發出了刺耳的聲音，嚇了在一旁逗蟈蟈的胡萊一大跳。

「他這是怎麼了？」胡萊放下手中的稻草，疑惑地看向文悅。

文悅聳了聳肩，笑言道：「唐兄春心萌動，方才恍惚之間寫了句豔詞給那女子，這會兒正在懊悔呢！」

「是嗎？」胡萊一個箭步衝了過來，湊到唐柒文身邊，急吼吼問道：「誰？唐兄是看上誰了？」

聽見這問題，唐柒文鬼使神差地看向葉小玖的方向，她這會兒正鬧著和唐昔言打鬧。似乎是感覺到了他的目光，她忽然朝他展顏一笑。那笑靨如花的樣子讓唐柒文有些不知所措，只覺得心跳加速、口乾舌燥。

他急急地朝著二人道了句「我出去一下」，便頭也不回地走了。

「他怎麼了？」胡萊看著唐柒文如出逃一般的背影，滿臉迷惑。

「誰知道呢？怕是害羞了！」

第八章

唐柒文過了近一炷香的時間才回來，但看他那個樣子，定是去書局的後院洗了把臉。

胡萊瞅了眼他那還微微泛紅的耳尖，勾唇一笑，隨即一把攬住了他的肩頭。「哎呀唐兄，這事你也不必過於害羞，先成家、後立業，你既有喜歡的人，那就放心大膽地去追，不必如此局促不安。再說，這事你一個男子不主動，難道還期望人家姑娘先開口？」

他微微一笑，指著葉小玖的方向道：「你看見那邊的那個女子了嗎？就那個穿青色衫子的。」

見唐柒文看他，他指著葉小玖直接道：「那個女子叫葉小玖，原本是在我家門口擺攤的，我爹相中了她身邊那個年紀小的。」他又指著唐昔言。「想著打聽一下是誰家的，好說給我做媳婦。可我覺得那小的年紀太小又鬧騰，著實沒有葉姑娘看著可人，我……」

胡萊本準備侃侃而談一番，讓唐柒文取取經，卻不想唐柒文居然目光如炬地盯著他，直看得他心裡發怵。

「你……你怎麼了？」為啥這麼嚇人地盯著他看啊?!

「你說的那個年紀小、鬧騰的，是我妹！」唐柒文一字一句道。

「噗哈哈哈哈哈！胡小二看你還浪，哈哈哈哈哈，笑死我了！」文悅在一旁笑得肚子疼，就差沒躺到地上打滾了。

胡萊一口氣噎著。

真是你妹啊……

「哈哈，哈哈哈，我說看著那麼明媚動人、活潑可愛，原來是唐兄你的妹妹啊！」胡萊打著哈哈，在唐柒文那窒息的眼神裡嚥了嚥口水，艱難地開口。「那……那、那個葉姑娘……不會是你妻子吧？」

若真是唐柒文的妻子，那他恐怕今天是沒命回家了！

聽到「妻子」二字，唐柒文不由得想到那天的那個夢，他緊了緊手指，低聲道：「不是。」

聞言，胡萊頓時鬆了口氣。「那她是誰，你們村的？」看葉姑娘似乎和他妹關係挺好，應該是認識許久吧？

「她是我家租戶。」唐柒文道。

聽葉小玖與唐柒文沒啥關係，胡萊咧嘴一笑，然後攛掇著他介紹他們認識。

這會兒快到中午了，葉小玖的攤子生意清冷，所以她便和唐昔言、田小冬她們逗樂，結果抬眼就看見唐柒文彆彆扭扭地領著那兩個和他一樣書生打扮的同窗朝這邊走來。

「哥！」唐昔言也看見他朝這邊走來，甜甜地叫了一聲。

唐柒文入學是要考核的，所以這幾天都在溫書，故而葉小玖她們今日才沒上前去打擾他。

見他們過來，葉小玖起身整了整衣裙，笑意盈盈地看著他們。

「我介紹一下……」唐柒文繃著臉直奔主題。「這是我妹妹唐昔言，這是我家租客葉小玖，這是我家鄰居田小冬。」

隨即，他又將目光轉向了胡萊他們。「小玖，這是我的同窗文悅。」

葉小玖聽了唐柒文這個稱呼，心中微怔，有些不解，又有些羞澀。平日裡唐柒文都是葉姑娘、葉姑娘地叫，今日怎麼忽然改口叫她小玖了？聽著怪親密的。

但因為是在人前，她也不好發問，只得笑著福了福身子，朝文悅打了個招呼。

「這是胡萊。」唐柒文語氣明顯不太友好。

胡萊？葉小玖瞅著眼前這和唐柒文同歲，咧著嘴笑，有些嬰兒肥的少年，嬌唇微抿，連眼裡都帶了笑意。

記得在書裡，這胡萊和唐昔言可是一句話帶過的官配啊！

轉眼看了看身旁同樣笑得彎了眉眼的唐昔言，葉小玖不禁點點頭。果然是官配，連笑容都這麼像。

見葉小玖對著胡萊笑得開心，唐柒文捏了捏手指，薄唇緊抿，眼眸中彷彿蘊藏了黑夜，深不見底。

雖然他們只是過來打招呼的，但葉小玖還是發揮了她的好客，留他們下來吃飯。但只讓他們吃包子是萬萬不行的，她便讓唐昔言去買了肉和蔥來，打算做炸醬麵。

炸醬麵的炸醬倒是不難做，只需要將肉剁成肉末，下鍋後炒至出油，放入調味料和黃豆醬，再次炒乾出油後出鍋裝盆。

吃炸醬麵，葉小玖比較喜歡肉醬和素醬兩種一起搭配。素醬就是番茄雞蛋醬，奈何她還沒在這地方找到番茄，所以就只能將就著炒了肉醬。

在葉小玖弄炸醬的時候，田小冬已經手腳麻利地弄好了麵，就等著一旁的水開了。

為了美觀好看，在下麵條的時候葉小玖還燙了幾顆小青菜。雪白的麵條搭配上幾根翠綠的青菜，再舀上一勺油亮亮、紅通通、醬香味十足的炸醬，看著就讓人食慾大開。

葉小玖在店裡放了一排屏風，將整個屋子分為前後兩部分，後面是廚房，所有的器具都放在廚房裡，前面靠窗的位置她放了一張暗紅色的實木桌子，弄了個歇腳喝水的地方。人從門外看，只能看見那一排近人高的曲屏上面的花鳥魚蟲，相對來說比較美觀，也能有些隱私。

唐柒文他們幾個坐在桌前喝著茶，談論著學院裡的事情。

據官府的人說，再過七、八天博雅書院就要開學了，所以讓他們早早做好準備。

博雅書院是整個華陽府最好的書院，現任院長是曾經的帝師顧榮，所以書院的學子大多非富即貴，剩下的一部分就像是唐柒文他們這樣的，由官府通過對學識、品性的考核成績進行舉薦，通過官府渠道入學深造。雖然這一類學子的學費不便宜，但還是有不少學子擠破了腦袋想往裡鑽，畢竟這是一個難得的踏腳石，把握機會，將來可是大富大貴。

曾有人言，說能進博雅書院的貧困秀才，都是將來舉人的料，可想而知這書院該有多受歡迎。

葉小玖端著托盤出來，就見三人談天說地聊得盡興，便笑著將托盤放在桌子上，她端了一碗遞給最裡側的胡萊。

「胡公子，這是你的。」

胡萊端過碗，深吸了口氣，頓覺香氣撲鼻，但不知為何，他卻忽然皺了皺眉。

葉小玖向來善於察言觀色，立刻就發現他的不對勁。「胡公子是怎麼了？可是這炸醬麵不合胃口？」這也不對，他還沒動筷呀！

胡萊聽葉小玖問他，立刻換了一副面孔，調笑道：「胡公子、胡公子的聽著多見外啊？不如我叫妳小玖，妳叫我小萊或者阿萊可好？」

胡萊眼睛亮晶晶，自來熟地說道。

「這……」葉小玖感覺這些稱呼對她來說有些為難，就算知道了他是胡大叔的兒子，可他們也沒這麼熟呀！

她不禁看向唐柒文求救。

唐柒文在桌下暗踢了胡萊一腳，隨即道：「叫他胡小二就好。」

「哇唐兄，你怎麼能當著這麼多人的面拆我的臺?!」看著葉小玖她們三人抿唇輕笑，胡萊氣呼呼的，扯著唐柒文的袖子要討個說法。

不過……胡萊又深深地看了唐昔言一眼。

這小丫頭笑起來露出兩顆小虎牙，還挺好看的！

炸醬麵吃多了有些膩，但配上葉小玖月前醃的酸筍就剛剛好，酸筍酸爽的滋味很好地壓住了肉醬的油膩，令人食慾大開。

飯罷後，三人便回了書畫攤。中午買包子的人少，葉小玖便讓唐昔言和田小冬在前面看著攤子，自己在後廚搗鼓新吃食。

她之所以讓胡立打了個烤箱，就是想著做一些現代的小西點。這幾日她總算將需要的材料都準備好了，但這個古代版的烤箱她還控制不好火候，所以還需要反覆實驗。

將製作泡芙的材料拿出來一一擺好，葉小玖有條不紊地將牛奶和鹽依比例混合煮沸，然後加入她經過蒸餾已變為低筋的麵粉。

少量多次的加入雞蛋攪拌至麵團中，葉小玖拿出了她準備好的「擠花袋」。因為古代沒有塑料，她只能用油紙做個簡易版。

將油紙的下端剪成鋸齒狀，她在烤盤裡刷了薄薄的一層熟油防止沾黏。

於烤盤上擠出花型後，她預熱好的烤箱上下兩層放好一定數量的木炭，便將烤盤放了進去。

她本想著趁著烤的這段時間用雞蛋打個奶油，卻不想烤盤剛放進去不久，便開始冒煙。很明顯，這是火力太大，烤糊了。

葉小玖焦急地打開烤箱想取出烤盤，卻被灼熱的溫度燙傷了手。慌亂之中，抹布也不知道被她放到哪個地方去了，直急得跺腳。

房裡的煙竄到了外面，唐昔言見了叫喊著和田小冬進來察看。唐柒文被妹妹的聲音吸引，抬頭就見那屋子裡濃煙滾滾，忙扔下書，健步如飛地衝了進來。

「小玖，妳怎麼樣？」

唐柒文進來就看見三人有些呆呆地盯著還在冒煙的烤箱手足無措，他急忙撿起桌子上的抹布將烤盤端了出來。

「妳們沒事吧？」胡萊與文悅也聞煙而來，慌慌張張進了裡間。

看著這陣勢，葉小玖不禁覺得有些尷尬。「沒……沒啥事，就是東西烤糊了。」

用手指指了指已然成炭的烤盤，唐柒文卻眼尖地看見了她紅腫的手指。

「妳受傷了！」

說著，他便牽起葉小玖的手，將她拉到一旁，拽著她的手用冷水沖洗。

葉小玖知道唐昔言他們在旁邊瞧著，所以覺得有些難為情，想把手縮回來。

「別動！」唐柒文厲聲喝斥，她立刻乖覺地不動了。

約莫沖洗了一炷香的時間，葉小玖才覺得手指上那灼熱的刺痛感減輕了許多。她用另一隻手拉了拉唐柒文的衣服，唐柒文會意，停下了潑水的手。

用乾的布巾擦了擦手，唐柒文轉身就看見四雙眼睛目光灼灼地看著他們，才發現自己方才一時心急做了不合禮數之事。

向後退了兩步，他雙手合於胸前，施禮道：「一時心急，多有得罪，還望葉姑娘海涵。」

葉小玖這會兒滿腦子都是唐柒文方才那句霸氣的「別動」，腦袋跟團漿糊似的，哪還管他說了什麼，只呆呆地點了個頭。

既然葉小玖的手燙傷了，唐柒文本想讓她休息，這新吃食可以慢慢做。可葉小玖覺得，既然自己都受傷了，那她就勢必要把這泡芙做出來，不然多不甘心。

萬般無奈之下，唐柒文只好答應，但要讓唐昔言陪著她，自己去幫她看著攤子。

有唐昔言幫忙，葉小玖瞬間覺得輕鬆許多，按照之前的步驟再次做好了泡芙皮，但這一次，她只做了幾個，畢竟是實驗，還是不要太浪費得好。

唐昔言在掌控火候這一方面比葉小玖稍強，只經歷過兩次失敗，她們便烤好了一盤完美的泡芙，而且還完全掌握了溫度和時間。

拿起一個泡芙一掰兩半，葉小玖將一半塞進了唐昔言嘴裡，唐昔言直呼好吃。

確實，這泡芙外皮酥脆，奶香味十足，看來溫度掌控得剛好。

又照著之前的步驟燒火，葉小玖將剩下的泡芙全部擠好，趁著烤的時間，她和唐昔言一起打奶油。

往泡芙裡擠奶油是個大工程，葉小玖便把顧攤的田小冬也叫了進來。

「玖姊姊，這東西真好看！」田小冬指著一旁的泡芙和奶油，眼睛裡滿是驚奇。玖姊姊總是能搗鼓出一些她沒見過的吃食，但卻味道極好，每一種她都喜歡！

「妳嚐嚐看。」葉小玖笑著，拿了一個給她。

毫無疑問，田小冬也被這泡芙奇特的口感征服了，一個勁兒地說好吃。

為泡芙灌奶油，唐昔言她們是第一次做，所以不是多了就是少了，葉小玖還起壞心地抹了她們一臉奶油，弄得兩個小丫頭哇哇直叫。

所有的泡芙灌好奶油，竟有滿滿一大盆，葉小玖挑了兩個好看的盤子裝泡芙，趁著兩個小丫頭去洗臉，她用剩餘的牛奶煮了奶茶，便讓唐昔言去看看唐柒文他們忙不忙，若是不忙便讓他們來喝下午茶。

文悅和胡萊中午便被葉小玖的手藝折服了，這會兒聽說有好吃的，忙拿著一張他們寫的讚美葉小玖和她廚藝的詩過來了。

因為古代的茶杯太小，用來喝奶茶不過癮，葉小玖便選擇用碗裝，只是這大碗和泡芙放在一起著實看著違和。葉小玖覺得，她恐怕要訂做一批杯子了。

唐柒文他們進來時只覺得這叫泡芙的點心看著精緻，造型也獨特，卻不想那味道更是奇特無比。香酥的外皮包裹著這叫「奶油」的東西，甜而不膩且奶香味十足。這外皮酥脆、內裡潤嫩的口感，搭配絲滑香醇的奶茶，一口一個著實令人上癮。

葉小玖看眾人都吃得嘴邊沾了奶油，如同白鬍子老爺爺一般，不禁微微一笑，摸了摸還在努力跟泡芙奮戰的唐昔言，她轉身去了後廚。

那日沐封送了賀禮來，她忙於酬賓之事都沒來得及好好謝謝他，今日正好得了空，想著沐封也不缺她那幾樣廉價的禮物，她便正好用這泡芙做謝禮，就是不知道他現在在不在錦衣閣。

挑了幾個樣子比較好看的泡芙，葉小玖拿食盒仔細地裝好，送去了隔壁。但不巧沐封今日沒來，葉小玖便拜託錦衣閣的掌櫃幫她將泡芙帶過去。

既然泡芙做得成功，葉小玖便打算早上賣湯包，下午後便賣泡芙和奶茶。反正家裡她也留了個烤箱，晚上她可以烤一部分出來，供應量應該是夠的。

之前的青糰早就幫葉小玖積攢了很好的口碑，所以這泡芙一出，都不用葉小玖多做宣傳，就有不少人跑來捧場，嚐過之後是定要買上許多帶回去的。於是乎，葉小玖這泡芙又到了供不應求的地步。無奈之下，她便只好貼出告示進行限量銷售，每人每天最多只能買二十個，多了沒有。

不想這告示一出，她這奇特的經營模式更是為她招來了不少顧客。他們都想嚐嚐這有錢都買不到的泡芙到底是啥滋味。葉小玖生意紅火得讓不少糕點鋪子羨慕，他們都紛紛想著要不要找這小丫頭談談合作的事。

因為需求量太大，葉小玖便再次雇傭了之前幫忙做青糰的那幾個嬸子、嫂子，讓她們先在唐家烤，烤好了再讓田小富他們以最快的速度送過來。

至於說怕他們洩密，那是很難的。畢竟所有的配料、關鍵步驟都在葉小玖她們幾人手裡掌握著。況且這幾個人都是葉小玖信賴的，畢竟當時的青糰不也沒事嗎？

有了田嬸子他們的幫助，葉小玖稍稍鬆了口氣，只是沒承想，沐府的大小姐沐婉兒居然會邀請她和唐昔言前去做客。

據沐陽說，是沐小姐吃了她做的泡芙後，讚嘆她的心靈手巧，所以想見見她，所以邀她們前去做客。若是她們同意，中午過後便會有馬車接她們去沐府。

葉小玖本就想親自謝謝那囑託沐老爺讓他幫她的沐小姐，再加上她確實對她也有諸多好奇，便在諮詢過唐母的意見後，麻煩她下午看鋪子，唐柒文再順便過來搭個手，自己和唐昔言坐上了去沐府的馬車。

沐府在城東，與葉小玖家剛好是相反的方向，哪怕是從錦衣閣坐馬車前往，他們也走了將近兩刻鐘。

下了馬車，葉小玖看著沐府那豪華的門面，心中滿是讚嘆。

正紅朱漆大門左右兩旁各有一個小門，大門正頂端懸掛著金絲楠木的黑色匾額，上面似是用金筆龍飛鳳舞地題著兩個大字——沐府。

門口還有兩個石獅子，看起來很是雄偉霸氣，整個門面透露著兩個字——有錢。

第九章

少頃，沐陽的馬車姍姍來遲，他下車後向葉小玖致歉，簡單解釋遲到的原因是路上有人打架導致路堵了，接著便信步前去敲門。

開門的門房見是沐陽，忙畢恭畢敬地打開了門。

隨著越往裡走，葉小玖心中的驚嘆就越甚。沐府的格局有點像蘇州園林的風格，實在讓她大開眼界。

〈阿房宮賦〉中所說的「五步一樓，十步一閣。廊腰縵迴，檐牙高啄。」就正好描寫出了整個沐府。

跟著沐陽走了近一炷香的時間，走到一月亮門處，沐陽止步，轉由一個著綠衫子、梳著雙丫髻的小姑娘帶著葉小玖她們繼續前進。

如果說外面的院子，所有的陳設與格局展現一種雅致與大氣，那穿過這月亮門後，便處處都充滿了女兒家的小趣味。

此時正值春暖花開之際，這院裡的桃花開得正豔，桃園深處，有一座秋千孤零零的隨著風擺來擺去，上面還有一隻雪白的貓咪趴在上面，瞇著眼睛舒服地曬著太陽打呼嚕。桃林嫩綠的草地上，甚至跑著幾隻雪白的圓滾滾、胖乎乎的小兔子。

丫鬟通傳了一聲後，葉小玖推門進去就聞見一股很淡雅的馨香，似花香又似果香，韻味悠長卻使人感到舒暢愜意，總之是她喜歡的味道。

屋子正對著門是一張仕女圖的屏風，屏風右邊靠窗的地方放著一張美人榻。榻上斜靠著一美人，一身淺紫色的齊胸襦裙，外面套著與衣服相匹配的輕紗。一襲烏黑亮麗的長髮慵懶的披散在後面，還有幾縷調皮的髮絲跑到了前面，散落在她肩頭。

美人手中拿著一本書正看得認真，似乎是感覺到氣氛不對，她緩緩地抬起了頭，然後，葉小玖在她的眼睛裡看到似有亮光閃過。

「妳們來啦！」沐婉兒看著地下站著的兩個俏麗明媚的人兒，微微一笑。

「哇，美女啊！」葉小玖震驚地張了張嘴，惹得一屋子的人輕笑。

屋裡採光很好，葉小玖隔著很遠也能看清楚沐婉兒的面容。柳葉彎眉，櫻桃小嘴，小巧的鼻子，標標準準的一個古典美人。只可惜美人膚色很白，是那種久病的蒼白。

也許，這便是沐老爺每次提到沐婉兒，都一臉哀痛的原因吧？

葉小玖兩人淺笑著打了個招呼，沐婉兒也虛弱一笑，著婢女流月上茶，請她們坐。

「妳便是葉姑娘吧？妳跟我想的不太一樣。」

「哦，那我在妳心裡原本是怎樣的？」葉小玖十分好奇，在這樣一個美麗可人的嬌小姐心裡，自己是個怎樣的形象。

「不怕妳笑話……咳咳咳。」沐婉兒捂著帕子咳了幾聲繼續道：「我原本想著，妳該是一個身材壯實的女子，畢竟妳近乎一個人撐起了一家食肆，可又想著妳既能做出這風靡涼淮縣的精巧點心，那必是一個心思細膩的弱女子。今日一見，似乎我是都想岔了。」

「是不是覺得自己的幻想都破滅啦？」葉小玖粲然一笑。

「嗯！」沐婉兒點頭，看著她的笑容，不禁跟著揚起嘴角。

「妳是昔言吧？我聽父親提起過妳，說妳算帳很厲害。」沐婉兒將目光轉向了唐昔言，隨即她道：「哦對了，我叫沐婉兒。」

「婉兒姊姊好！」唐昔言乖巧地打招呼。

沐婉兒看著這明媚陽光的二人，心中羨慕極了。

「我常年臥床不起，都快忘了外面是什麼樣子了，而且也許久沒有人願意來看望我了，若有不周之處，還希望妳們多擔待。」

「不如，我與妳講講這外面的情景？」葉小玖覺得自己不是個自來熟的人，可也不知怎麼了，她總覺得自己與這沐小姐一見如故，很不願意看見她臉上浮現出那種生無可戀、了無生趣的表情。

「好！」沐婉兒笑得燦爛，雖然蒼白但可以看出來她是發自內心的開心。她似乎是想嘗試著坐起來，但終究因為身上無力只得作罷。

看到她臉上浮現幾絲自我厭惡，葉小玖沈了沈心神，向她講自己為了做泡芙差點燒了廚房的事，講外面的風景，講她近幾日聽到的奇聞異事，唐昔言坐在她身邊，時不時的插句話證明葉小玖說的是真的，有時候還客串演員幫葉小玖情景重現。

沐婉兒被她倆逗得直咧嘴笑，看得一旁伺候的流月和流雲激動不已。小姐終於笑了，小姐終於是發自內心的笑了。

沐婉兒雖然所有的注意力在葉小玖身上，但她還是注意到唐昔言的目光不住地往一旁琴架上那把擱置已久的古琴上看。

「妳喜歡古琴？」沐婉兒低聲問，見唐昔言點頭，她又問：「妳會彈琴？」

這次，唐昔言點了點頭，又搖了搖頭。

「妳這是會還是不會啊？」葉小玖滿臉迷惑。

唐昔言看了葉小玖和沐婉兒一眼，隨即低下了頭。

其實，她也不知道她還會不會，畢竟在走出唐家之後，她就再也沒摸過琴了。

「流雲，將那把琴拿過來。」唐昔言眼中的殷殷期盼還是逃不過沐婉兒的眼睛，待琴架好後，她溫柔道：「試試看。」

唐昔言將目光投向了葉小玖，葉小玖摸了摸她的頭，柔聲道：「沒關係，想試就去試試看。」

坐在古琴前，唐昔言深吸了口氣，素手輕揚，一首美妙的樂曲從琴弦的撥弄間緩緩流淌出來。

葉小玖雖不懂琴，但也知道唐昔言這古琴功力斷然不會低，畢竟她已經快四年沒碰過琴了，居然還能彈得這麼好。

屋外，一穿紫色衫子的中年女子聽見院中有琴聲，忙進來問門外打掃落花的婢女。

「可是小姐在彈琴？」

那小婢女見來人，忙停下手中的活，畢恭畢敬道：「回吳嬤嬤，是小姐請來的客人在彈琴。」

聞言，吳嬤嬤的眼眸暗了暗，隨即走上前去，一把推開了門。

唐昔言正全神貫注地在彈琴，忽然被這開門的聲音嚇了一跳，手下一重，那琴弦「錚」的一聲便斷了。

看著斷開的琴弦，唐昔言立馬起身向沐婉兒道歉，她笑著搖了搖頭表示沒關係。

吳嬤嬤進來後，瞅都沒瞅葉小玖她們，直直地走向了榻上的沐婉兒道：「小姐，妳現在該休息了，大夫說了，妳的病要多休息，不能過於勞累。」

她說完，別有深意地看了葉小玖一眼，葉小玖哪能不知道她這是下逐客令的意思，隨即起身道：「既如此，那我們也不便多做打擾，沐小姐我們有緣再見。」

「玖兒，妳之前還說與我一見如故，這會兒就開始見外了，叫我婉兒不好嗎？」沐婉兒嬌嗔道。

「好，婉兒。」葉小玖轉頭看向那斷了的弦。「只是這琴弦……」

也不知道這麼好的琴，普通的琴行能不能有與它匹配的弦？

「無妨，我叫人來修便好。」

沐婉兒原想讓流月送她們出去，可吳嬤嬤卻自告奮勇地說要送她們，還屏退了月亮門那兒的小婢女，一直送她們到大門口。

「我知道，」她滿臉鄙夷與輕蔑地瞅著葉小玖。「妳們是想搭上我們小姐這條船好藉著沐府的風扶搖直上。我告訴妳們，趁早死了那條心！」

她語氣惡狠狠的。「我們小姐乃是天上的月，豈是妳們這些泥腿子能高攀的？識相的，就帶著妳們那些骯髒的心思，滾得遠遠的，別靠近我家小姐。我家小姐心思單純，但我可不傻，今日妳弄斷的那條琴弦……」她忽然看向唐昔言。「那弦就當是我賞妳逗小姐取樂的錢，不然就是賣了妳，妳也賠不起。」

說完，她便回頭進了門，還趾高氣揚地命令門房關門，要門房以後擦亮眼睛，別什麼腌臢人都放進來。

「玖姊姊，那個大嬸似乎不喜歡我們靠近婉兒姊姊。」

「何止是不想我們靠近，她是完全將婉兒劃到了她的圈裡，不允許任何人靠近。」

而且不知道是不是她的錯覺，她總覺得這女人憤怒的模樣，隱含一絲畏懼，難道不讓她們靠近婉兒，是怕她們發現什麼？

她方才就是在思考此事，所以才在她罵罵咧咧的時候沒有還嘴，不然，她絕對能嗆到她懷疑人生。

之前接她們的馬車還在樹下陰涼處停著，葉小玖她們上了車，駛到西面後便讓車伕停了車，她想自己轉轉再走回去。

向車伕道謝之後，葉小玖和唐昔言並排走著，討論著今日之事，卻被一穿藍色短衫的店小二叫了過去。

「葉姑娘，妳過來一下。」待葉小玖走過去後，他低聲道：「葉姑娘，妳先前說的那個什麼辣椒我們店好像有了，妳要不要去看看？」

「真的？」葉小玖眼裡發亮光。「快帶我去瞧瞧！」

看著這一麻袋、一麻袋的紅辣椒，葉小玖幾乎要喜極而泣了。

嗚嗚嗚，她終於要過上有辣椒的生活了！

辣椒總共是六麻袋，那雜貨店的掌櫃知道葉小玖與沐府交情匪淺，所以也沒坐地起價，只是在外商留貨的基礎上稍稍添了價，總共是四兩銀子。

過秤後，葉小玖讓店小二將辣椒送到一家食肆去，她則帶著唐昔言去了市場，內心摩拳擦掌。

哈哈哈哈哈，今晚老娘要吃頓辣的！

吳嬤嬤進門就看見流月、流雲兩人正服侍著沐婉兒換衣服，沐婉兒臉上還帶著笑，那雙桃花眼微微彎著，看起來似乎心情不錯。

看到此景，她心中產生一股憐惜，可隨即眼神卻閃了閃，捏了捏手指走了過去，扶著往床邊走的沐婉兒。

「我的好小姐，妳以後可不能再隨隨便便地見陌生人，妳身子弱，若是她們帶了不好的東西進來傷了妳，那可怎麼得了？」

「哪有那麼嚴重呀！」沐婉兒笑著回了一句。

「哎呀，我的好小姐！剛才來的那兩個丫頭一身的窮酸氣，看著就市儈得很。她們之所以哄著妳，也是為了讓妳在老爺面前說好話，好讓她們在涼淮縣站穩腳跟，這心機重著呢，妳涉世不深，很容易就被她們矇騙了，可得小心些。」吳嬤嬤自顧自地說，順手將床上的帷幔拉了下來。

「乳娘！」沐婉兒神色微慍，明顯是生氣了。「我不許妳這麼說她們，玖兒和昔言都是好的，她們是我的朋友。」

沐婉兒向來是個溫婉的人，尤其是生病了之後，待人接物更是溫和謙讓，從來不曾大小聲過，可今日吳嬤嬤的話確實是惹惱了她。

自她生病之後，她原先的那幾個朋友都沒了蹤影，難得葉小玖她們二人不嫌棄她是個藥罐子與她談笑。而且她並不傻，若是刻意奉承，她自然看得出來，她們二人對她是真心的，沒有絲毫算計謀劃。

「小姐，我這也是擔心妳呀！」吳嬤嬤見沐婉兒生氣了，臉色變了變後連忙解釋。

「我知道，但是以後，妳不許再這麼說她們。」

「嗯，我知道了。」吳嬤嬤低眉屈膝地點頭。

葉小玖拉著唐昔言來到市場開始大採購，現在有了辣椒，她要把她想吃的都吃一遍，買了不少海鮮和肉，東西太多葉小玖便租了路邊拉貨的驢車，幫她將東西運到了店裡。

因為葉小玖想著晚上吃大餐，所以她便早早地關店，順便還請了田嬸子一家前來吃飯。

本來她是想著人多吃火鍋的，可現在還沒到夏季，地裡種的菜也才三、四片葉子。縣裡她也沒看見有賣青菜的，所以她便買了許多海鮮，打算弄個海鮮盛宴。

大鄴朝吃海鮮的歷史不長，所以對一眾殼類海鮮的吃法都比較單一，幾乎就是水煮、沾醬油，所以海鮮價格極其便宜。葉小玖買了這一大堆，不過一兩銀子。

之前買的六大麻袋辣椒田小富他們已經抽空拉回來了，現在正放在葉小玖那院子裡的儲物間裡。

現在辣椒為了方便運輸，所以都是曬乾的，種類不多，也就海椒、燈籠椒和二荊條三種，都是在現世很常見的。葉小玖現在正尋思著能不能在這裡種辣椒，畢竟將來若是開了酒樓，這辣椒可是重頭戲。

將蟶子、扇貝、田螺一類的東西加清水放鹽泡著，葉小玖便準備著手處理她買來的大生蠔。

處理生蠔是有技巧的，葉小玖在現世買的時候都是讓老闆處理好的，自己從沒動過手，所以現在她抱著一個特大生蠔跟殼較勁，齜牙咧嘴的模樣看得院裡一眾人都樂得哈哈大笑。幸好田小富之前在漁船上打過工，知道如何處理，不然葉小玖覺得今日這生蠔她是無福消受了。

看著唐柒文以及田小貴都紛紛向田小富取經學著開生蠔，葉小玖索性放手讓他們幾個男人弄，自己帶著唐昔言和田小冬去廚房弄她的水煮魚。

葉小玖選的是鱸魚，春日裡的魚肉質鮮嫩，十分適合做水煮魚。將處理好的魚去骨片成薄片，鋪上料後放在一邊醃，葉小玖便開始處理配菜。

她一直覺得，水煮魚的靈魂除了魚肉還有豆芽，經過滾燙的底湯汆燙過的豆芽，口感脆嫩，十分入味，搭配著魚肉真是吃兩碗米飯都不嫌多。

和唐昔言把唐母發的豆芽摘洗乾淨，葉小玖炒好底料加了水，待魚骨煮熟後，她便將豆芽放進去，斷生後撈出放在準備好的瓷盆裡墊底。

「玖兒。」就在葉小玖正準備往做好的水煮魚裡面澆靈魂熱油的時候，田嬸子的大兒媳婦何花笑著走了進來，柔聲問道：「需要我幫忙嗎？」。

「妳快坐吧，妳身子還沒好，可勞累不得。」葉小玖讓唐昔言搬了個板凳給她。

「連妳也這麼說！」何花苦笑道：「婆婆他們這會兒在外面清洗田螺，小富也和他們在處理生蠔，就我好像個廢人一樣什麼忙都幫不上。

「這些天他們都在妳家掙錢，就我一個人待在家裡，除了吃飯什麼用都沒有。」她自怨自艾的說，像是在說給葉小玖聽又像是自言自語。

葉小玖這會兒正在炒做蒜泥生蠔的蒜蓉辣椒醬，聽她這麼說，她回頭瞅了她一眼。「妳怎麼會有這種想法呢？」

葉小玖知道何花的初衷是好的，想幫家人分擔一點，但她將自己真的是看得過於低了。

「他們之所以能在我家毫無顧忌的幹活，也是因為知道有妳在家裡操持，不必他們擔心。不讓妳幹活，是因為妳剛出月子，身子還沒好透，怕妳過於勞累將來留下病根。妳若是想幫忙，大可等以後啊，又不急於這一時。」

何花嫁到田家兩年了，之前因為不生孩子，但田母又對她極好，她心中愧疚所以總是想著多幹點活好減輕自己的負罪感。卻不想這習慣成自然，現在在家坐月子帶孩子吃好、喝好的，看著大家都出來掙錢，自己自我懷疑，又沒人聽她的心裡話，有點產後憂鬱症的徵兆。

「妳在家帶孩子，餵雞、餵鴨又何嘗不是一種貢獻、一種付出呢？何必如此忽略貶低自己，妳說是吧？」

葉小玖的話讓何花陷入了沈思，正好唐柒文他們端著洗好的生蠔、田螺進來了，葉小玖便讓唐昔言和田小冬去外面玩，邀了何花前來幫忙。

何花聞言，眼睛一亮看著開心許多。

將炒好的蒜蓉醬抹在放了粉絲的生蠔上上鍋蒸，趁著這個時間，葉小玖炒了蟶子、田螺、小扇貝和其他菜。

雖然說是辣椒宴，但葉小玖為了照顧眾人的口味，還是每一種海鮮都炒了兩種口味。

第十章

現在這時節天黑得較晚，外面也不冷，唐母就讓唐柒文他們將桌子搬到了院子裡。微風不燥，夕陽正好，開天闊地，享受生活。

水煮魚上面有一層油封著，所以縱使過了這麼久，底下的湯汁還是滾燙的。

眾人圍著兩張拼在一起的桌子而坐，葉小玖盛了米飯給他們。

這叫做辣椒的東西他們從沒見過，只是看著形狀怪異，顏色挺好看的，卻不想這味道竟是這樣好。

這水煮魚魚片口感滑嫩，麻辣味十足，配著下面的豆芽，魚片的彈牙和豆芽的脆嫩在唇齒間碰撞，隨即一股麻辣鮮香的味道在嘴裡迸發，刺激著味蕾，即便辣得流口水，也還想再來一口，著實讓人上癮。

田螺和蟶子也深得他們喜愛，扇貝肉的微甜夾雜著湯汁提味，肉雖小卻吃著過癮。但說到底，還是葉小玖手藝好。

葉小玖自來到這裡就一直過著沒有辣椒的日子，時隔這麼久再次吃到這熟悉的味道，她頓時熱淚盈眶，滿心激動。

嗚嗚嗚，真是不容易啊！

田嬸子他們雖一個個都辣得吸口水，但挾菜的手卻沒停過，葉小玖在一邊滿足地瞇了瞇眼，笑得開心。不過她發現，唐柒文似乎特別喜歡吃蒜蓉生蠔，就這一會兒的工夫，他旁邊的殼已經堆成了小山。

這、這生蠔「上火」，該不該跟他說呢？可是……這要怎麼說？

葉小玖有些為難。

唐柒文坐在葉小玖對面，抬頭就看見葉小玖動了動唇，看著他一副欲言又止的樣子。

「怎麼了？」他問。

「啊……哦沒事！」葉小玖搖了搖頭。原諒她吧，她是真的說不出口。

晚飯過後，葉小玖便提起了她想種辣椒的想法，正好田嬸子家還有一塊地沒種，她就提議借給葉小玖種辣椒。田大叔侍弄了一輩子的田地，也喜歡培育一些新物種，再加上被葉小玖這一桌子的辣椒宴征服，所以也是舉雙手贊同。

於是，葉小玖種辣椒的事也是板上釘釘的了。

飯後，唐柒文因為還接了一幅畫作的活，便早早去了書房畫畫，這桌上除了女眷就剩下田大叔一家三個男的了，他們覺得尷尬，便尋了個理由回家。

一桌女眷說話方便，田嬸子便和唐母聊起了育兒經，說是何花奶少，孩子常常吃不飽餓得直哭。

在一旁和唐昔言她們咬耳朵的葉小玖聽了，便插了句說豬蹄湯喝了可以發奶。好死不死的唐柒文正從書房出來，聽了這話就以一種很微妙的目光瞅著葉小玖，直看得她覺得臉上發燙。

夜深人靜，星空低垂，眾人都在寂靜中酣然入睡，只有唐柒文在床上翻來覆去的睡不著，只覺得心火旺盛，躁慾難耐。他這才明白葉小玖那個欲言又止的表情究竟代表了什麼。

罷了，自己作的孽就自己受著吧！

只是次日清晨，在唐家院子一個十分不起眼的角落裡，一條褲子在隨風飄揚……

葉小玖這幾日都在忙著和田大叔研究辣椒。

她沒親自種過地，也不太了解這裡土地的肥沃程度，所以大多都靠經驗豐富的田大叔。可田大叔也沒種過辣椒，不了解它的習性，所以兩個一知半解的人便湊在一起實驗，店裡的事就全靠唐母和唐昔言兩人。

好不容易將辣椒種下地後，葉小玖便讓唐母歇著自己去了店裡。中午向來生意冷清，她便搬了把椅子放在外邊，自己坐在上面看著街上的孩子跑來跑去的鬧著玩。

瞅了眼不遠處認真溫書的唐柒文，葉小玖抿唇一笑，轉頭卻看見一個著粉色衣裙的女子身形婀娜從另一邊走過來。

女子梳著現下涼淮縣最時興的髮髻，頭上只戴一根海棠流蘇步搖，雖簡單卻襯得她極為大方溫婉。只可惜她戴著面紗，葉小玖倒是看不出她的面容來。但她覺得能有如此氣質的人，定然是個美人。

就在葉小玖輕笑準備移開目光的時候，幾個小孩子忽然打鬧著向這邊跑了過來，因為沒看路所以直接撞到了女子身上。女子一個踉蹌，慌亂中不小心扯下了臉上的面紗。面紗垂落露出女子俏麗的容顏，卻驚得葉小玖直接從椅子上站了起來。

怎麼會……

女子見面紗掉落，一臉驚慌地四處張望，見四下無人看她便迅速地將面紗戴回去，然後快步離開。

葉小玖見狀，喚來了店裡的唐昔言看著攤子，自己起身快步跟了上去。

她方才明顯看見，那女子的容顏與沐婉兒竟有七、八分相似，尤其是那個側臉簡直是一模一樣。要不是她確定沐婉兒生病臥床不起，她幾乎以為就是本尊了。

這世上長得相似的人不少，可長得如此相像的卻不多，尤其是那女子在面紗掉落後的驚慌失措，更讓葉小玖覺得這人有問題。

一路保持著適當的距離跟在後面，雖然露了幾次破綻，但那女子似乎是心裡慌張，所以並沒有發現有人尾隨著她。

穿過一條狹窄的巷子，葉小玖眼瞅著她進了一戶人家。她走上前去，就見是很常見的市井人家的院落，而且大門緊閉，她在外面著實看不出個什麼來。

嘆了口氣轉身，裡面卻突然傳出來一道耳熟的中年女子聲。「誰讓妳亂跑的？不是說了這段時間讓妳別出去亂跑嗎？」

那中年女子似是生氣了，厲聲道：「妳戴著面紗出去有沒有碰到什麼熟人？」

「沒有！」那女子弱弱地說。

婦人聽到這裡似是鬆了口氣，可隨即她又凶狠地警告。「我知道妳是出去會妳的情郎了，但妳若再不聽我的話私自跑出去，我保證妳那情郎的屍體便會血淋淋地出現在官府門口。」

原來是母親在訓斥女兒出去私會情郎啊！難怪那面紗掉了會緊張成那樣。

至於那中年女子說的血淋淋的屍身，葉小玖只當她是在唬人罷了。而那女子長得與沐婉兒相像，她也覺得是個巧合。

暗罵一句自己疑神疑鬼，葉小玖笑著搖了搖頭，轉身回了店裡。

奶油泡芙熱度依舊，到了下午店門口的人一下就多了起來，忙了近四個時辰將今日準備好的泡芙都賣出去後，葉小玖才堪堪鬆了口氣。

「葉姑娘，我們來拿泡芙了！」葉小玖剛歇下喝了口水，老主顧柳府的人便來拿他們幾天前訂的東西了。

將早準備好的兩個大食盒拿出去遞給那個聲音甜甜的小丫鬟，葉小玖見柳若凝也在，便笑著打了個招呼。

「柳小姐也來啦？」

柳若凝點頭道：「待在府裡也無事可幹，正好巧玉要來拿東西，索性出來走走。」看了葉小玖一眼，柳若凝又道：「那日我來沒見著妳，聽妳店裡另一個小丫頭說，妳是去了沐府？」

見葉小玖點頭，她又問：「妳是去見沐婉兒的？她怎麼樣了？」

這問題倒是把葉小玖難住了，這畢竟屬於沐婉兒的隱私，她不好隨便與人說道。

柳若凝見葉小玖遲疑，也知自己的問題問得有些唐突了，便轉移了話題。

「我與婉兒自幼一同長大，情同姊妹。只是後來她生病之後就不大願意見我了，便慢慢斷了聯繫。」柳若凝苦笑，聲音裡似乎還有一絲惋惜。「所以聽妳去了沐府，我想著必然是去見她了，所以便順口問問，沒別的意思。」

「是她不願意見妳？」葉小玖疑惑。

那日去看她的時候，她明顯是很開心的，聊天時婉兒也說自己不知怎麼的，原來的朋友都不與她來往了。可為何到了柳若凝這裡，就成了婉兒不願意見她了？她們兩人，到底誰說的是真的？還是說，這裡面有什麼誤會？

為了弄清楚這其中到底是何緣由，葉小玖決定明日去沐府拜訪。但這次去沐府她不好再空著手去，所以便想著做些小點心帶去給沐婉兒。

晚飯過後，葉小玖便準備好了材料，著手製作浮雲卷。

還好奶油有現成的，這倒是省得她親自動手打了。她拿出她的小爐灶，將牛奶和奶油煮至大概六十度左右，倒入已經顏色偏白的蛋黃中，攪拌均勻後加入低筋麵粉繼續攪拌。

用隔水加熱的方式將蛋黃糊攪拌至細膩光滑狀態，然後將三次加糖打發的蛋白的三分之一倒入蛋黃糊，攪拌均勻後再全部加入。

因為浮雲卷做出來是很鬆軟的，葉小玖便在烤盤裡鋪了一層油紙，再倒入麵糊抹平，放入烤箱中烤。

經過這幾日做泡芙，她已經完全可以掌控這個陽春烤箱的溫度和時間了。將烤好的蛋糕拿出來，震出熱氣後倒扣脫模在油紙上進行冷卻。

抹奶油這一步她要等到奶油完全融化，不然奶油容易化。待奶油抹好後，葉小玖將它仔細地捲起來，吊到井裡降溫進行定型。

浮雲卷是葉小玖最喜歡吃的糕點之一，像是瑞士卷，但口感比普通蛋糕更鬆軟也更濕潤，就如同雲朵一樣，實在太令人上癮了，而這樣的糕點，是最襯沐婉兒那溫婉的氣質的。

第二日一早，葉小玖起床第一件事就是從井裡拿出定型好的浮雲卷，切片後拿出一半放在食盒裡裝好，剩下的她帶去了隔壁給唐母他們嚐嚐。

早上最忙的那段時間過去後，葉小玖便讓唐昔言看店，自己雇了輛馬車去了沐府。誰知到了沐府，那門房死活不讓她進，別說通傳了，他甚至直接告訴她說他家小姐不見客，要她以後別再來了。

經過葉小玖的一番賄賂，他才說出這話是沐陽說的，說以後如果她來見小姐，直接趕出去，不必客氣。

葉小玖著實不知道自己是何處惹著沐陽了，上回分明好好的，這次卻讓他強硬地下令直接讓她吃閉門羹，帶著一腦袋的疑惑回去後，她將浮雲卷留了一盤給田小冬她們，剩下的直接讓唐昔言拿給胡萊他們。

胡萊吃了那口感鬆軟，香甜可口的浮雲卷，直激動地說要娶葉小玖為妻每天吃好吃的，被唐柒文狠狠地瞪了兩眼。

時間轉瞬即逝，轉眼就到了唐柒文去博雅書院的日子。唐母為了替唐柒文踐行，準備了一大桌子的菜，還破天荒地打了一壺好酒來。

可離別的愁緒總是容易影響人的食慾，最終他們也只是匆匆地吃了幾口，就各自回了房裡。

葉小玖回去後洗了把臉，出門倒水的時候卻發現唐柒文站在月亮門，貌似思緒萬千地抬頭瞅著天上的那輪圓月。

「這麼晚了怎麼還不睡？」葉小玖走到他跟前，與他一樣抬頭看向月亮。

唐柒文一低頭就看見葉小玖目光如水，裡面似乎是蘊含了星辰，看起來格外的耀眼。

「睡不著，就想出來走走。」至於為什麼走到了這裡，他也不知道……

「可是因為明天的行程睡不著？」葉小玖問道。

算起來唐柒文是第一次出遠門，要離開自己的母親和妹妹不說，還要在那人生地不熟的地方待上許久，遇上的學子大多也非富即貴，生長環境不同，性格與價值觀相差自然也大，不過唐柒文之前是唐府的大少爺，這些事情應該是可以很好地克服的。

「不是。」唐柒文搖了搖頭。說實話，他也不知道自己為何睡不著，本來去博雅書院是他期盼已久的，當時看到他被選中的告示，他還欣喜了好久，現在要開學了，他倒是煩躁了，不是那種類似於近鄉情怯的煩躁，而是一股捨不得。

可是捨不得什麼呢？唐柒文看著眼前明媚如陽光般的女子，沈了沈眼眸。

閒聊幾句，和唐柒文話別後，葉小玖躺在床上翻來覆去的睡不著，索性起身去了小廚房。

明日唐柒文要巳時到官府去，然後由官府統一用車馬送他們去書院。路上需要四個多時辰，雖然她知道唐母一定會為唐柒文準備路上的吃食，餓不著他，但她還是想做一點，這是她作為合夥人和朋友的一點心意。

起鍋燒水，葉小玖藉著昏暗的燭光，將已經吐沙好久的扇貝去了殼，做了一道辣炒扇貝，還用做泡芙的材料做了幾道精緻的西式小點心。

將點心細細地包好，扇貝肉也裝到了帶著蓋子的木頭盒子裡，在反覆確定湯汁不會灑出來以後，她才去睡覺。

早上葉小玖要出攤，所以起得早，但她不確定唐柒文起床了沒，為了不打擾他，她索性將東西帶到了店裡，想著等時間差不多了她再送去。

但因為耽誤了點時間，她是緊趕慢趕才在唐柒文出發之前趕到了府衙門口。正準備上車的唐柒文見她氣喘吁吁地跑過來，忙收回了自己踏上去的那隻腳，快步地向她這邊走來。

「玖兒，妳怎麼來了？」唐柒文掏出隨身攜帶的手帕，遞給葉小玖擦汗。

葉小玖沒好意思接，只是笑著用袖子胡亂擦了一下，然後將手中的東西遞給了他。

「這是我做的點心，你帶著路上吃。」

唐柒文接過，捏了捏手指後點了點頭。

因為此時有不少人朝這邊看過來，葉小玖也不好與他多說，只是叮囑了他兩句後就轉身走了。

唐柒文看著那抹身影漸漸地走出他的視線，不由得想起葉小玖昨晚說的那句「海內存知己，天涯若比鄰」。

捏了捏包著點心的布，一個身影悄悄在他的心裡安了家。

唐柒文就那樣呆呆地瞅著葉小玖離去的方向，直到衙役催促他，他才回過神來上了車。

胡萊和文悅以及另外一個學子見唐柒文抱著一包東西上車，忙向他打聽是不是葉姑娘送的，準備調侃他一番。可看唐柒文那副失魂落魄、無心說話的樣子，一個個都識相地閉上嘴巴。

四個多時辰的路程說長不長，說短也不短。雖然馬車走的是官道，但顛來晃去的還是讓人不太舒服，唐柒文他們索性放下手中的書，一個個在車廂裡閉目養神，連東西都沒吃。

到了博雅書院已是酉時，他們下車後，就立刻有書院的人來接應他們，登記了姓名後給了他們一人一個小木牌，讓他們根據上面的提示自己去找學舍。

博雅書院十分注重禮法，所有學子入學的第一件事就是要先去拜見先生，然後第二天由先生帶他們禮拜師祖。

唐柒文他們來得較遲，找到學舍後，便將行李胡亂放在床上，然後就去拜見先生。

博雅書院分為甲乙丙三個班，唐柒文因為學識好的緣故，所以被分到了最好的甲班，他們的先生是多次殿試未果後心灰意冷回鄉的舉人，老先生今年已有五十多歲了，頭髮花白留著長長的鬍鬚，看唐柒文他們在下首行禮，他捋著鬍鬚臉上帶笑，似乎對他們很滿意。

禮罷後先生又叮囑了幾句，就讓他們回去了。與唐柒文同去的學子並不是與他一個學舍，所以幾人互相交換了姓名便算是認識了。

回到學舍，唐柒文就見一個圓臉少年在他的床邊坐著，見他進來後就目光灼灼地看著他，可憐兮兮的樣子讓唐柒文不由得開口問道：「你有事嗎？」

楚雲青其實是被進來的唐柒文驚豔到了。一襲白衣上面繡著同為白色的玉蘭花，頭上一根很簡單卻造型雅致的木簪，劍眉星目，深邃而清明，逆著陽光著實讓他覺得宛若天人。

見唐柒文問他，他才回了神，看了看唐柒文床上那藍色的包袱，躊躇不決地開口。「你是不是帶了吃的？」

他說完還吸了吸鼻子，似是在分辨到底是什麼味道如此誘人。

第十一章

「你餓了？」唐柒文問。

楚雲青點頭。他在路上將帶來吃的都吃完了，這個時間書院的飯堂多半也沒什麼能吃的了。他本來打算餓著肚子直接睡覺的，可是對面床上散發出來的那種若有若無的香甜氣息不斷地勾引著他肚子裡的饞蟲，著實讓他難受。

可主人還沒來，他不能私自動人家的東西，就只能搬個凳子坐在他床邊，一邊嗅著那氣味流口水，一邊等他回來。

「你沒吃飯？」唐柒文又問。畢竟看他這穿著，著實不像是會餓肚子的人。

「路上無聊吃完了。」楚雲青臉上掛著笑，不好意思地撓了撓頭。「哦對了，我叫楚雲青。」

楚？唐柒文一頓，隨即道：「我是唐柒文。」

見他確實是餓得一個勁兒地嚥口水，唐柒文只好放棄了鋪床決定先吃飯。打開那帶蓋子的木盒，唐柒文看著裡面剝好的扇貝肉，眼裡流露出一抹柔意。

原來她怕他路上吃著麻煩，還特意去了殼……

楚雲青覺得自己可以算得上是吃遍了天下美食，可唐柒文拿出來的東西卻著實讓他覺得新奇。

那扇貝肉他沒少吃，可眼前這些卻散發著一股麻辣鮮香的氣味，有意無意的勾著他的食慾，光是聞著他都覺得過癮。至於那幾樣糕點就更是絕了，看起來十分鬆軟的外皮包裹著一圈圈白色的東西，吃到嘴裡鬆軟可口，奶香味十足，那白色的東西涼涼的、滑滑的，口感十分奇特。而且問他，他還說是自家做的。

向來好吃的楚雲青決定，以後就跟著唐柒文混了。於是乎，唐柒文就因為這一餐，多了一個新朋友。

唐柒文走後，唐母擔心不已，幹活也時常精神恍惚。葉小玖怕她出事，便和唐昔言歇了業，專門在家陪她。

好在第三日，那府衙的官差回來的時候帶來了唐柒文寫的信，還好心地送到家裡。

唐母見信裡唐柒文說一切都好，他分到了最好的甲班，還交了新朋友。至於那邊的一切他並沒什麼不習慣的，吃得飽、穿得暖，與同學相處得也不錯，唐母這才放下了心。

最近涼淮縣的各個食樓酒家都說這一家食肆搞事情。整出個什麼辣炒海鮮和滷味拼盤，每個拼盤六種菜色，各限量三十份，用食盒裝好了，一盒賣一兩銀子。

這價格雖然貴，可還是架不住不缺銀子的老饕搶著買，每天早上都將那條道圍個水洩不通。沒辦法，誰讓人家味道好呢？而那些搶不到的，則是一臉抱怨，惡狠狠地說明日自己要早些來。

雖然一家食肆賣的都是些配菜，對他們這些做主食的影響不大，但每日聽著客人們吃著他家的菜、喝著他家的酒卻談論著別人家的海鮮香辣爽口、蒜香十足，別人家的滷肥腸勁道彈牙，下酒又下飯，這心裡著實不是滋味。

當然，這裡面最氣不順的當屬唐記酒樓。唐堯文當年在唐家的時候，就被那個只大他不過一個月的唐柒文處處壓一頭，後來好不容易把他們趕走，讓他那個高高在上的堂哥落到了泥地裡，沒想到現在他家那個小小食肆居然在口碑上又壓了他家食樓一頭，這怎麼能行？

「少爺，我們現在該怎麼辦？」待在唐堯文身邊多年的跟班阿力問道，他自然是清楚少爺一直想與唐柒文一較高下的心思，不然也不會找那廖婆子在那個時間去唐家催債了。

「怎麼辦？」唐堯文手指在桌子上一敲一敲地勾了勾嘴角，露出了嘲諷的笑容。「自然是本少爺親自去會會他們了。」

葉小玖這幾天的生意是好得不得了，從早忙到晚都不帶停歇，雖然人很辛苦，但看著口袋裡的銀子，想想自己立志開大酒樓的夢想，她就覺得一切都不算什麼了。

而且田嬸子在聽了葉小玖的話後，也會偶爾讓何花頂替她幹活，自己在家帶孩子。葉小玖看何花確實是個勤快人，又精明能幹，人品也能信得過，索性讓她來店裡幫工，所以現在店裡是四個人輪流忙活，她也能稍稍歇口氣了。

下午家裡的食材沒有了，葉小玖便趁著人少帶著田小富他們去採購，卻不想竟然遇見了出來買胭脂的流雲。

「葉姑娘怎麼最近不去府裡玩呢？我們小姐正念叨著妳呢！」流雲笑意盈盈的說。

「哦，我最近店裡忙就沒顧得上。」葉小玖沒說是門房不讓她進。

「是嗎？」流雲垂了垂眼眸，低聲道：「小姐最近不太好，心情也差得很，每天都懨懨地待在榻上，話也不見說。我尋思著妳若是去了，她一定能開心些。」

「婉兒病得又嚴重了？怎麼會呢？」葉小玖急切地問道，聲音有些大還把過路的路人嚇了一跳。

流雲搖了搖頭。按說小姐每日都按時喝藥，不能吃的東西絕對不吃，不能碰的也從來不碰，可這身子就是不見好，而且還一天比一天差。

葉小玖心裡焦急，顧不上採買，囑咐田小富兄弟將東西買回去，而且一定要挑新鮮的買，不用顧忌價格。而後，她便跟著流雲去了沐府。

這一次，流雲依舊是帶著葉小玖從正門進入，那門房見是葉小玖，動了動嘴想說話，卻又見她旁邊站著流雲，忙打開大門請她們進去。

葉小玖跟著流雲去了沐婉兒的院中，進門一眼就看見沐婉兒靠在那張美人靠上，手中拿著一卷書，著一身淡黃色的長裙卻襯得那臉色極差，就連狀態也不如前幾天。

「婉兒。」葉小玖叫了一聲，便快步朝她走去。

了。

「玖兒！」沐婉兒見是葉小玖，眼中閃過一抹光亮，掙扎著想起來卻被葉小玖一把按住

「別動！妳身子不好，好好坐著就行。」葉小玖坐在她身邊，瞅了瞅她的臉色，然後轉身問身邊的流雲。「婉兒可是有氣血不足的弱症？」

「姑娘怎麼知道？」流雲驚訝道：「大夫說小姐胎裡不足有些氣虛，只是後來不知怎麼的就成了氣血兩虧，這身子也越來越差。難道姑娘懂醫？」

看著流雲滿眼期許，葉小玖搖了搖頭。

醫她倒是不懂，只是看沐婉兒臉色發白發青，頭髮也看起來毛毛躁躁的。這屋裡這麼暖和，她的手卻涼成這個樣子，所以猜測著她應該是氣血不足。可既然大夫也診斷沐婉兒是氣血弱症，為何對症下藥調理，卻不見好，狀態還越來越差呢？

「玖兒，妳想什麼呢？」沐婉兒見葉小玖愣神，拽了拽她的袖子。

葉小玖回過神來，柔聲道：「我在想既然是氣血不足，那或許可以藉助食療調理，這效果雖然比不上直接喝湯藥，但長期效果終歸還是不錯的。」

「當真？」不等沐婉兒說話，剛推門進來的吳嬤嬤就兩眼發光地看著葉小玖。「葉姑娘當真有用食材調理氣血的方法？」

她急急地走上前來說：「不瞞姑娘說，自從小姐病倒以來，這每日的苦藥湯子就不曾斷過。我雖然是沐府的奴婢但好歹小姐叫我一聲乳娘，看著小姐如此，老奴實在是心疼啊！若

姑娘真有食療的方子，不知可否教於老奴，老奴發誓，出了沐府後絕不外傳。」

葉小玖看著吳嬤嬤信誓旦旦地要起誓，還對自己低聲下氣的，著實有些驚訝她的變化。但一想沐婉兒母親早逝，吳嬤嬤作為乳母一直將她帶大，若說是為了婉兒，那她這改變倒也不算太突兀。

沐婉兒這個院子裡有個小廚房，裡面的食材是應有盡有，而且十分新鮮。葉小玖瞅了瞅，選了一扇排骨，紅棗還有枸杞，又問了吳嬤嬤有沒有當歸，她忙從一旁的櫃子裡找了出來。

紅棗有很好的補氣效果，當歸、枸杞又都是補血養顏，通調氣血的，這三種加在一起，可以說是女子的保養品，補氣益血的聖品。

葉小玖將做當歸紅棗排骨湯的步驟細細地說給吳嬤嬤聽，吳嬤嬤也在一旁聽得認真，隨即一臉愧疚地對她道：「葉姑娘，那日之事真的很抱歉，是我以小人之心度您的君子之腹了。」

見葉小玖只靜靜地看著她，她又道：「妳也知道，沐府家大業大，小姐又生性單純，之前就有不少人假意接近小姐，就是想著藉著沐家的勢好在商場上扶搖直上，小姐因為此事也很是傷心，所以這一次我才會以最大的惡意來揣測妳們，真的很對不起。」

吳嬤嬤的這番話說得很是情真意摯，可葉小玖總覺得她好像很刻意，隱約覺得哪裡不對勁，所以就只是擺了擺手，表示自己不在意。

沐婉兒自生病以後胃口就一直很差，這次可能是因為心情好的緣故，竟然破天荒地喝了兩半碗，讓屋裡的三個人都驚喜不已。

也是，這排骨湯裡面雖然放了藥材，卻喝不出一點藥味，反而湯色清亮，鮮香撲鼻，混合著紅棗特殊的香氣，味道確實不差。

既然沐婉兒愛喝，吳嬤嬤便每日都按時煲給她喝，於是葉小玖變著法子的煲一些她所熟知的補中益氣的湯送來，久而久之，她便成了沐府的常客。

然而，沐陽還是對她不冷不熱沒個好臉色，有時恰巧在府裡遇上，他也是冷哼一聲，不與她說話，搞得葉小玖是一頭霧水。

一家食肆早上已經不賣包子，改賣雞蛋灌餅了。往烤到起了大泡的麵皮裡灌上一個雞蛋，烤至兩面金黃。再在烤得金黃酥脆的麵皮裡刷上她們家自製的辣椒醬，放上幾粒榨菜碎，再在上面加上翠綠嫩生的生菜和香辣可口的洋芋絲。幾種味道融合在一起，只讓人覺得口齒生香，而且她家的灌餅分量也足，吃一個絕對管飽，精神一天。

一大早，一家食肆門口的小隊就排到了街那頭。葉小玖有意將何花訓練出來，所以這幾日的雞蛋灌餅都是她來做的。可正巧她今日家裡有事，葉小玖便只好親自上陣，一早上忙得她是暈頭轉向的，直到快中午了，這客人才算是走完了。

低著頭收拾著攤子上的東西，葉小玖見一個陰影籠罩在攤子上，下意識地開口道：「今日的灌餅已經賣完了，明日請早。」
結果她抬頭就見一錦衣華服的男子帶著幾個家丁站在攤前，看她抬頭後還一臉的驚豔，然後那眼神就漸漸變得讓她覺得不舒服。
她厭惡地瞪了他一眼隨即低下頭繼續收拾手頭上的東西，打算不理他讓他自己走，卻不想那人竟伸出他的鹹豬手摸上了她的手背。
葉小玖如觸電般的一把甩開，隨即用手邊的抹布狠狠擦了下被他摸過的右手。
那男子見葉小玖瞪他，道歉道：「不好意思啊，我本想看看那是什麼東西卻一時手滑冒犯了姑娘，還望姑娘見諒。」
話雖如此，那眼神卻很是流氓地打量著葉小玖，一臉的「能奈我何」的玩味。
葉小玖看了他一眼，隨即裝作抖抹布，卯足了勁狠狠地一巴掌搧在他的臉上。
「不好意思，我也手滑。」
那男子捂著臉，舔了舔已經出血的唇角沒有說話，他身邊的家丁卻一個個氣呼呼的上前道：「妳個小娘兒們不要命了？知道這是誰嗎？這可是唐家大少爺！」
唐家大少爺？就是那個最後和邵遠狼狽為奸構陷唐柒文，最終做了皇商的唐堯文。
葉小玖瞅了他一眼，隨即撇了撇嘴。死魚眼、塌鼻、厚嘴唇，看起來還油膩得不行。同是唐家的人，怎麼和唐柒文相差這麼大呢？
「是唐家大少爺又怎麼樣？」葉小玖譏誚道：「我好好的做我的生意，不偷不搶的，你唐少爺對我動手動腳的難道還不許我還手？仗勢欺人也不是這麼來的吧！」

葉小玖的話可把那幾個小嘍囉氣壞了，一個個叫囂著要教訓她。屋裡的唐昔言聽見外面的吵鬧聲，出來就看見唐堯文站在門外。

她站在葉小玖身旁，弱弱地叫了聲堂哥。

唐堯文看了唐昔言一眼，又將目光移到了葉小玖身上，上下打量了一番後，慢悠悠道：「呵，我們走！」

自唐堯文走後，葉小玖就發現好像有人一直鬼鬼祟祟地盯著她。所以，在下午回家的時候，她就一直催促田小貴將馬車趕快一點，卻不想在路過那片樹林的時候還是出了事。

「你想幹麼？」葉小玖冷冷地看著將他們團團圍住的那些人，質問在一旁靠著樹搧扇子的唐堯文。

「幹麼？」唐堯文向前走了幾步，勾唇一笑，臉上的那個巴掌印格外清晰。「自然是仰慕姑娘的才華，想請姑娘去我家坐上一坐。」

說完，他還拿舌頭微微舔了下嘴唇，看起來十分猥褻。

葉小玖只覺得胃液直往上湧，正準備說話卻被田小貴一把扯在了身後，而唐昔言則是揪著她的袖子，瞪著她的那個堂哥。

葉小玖此時無比慶幸，還好她早早地把何花姑嫂送了回去，不然出了事，她都不知如何向田嬸子交代。

田小貴雖然大葉小玖兩歲，但終究是個孩子，對著這麼些凶神惡煞的人，也是腳底發虛。可他怎麼著都是個男人，男人就是要保護女人！

唐堯文看田小貴那個樣子，嘲諷道：「喲，就你這樣還想英雄救美呢？怕不是在找死！」

然後他一擺手，幾個家丁就摩拳擦掌地朝著這邊走來。葉小玖見狀，快步上前將那領頭的踢翻在地，然後一個飛腿後擺出了標準的打架姿勢。

幾個家丁都嚇了一跳，想不到這小娘兒們還會點功夫，而唐堯文卻眼睛一亮。「嘿，想不到妳這麼潑辣，爺喜歡！」

說著伸著手就想來觸碰葉小玖的臉，卻被葉小玖又一個飛腿踢在了他另一邊臉上。

唐堯文是篤定他帶了這麼多人，葉小玖肯定不敢動手才如此肆無忌憚，卻不想竟然被人踢了臉，他是徹底惱了，捂著那腫了一大個鼓包的臉，聲嘶力竭地叫喊著要那幾個人抓住葉小玖，要她好看。

葉小玖穿著裙子打架本就不方便，再加上他們人多，體力不支很快她就敗下陣來。就在她叫喊著讓田小貴帶著唐昔言先走的時候，沐陽卻帶著人突然出現在樹林裡，三兩下就把那幾個人打翻在地。

「唐大公子好雅興啊，光天化日的在這裡欺男霸女，可是視王法於無物？」

沐陽一步步地走過來，那臉上的從容與自信讓唐堯文看著很是刺眼，可礙於沐家在華陽府的地位，他還是低聲下氣，對著沐陽這個管家點頭哈腰道：「我只是逗他們玩玩，玩玩而已。」

他又抬起頭，偷偷地瞅了沐陽一眼。「只是不知道沐管家來這裡是……」

沐陽也不藏掖著，直接道：「我方才看見你們唐家的人盯著人家鬼鬼祟祟，所以特地出來瞧瞧。這葉姑娘是我家小姐的好友，所以由我家小姐罩著，你以後若是再敢動她，那便是與我們沐府過不去。」

「是是是。」唐堯文忙點頭道：「知道了，以後再也不會動她了。」

說完他就帶著一眾家丁屁滾尿流地跑了。葉小玖剛想與沐陽說話，他卻先聲奪人。「葉姑娘，我們小姐當妳是朋友，我沐某自然也不會駁了妳的面子，但沐府的有些事情，妳還是少插手為好，不然到時候，就別怪我翻臉不認人，對妳不客氣了。」

放完狠話，沐陽便轉身走了，只留下葉小玖看著他的背影發呆。

她究竟插手沐府的什麼事了？你倒是說清楚啊！

第十二章

有了沐家的庇佑，唐家的人確實再沒來找過麻煩，雖然葉小玖知道這只是暫時的。沐府她還是照常去，有時候帶著她新煲的湯羹，有時候是她做的點心。至於那補氣血的藥膳，吳嬷嬷也是每天做了送去，可是沐婉兒的身子就是不見好甚至是越來越嚴重了。這讓葉小玖一度懷疑，若不是大夫診斷錯誤，就是中毒了。

不巧，昨日唐母在上山途中扭傷了腳，聽姚嬸子說，懸醫閣的跌打損傷藥膏是極好的，所以她便來求藥。

懸醫閣是涼淮縣最好的醫館，而裡面的陳平陳大夫就是沐婉兒的主治大夫，葉小玖在沐府的時候也碰巧見過他幾面，只是從未說過話。

這會兒醫館人少，他正一邊翻著古籍一邊在旁邊寫寫畫畫。見葉小玖來了，他擱下筆，起身走到一邊的坐診桌前。

「葉姑娘可是有哪裡不舒服？」葉小玖搖了搖頭。「是我一個嬸子扭傷了腳，腫得厲害，所以我特意來這裡求些跌打損傷的藥。」

「哦，原來如此。」說完，他便示意一邊的藥僮拿藥，自己則繼續回到書桌前看書。

「陳大夫可是在研究婉兒的惡疾？」葉小玖看那書上描述，盡是些氣虛兩虧的病徵。

陳平知道葉小玖與沐家的關係，索性也不藏掖著，直言道：「的確，都怪老朽學醫不深，才硬生生將沐小姐的小病拖成了大病還束手無策。」

「婉兒當初當真只是胎裡不足有些氣虛？」

「是。當年沐小姐一場大病來勢洶洶，沐老爺愛女心切，便請來了涼淮縣所有的大夫，還快馬加鞭去華陽府找了幾位名醫，經過多方會診，我們一致認定沐小姐只是氣虛加上風寒所以才病倒了。」他嘆了口氣又道：「當年我初出茅廬，自認醫術超群便主動自薦扛下了沐小姐的病。而且我開的藥，也是經過多位名醫檢驗過，確實是對症下的藥，只是……」

陳平說到這裡語氣有些哽咽，不知道是愧疚自己醫術不精白白浪費了沐婉兒的生命，還是在委屈這麼多年來自己頂著這偌大的壓力，卻無人可以訴說的愁緒。

葉小玖哄女孩子很有一套，可哄一個中年男人她卻著實不在行，就在她一籌莫展之際，一個少年揹著藥簍走了進來。

「師父，我回來了！」

葉小玖聞言轉頭，在看清那少年的面容時，驚得險些扔了自己手中的藥瓶。

居然是他……

她方才就疑惑既然是多方會診診出的結果，又是對症下藥，那婉兒應該會很快好起來，怎麼會越拖越嚴重呢？所以她不排除有人後來下毒的可能。

可婉兒向來待在深宅大院，能下毒的就只有貼身侍婢了，可她身邊的婢女都是從小就跟著她一同長大的，感情極好，婉兒向來待人溫和、謙遜有禮，必然是不會有下人因心中怨恨心存報復。

既然不是身邊的人下毒，那必然是外人下毒，而且是在飲食上做手腳，可眾人都是吃同樣的東西，怎麼就婉兒出了事？那唯一的可能就是在藥裡面下毒。

但陳平作為主治大夫當年會主動自薦，肯定不會自毀招牌，現在看見來人，她好像什麼都清楚了。

「師父，我今日在山上找到了您一直在找的忍冬草呢！」少年將身上的背簍放下，笑嘻嘻地朝陳平說。

陳平見葉小玖一臉震驚，起身介紹道：「這是我徒弟王安，平日裡幫著我配配藥啥的。安子，這是葉姑娘。」

「葉姑娘好。」王安笑著向葉小玖打了個招呼。

看著他的笑容，葉小玖不由得想起那日她偶然看見他與沐陽從茶樓出來，沐陽說過「這件事一定要保密不能讓任何人知道」，他也是這副近乎諂媚的笑容點著頭連聲應答，瞬間覺得不寒而慄。

葉小玖又想起沐陽無數次的警告她讓她少插手沐府的事，還說：「指的什麼事，她一直心知肚明，何必揣著明白裝糊塗，讓雙方撕破臉？」

本來她一直很是不解，可現在，一切似乎都有了答案。

這個沐陽……似乎有問題啊！

得了這個答案，葉小玖便隔三差五地往沐府跑。還一待就是很久，有時候沐婉兒體力不支都睡了，她還在汀蘭院裡賞花，坐在鞦韆上摸貓。

她已經委婉地勸過沐婉兒暫時將藥停了，但沐婉兒機敏，一下就猜到葉小玖可能發現了什麼事。不過一切未定，葉小玖也不敢輕易下結論，沒將詳情說出，只是勸說她把藥停了。

沐婉兒想著反正自己身子已經夠差了，就算不喝藥也不會比現在更差，索性聽了她的話，每次藥熬好端過來後，她都藉口將房裡的人都支出去，然後再偷偷將藥倒在一旁的花盆裡。

葉小玖還想著，既然沐陽已經將手伸到汀蘭院來了，說不定汀蘭院就有他的眼線在，所以沐婉兒還得裝病，而且要一天比一天嚴重。

安排好一切後，葉小玖每天在汀蘭院裝作無意地四處亂竄，可每次她有目的地轉到後廚，留給她的定是一個空了的藥罐子。

看來那人在汀蘭院確實有人，而且還很謹慎啊！

滿懷心思的走在路上，葉小玖一個不小心撞到了院裡的一個小丫鬟。

「葉姑娘！」那小丫鬟笑著向葉小玖打招呼。

葉小玖在沐婉兒那裡很招待見，所以她們這些粗使丫鬟對她也是客客氣氣的。

「妳這是去哪兒啊？」葉小玖看她手裡提著一個小包袱，還有些行色匆匆，開口問道。

「哦！」那丫鬟提了提手裡的包袱，隨即道：「有些雜物想出府處理掉。」

沐府對下人向來寬容，葉小玖不疑有他，忙讓開了路。「那妳快去吧！」

看著那丫鬟急匆匆的樣子，葉小玖笑著搖了搖頭，隨即有什麼東西從腦中一閃而過。

方才那丫鬟手裡的包袱……是一股藥味。

慌忙追著那丫鬟從後門出來，葉小玖就看她神色慌張地朝著後山走去。

躲在一棵大榕樹後面等那丫鬟走了，葉小玖過去挖開泥土一看，果然都是藥渣。難怪，每次她去都只留了一個空藥罐子，原來是她早早將藥渣都藏了起來，再找一個適合的時候帶出府來埋了。

撿了幾塊還比較潮濕的新鮮藥渣用手帕包起來，葉小玖快步離開了後山。

既然懷疑王安是沐陽的幫凶，那懸醫閣自然也是不安全的，葉小玖便只能用幫何花看診的名義將陳平請了來，再將藥渣拿給他看。

「葉姑娘，經過我的查驗，這藥渣並無不妥。」

「您的意思是說，這藥渣沒有問題？」葉小玖震驚。她並未向陳平點明這藥渣是沐婉兒的，所以陳平的陳述還是很客觀的。

葉小玖頓了頓。「那有沒有可能是那種無色無味的毒，光看和聞是看不出來的那種毒。」

「葉姑娘說笑了。」陳平道：「且不說按妳說的，長達十幾年的下毒有些荒唐，這無色無味的毒更是少見，一瓶就價格不菲，按妳說下了十多年，那一定是家底頗豐之人。試問誰願意傾家蕩產就只為給別人下毒，致他於死地呢？」

他可不缺錢，葉小玖暗道。

「難道就真的沒有辦法了嗎？」葉小玖又問。

「辦法倒是有的。」陳平頓了頓道：「當年我下山之時，師父曾給我一瓶藥水，說是可以驗天下所有奇毒，但我並未試過。若是葉姑娘堅持，我倒是可以試上一試，只是需要些時日。」

「那便麻煩您了！」葉小玖鞠躬道：「只是希望這事，您能替我保密。」尤其是別讓你徒弟知道了。

「這個葉姑娘放心，懸醫閣晚上只有我一個人住。」

送走了陳平，葉小玖總覺得心裡一直懸著一塊大石頭，而這個大石頭還與驗毒有關。

若是驗證那藥裡沒毒，那婉兒就是真的身子虛弱，要是一直沒有合適的治療方法的話，等待婉兒的就只有香消玉殞。可若是驗證藥裡真的有毒，可那毒卻無藥可解的話，婉兒……又該怎麼辦？

陳平驗毒需要些時日，等待的這幾日，葉小玖沐府是依舊去，生意也照樣做。

雞蛋灌餅在涼淮縣大受歡迎，不少人甚至穿過大半個縣城過來，就是為了一嚐美味。可奈何他們在路上花的時間太長，等到了一家食肆，人已經圍了裡三層、外三層，他們根本就擠不進去，輪到他們時灌餅早沒了，最後就只能生著悶氣帶著惋惜走了。

為了留住顧客，葉小玖便又在旁邊搭了一個攤子，畫了圖紙找胡立打了一個可以轉的大鏊子，準備做煎餅餜子。這樣一來，兩邊分流，新客戶、老客戶各不耽誤。

做煎餅餜子的小丫頭叫王潤雪，今年十七歲了，就住在涼淮縣附近。葉小玖是在一次偶然中遇到她的，當時她母親嫌她是個賠錢貨，想要把她賣到青樓去。看見那丫頭哀求無果反被打，最終認命後那心灰意冷、生無可戀的樣子，一時心軟便救下了她。

依照她母親的意思，是直接付三十兩銀子將人賣給葉小玖，可葉小玖又不是人牙子，索性提了另一個方案，讓這個姑娘到食肆幹活，每天給她三十文錢。

她母親想著一天三十文，一個月也能有差不多一兩銀子的收入，還能一直賺下去，連忙答應了，還許諾葉小玖說絕不會再起別的歪心思、更不會再虐待她。

經過這兩天的培訓，王潤雪已經能很熟練地攤煎餅了，而且那速度也是沒得說的。只是由於長期受她母親的壓迫，人有些內向，她不太願意和不熟悉的人說話，葉小玖就鼓勵她別害怕，還讓唐昔言一直幫著她。

果然，煎餅餜子開賣的第一天，不少原本排在雞蛋灌餅隊伍的人就主動地排到了另一邊，而那些住得遠姍姍來遲的人自然就排到了前面，葉小玖的分流作用也就起到了作用。

排在煎餅餜子攤子旁的客人，見那眼生的小丫頭，一手轉著那個大鏊子，一手在倒了麵糊後，拿著一個她們自製的刮板將那麵糊攤成一塊大圓餅，然後在上面打上雞蛋、撒上芝麻。這一系列的工序行雲流水絲毫不拖泥帶水，看著就像是在完成一件藝術作品一樣的賞心悅目。

「這是什麼？」站在最前頭的人看著王潤雪將一塊乾巴巴的東西放在上面，好奇地開口問。

「……果、果……」王潤雪磕磕絆絆地說。

「做什麼使得？」他後面的人把頭伸得長長地問。不難看出，排隊的人都很好奇。

王潤雪終究內向，一看這麼多人直勾勾地看著她就緊張得說不出話來，一旁幫忙何花的唐昔言見了，忙過來笑著道：「這叫果篦兒，是麵做的。油炸後就變成了這種薄如紙，色澤金黃的小吃。」唐昔言掰了一塊給了那人。「十分香脆可口哦！」

那人嚐了，果然口感脆脆的，味道很香，確實不錯。

「那這又是什麼？」那人見王潤雪在放了生菜和炸過的洋芋條後又用一個很奇怪的容器擠了一圈白色的東西。

「這是沙拉醬，是酸甜味的，玖姊姊說明日就有辣的醬料了。」

終於，第一個煎餅餜子做好了，那人拿著用油紙包裹著的煎餅，也顧不得燙，還站在隊伍裡就迫不及待地咬了一口，然後直朝著王潤雪豎大拇指。

煎餅餜子的外皮帶著一股特殊的麵香包裹著一層鮮嫩的雞蛋，果篦兒香脆，生菜爽口，搭配著口感沙沙的炸洋芋條和酸甜口的沙拉醬在嘴裡迸發出美妙的感覺，著實不賴。

「嗯好吃……再給我來一鍋。」那人嘴裡鼓鼓的，口齒不清。

後面的人聽了，也紛紛叫嚷著要一個、要兩個的，一個個都激動地往前擠，擠得前面的人直說自己的後腳跟被踩碎了、自己也被擠癟了，旁邊買灌餅的人聽了只想笑。

王潤雪長這麼大，從來沒有人誇過她，這還是第一次，雖然是說她做的東西好吃，但她還是開心地低著頭抿唇笑了，同時心裡還有些酸酸的。

葉小玖的煎餅餜子又火了，但因為這煎餅製作工序比較透明化，不少小販在看過一、兩次後偷偷的模仿，經過幾次實驗也終於做出了屬於自己風味的煎餅，沒有果篦兒就用油條代替，沙拉醬沒見過就用常吃的大醬調味，做出來後味道竟然也不差，再加上價錢比一家食肆的便宜，倒是引去了不少人。

可最終，眾人還是覺得葉小玖家的煎餅最正宗、最好吃，還自主給一家食肆取了個口號叫「一家出品，必屬精品」。

食肆火了葉小玖並不甚在意，她這幾日都在為驗毒結果焦灼不已，甚至寢食難安。終於，在她急得快要上火的時候，陳平帶來了結果。

陳平是在第七天的下午來的，而他帶來的結果就是那藥裡確實有毒。

「那是何毒？」葉小玖急急地問。

「青煙散。我對照過書籍了，藥材入水後呈現出藍色，經過一天後上面出現黑色斑點，確定無誤。」

見葉小玖看他，陳平知她定要問個透澈，索性接著道：「青煙散無色無味，入水即化，而且不易察覺。若是長期服用青煙散，患者將會出現體虛血虧的弱症，並且越來越嚴重，最終生命也像青煙一樣化為烏有。」

葉小玖越聽是越害怕，陳平說的一切不正與婉兒的癥狀不謀而合嗎？

「若是中了這種毒還有救嗎？」

「這個要看患者服用的時間長短了。」陳平抿了口茶道：「若是患者中毒不深，那用一般的氣血虧損調理之法是可以的，可若是長期服用……那就只能聽天由命了！」

葉小玖聞言，一屁股坐在了凳子上。

那這麼說，婉兒就只能……

因為沐婉兒的病越來越重，沐封便滿大鄴的找名醫，所以現在不在涼淮縣，雖然她懷疑這一切是沐陽做的但她也只是懷疑，沒有直接的證據。

她手裡的這些都只能證明沐婉兒確實是被人長年下了毒，並不能證明是沐陽做的，所以她現在能做的，就是每日照常去沐府找沐婉兒玩，靜靜等著沐封回來徹查此事。

沐婉兒這幾天偷偷將藥倒掉，那臉色確實是好了不少，而且她自己也說她感覺自己身上好像有些力氣了，葉小玖雖開心，但還是時刻叮囑她要裝病，不能打草驚蛇。沐婉兒雖說是沐府的主人，但下毒之人若真是沐陽，那他必然是做好萬全準備，她們若是衝動行事，就只能是以卵擊石。

沐府的馬車照常將葉小玖送到一家食肆拐角處的那個路口，葉小玖下了車就看見吳嬤嬤提著個包袱，行色匆匆地趕路。

奇怪，吳嬤嬤到這裡幹麼來了？還一副防著人的樣子。

出於好奇，葉小玖便跟了上去，結果就見她七拐八彎的進了一戶人家，開門的女的還喚她姊姊。

原來是走親戚啊。

葉小玖覺得她最近都被沐府的事弄得有些疑神疑鬼的了，看誰都覺得有問題。

沐封去上京城已經快半個月了，葉小玖想著等他一回來就告訴他所有的事，卻不想沐封沒等到，卻等到了前來抓她的官兵。

葉小玖第一反應就是，事情暴露了，沐陽狗急跳牆先對她下手了！

第十三章

「放我出去，我要告官，我要見縣令大人！」葉小玖拍著柵欄，叫喊著看著那些衙役鎖了門後慢悠悠的離開，完全不理她。

她原本想著若是沐陽告官，那她就在公堂上將事情直接捅出來，反正她有證據、有證人，況且沐陽這麼做，就確定他是真凶無疑。卻不想這些人連堂審都沒有，直接將她抓進了牢裡。

「葉姑娘，我早就說過，妳與小姐交好可以，但妳不該插手沐府的事。」

沐陽穿著一身黑色的錦緞華服，上面用黑色的絲線繡著祥雲，襯得他十分貴氣，他臉上的表情嚴肅，但在葉小玖看來他就是小人得志。

「呵，小人，人面獸心！」葉小玖嘲諷。

「葉姑娘，妳現在罵我也沒用。」在商場上混跡多年，葉小玖這話對他著實起不了作用。「我早就說過，妳若是執意插手沐府的事，造成無法挽回的後果我定會對妳不客氣，絕不會因為妳是女子就對妳手下留情。」

「你到底什麼意思？」葉小玖疑惑，怎麼感覺沐陽的意思，是她做錯了什麼，他才告官。

「既然妳揣著明白裝糊塗，那我也就不拐彎抹角了。」沐陽冷笑，眼中盡是對葉小玖的厭惡。「當日妳將手套的圖紙賣與錦衣閣，老爺見妳是個女子，雖心思敏捷但擺攤辛苦，便與妳為善，好心將錦衣閣的倉庫租予妳做吃食。小姐吃了妳的糕點欣賞妳，讚嘆妳的心靈手巧，便邀妳去府中做客，不想妳卻嫉妒小姐，在她不願將琴送與妳時，故意弄壞了琴弦，是這樣吧？」

「啊？」葉小玖迷惑了。沐陽說的每個字她都聽得懂，但合在一起，她怎麼就不知道是什麼意思了呢？

她啥時候嫉妒婉兒了，那琴弦不是昔言不小心弄斷的嗎？

沐陽見葉小玖一副很迷惑的樣子，心中嗤笑。

真個心機深重的女人，這種情況下還能裝作一副什麼也不知道的樣子，果真是好手段！

「後來妳覺得這樣於妳不利，便假意與小姐交好，說是給小姐送藥膳，卻在裡面下了使人身體虛弱的藥，甚至還攛掇小姐倒掉了本該喝的湯藥，致使小姐病情加重，我沒冤枉妳吧？」沐陽的眼神充滿怒意，似乎是想直接掐死葉小玖。

「此事當真？」監牢的入口處，一個略顯蒼老的聲音傳來，隨著腳步聲越來越近，葉小玖看見是風塵僕僕的沐封帶著兩個衙役走了進來。

「葉小玖，妳當真嫉妒婉兒，想要害她性命？」沐封目光如炬，死死地盯著葉小玖。

葉小玖此時如同看見救星一般，手緊緊抓著欄桿吼道：「沐老爺你聽我說，不是這樣的，是他！是他要害婉兒，他現在是在誣陷我！」

沐封看了一眼沐陽，對葉小玖道：「不可能，阿陽從小與我一同長大，一直忠心耿耿，他怎麼會害婉兒？」

「就是他，我已經查到證據了，是他勾結大夫，在婉兒的藥裡面下了毒。」

「葉小玖！」一看得出來沐陽是真的生氣了，他怒吼道：「妳紅口白牙挑撥離間，自己心思歹毒還要誣賴我？欲加之罪何患無辭！」

「我查到婉兒的藥被下了青煙散，而你與懸醫閣的學徒有見不得光的勾當，還敢說我誣陷你?!」葉小玖的聲音比他更大。

青煙散？

正值發怒邊緣的兩個男人瞬間便被這名字澆滅了怒火，沐封激動地直接讓衙役開了門，進了牢房抓著葉小玖的胳膊直晃。

「妳到底什麼意思？什麼青煙散？」

葉小玖原以為他是進來打人的，看他不是著實鬆了一口氣。

「我在婉兒的藥裡，發現了青煙散。這毒是懸醫閣的陳大夫檢驗出來的。」葉小玖指著沐陽。「而他與懸醫閣的學徒有見不得人的勾當。我讓婉兒停藥也是發現藥裡有毒，而婉兒這幾天病得嚴重，都是怕打草驚蛇，刻意裝的。」

聽了這話，沐封一下子癱在地上，葉小玖忙試著扶住他。

「這……」沐封看了一眼沐陽又瞧了一眼葉小玖。「……這到底是怎麼回事啊?!」

沐封滿臉的悲愴，一想到他的婉兒這麼多年臥床不起竟是因為中毒，他就覺得心如刀絞。

他不認為毒會是沐陽下的，可女兒在眼皮子下中毒，他這個爹爹，做得失職啊！

葉小玖那弱雞似的力氣自然是扶不起沐封的，索性就將他小心地扶坐在地上，自己也坐了下來，沐陽見狀，也進來盤腿而坐。

既然小姐沒事，這丫頭也是冤枉的，那他自然不計較她的誣陷了。

葉小玖便將她是如何懷疑中毒，如何拿到藥渣，又是如何讓陳平化驗，以及中了青煙散有何癥狀都一一告訴了他們。

雖然眼下的狀況讓她明白，她和沐陽間恐怕有了誤會，她還是把為何要懷疑沐陽的原因一字不落地說了出來。

見沐陽目光詭異地看著他，她出聲道：「你別這樣看我啊，是你說話模糊不清，老提沐家的事卻不說清楚，還和懸醫閣的王安有勾結，我才會懷疑你的。」

「我和王安見面，是因為錦衣閣最近新進了一種染料，就是懸醫閣提供的，這涉及到商業機密，我自然要告誡他保密。」沐陽沒好氣地說。

「那你總讓我不要執意插手沐府的事，又是什麼意思?」葉小玖問。

「桑兒告訴我，妳總是拿一些藥膳來給小姐喝，打著為小姐好的幌子，卻害得小姐越來越嚴重。」

「桑兒，是外間那個丫鬟啊……」葉小玖嘟囔，隨即站起來道：「你果然在汀蘭院安排了你的眼線！」

葉小玖忽然聲音放大，嚇得靠在牢房門外打盹兒的兩個衙役互相看了一眼，隨即無奈地看了牢房裡一眼。

真是不明白，這些大人物有什麼事為啥不去外面找個客棧坐下好好聊，非得蹲在這又髒又臭又熱的牢房裡，還得讓他們哥兒倆陪著。難道牢房的污濁空氣更容易使人頭腦清醒，分析起情況格外清晰？

「那是我安排的。」一直很安靜、很自責的沐封突然開口。「我常年奔波在外尋醫，阿陽作為外男又進不得汀蘭院，所以我便安排了桑兒進去，時不時匯報婉兒的近況。」

沐封這樣一說，葉小玖便明白了，沐封是怕直接將人安插在婉兒房裡會惹她不高興，所以才安排在了外面，還真是用心良苦。

可真正想害婉兒的不是沐陽，那又是誰呢？既然懸醫閣的人沒問題，那藥就是在拿進沐府以後下的，而且很大程度就是汀蘭院的人做的，但究竟會是誰呢？

「玖兒、玖兒妳還好吧！」就在葉小玖思考的時候，唐母和唐昔言以及田嬸子叫著她的名字進來了。

唐母在聽到女兒說葉小玖被官府抓走了，急火攻心差點暈過去，恢復過來之後忙讓田小貴駕著馬車快馬加鞭的趕到縣城，使了銀子才進了這監牢。原想著葉小玖定在裡面受苦了，卻不想進來卻看見她與沐老爺他們一同坐在稻草上，牢房門還大開著。

「嬸子，妳怎麼來了？」葉小玖站起來看著唐母臉上似有哭過的痕跡，忙挽著她的胳膊道：「我沒事，就是一場誤會。」

「對，是場誤會，玖丫頭對不起啊！」沐陽這才想起來對葉小玖道歉。

「既然是誤會，你們為啥都待在牢裡不出去？在這體驗生活？」唐母滿臉疑惑。

出了監牢，葉小玖讓唐母她們先回一家食肆等她，她與沐封他們還有事要做，畢竟，真正的幕後黑手還隱藏在暗處，而且是誰，他們全然不知道。

送唐母去了食肆，葉小玖轉身就和沐陽他們一同去了錦衣閣。畢竟食肆裡門庭開闊，閒雜人又多，著實不適合談事情。

進了二樓沐封時常待客的廂房，沐陽差小廝拿來了一壺茶水，便囑咐他看著樓梯口，任何人都不得上來。

既然下毒的人在汀蘭院裡，那汀蘭院的每一個人都值得懷疑，本來她還想著粗使丫鬟近婉兒不得，更不可能碰到婉兒的藥，但她卻忽略了人家可以將藥提前下在藥罐裡。

「陽叔，是誰告訴你我喜歡婉兒的琴，求而不得就弄壞了琴弦，也是桑兒嗎？」解開誤會，葉小玖問沐陽。有些事情，尤其是誣陷她的事情，必須要從源頭查起，說不定會有蛛絲馬跡。

「不是，是吳嬤嬤。」沐陽道。

也是在那個時候，他對葉小玖的好感驟減，所以才會吩咐門房不讓她入府。

「吳嬤嬤？」葉小玖疑惑。「琴弦是吳嬤嬤進來時昔言嚇了一跳，才會失手勾斷的，吳嬤嬤並不知道發生了何事，怎麼會篤定是這樣，還要告訴你呢？她的目的不會就是想阻止我發現什麼吧？那我讓婉兒吃藥膳，致使婉兒病重也是吳嬤嬤告訴你的？」

「不是，吳嬤嬤說是和瑞兒聊天時聽到的，而且她還聽她們說妳總是拿一些沒有藥理依據的東西給小姐喝，藉著小姐對妳的信任，蠱惑著小姐自己停了藥，致使小姐病重。我也是那時才生氣報官抓妳的。」沐陽一字一句道。

「瑞兒，就是那個眼角有顆大痣的瑞兒？」見沐陽點頭，葉小玖急急道：「這就說得通了。瑞兒就是那個私藏藥渣的人，她有問題。而且，吳嬤嬤為何會與一個粗使丫鬟談論婉兒的病情？我想，她是知道我在調查婉兒臥病的真正原因，所以才假意讓桑兒聽見，好報告給你。你為了婉兒好，定然會阻止我接近婉兒，而我心中有疑，自然會覺得你作賊心虛。這吳嬤嬤，倒是打得一手好牌。」

「不可能會是吳嬤嬤。」沐封搖頭。「吳嬤嬤在沐府時日已久，燕如生下婉兒，我為她找奶娘的時候，她前來應聘，說自己家鄉發了水災，一家人全沖走了，就連她剛生的孩子都在逃難的路上餓死了。燕如看她舉目無親，人又可憐，便讓我聘了她入府做奶娘。自燕如走後，她一直視婉兒為親生，就連婉兒自己都說乳娘待她極好，所以定然不會是她。」

「嗯。」沐陽也在一旁點頭，表示吳嬤嬤真的沒問題。

不是吳嬤嬤，難道這一切都只是巧合？吳嬤嬤並不知道瑞兒是幫凶，也不知道桑兒是沐封他們的眼線，她所做的一切就只是關心則亂，找個人說說而已？可……最初要為婉兒做藥膳時，吳嬤嬤分明也知道啊！還求著她做，怎麼從沐陽口中卻成為聽到的？不過這點並非關鍵證據，她得再想想……

「你說……吳嬤嬤來沐府的時候孤身一人，舉目無親？」葉小玖忽然想起沐封話中怪異之處，見他們二人點頭，她又問：「那這些年，她有沒有在外面成家，有沒有找到什麼親人？」

「葉姑娘說笑了，吳嬤嬤自入了沐府吃住都在這裡，怎麼會在外面成家？至於妳說找到親人，那更不可能了，畢竟都過了十七年，又沒有特意外尋，想找親人簡直是難上加難。」沐陽道。

既然沒有親人，那吳嬤嬤那日去那戶人家是幹麼？葉小玖覺得自己的腦細胞不夠用了，害婉兒的人沒找著，吳嬤嬤還奇奇怪怪的。

最重要的是，那人為何要對婉兒一個閨閣女子下手？若說是沐封生意場上的仇敵，那也該是對沐封下毒，毒害婉兒莫不是想讓他斷子絕孫？

葉小玖站在窗前，滿腹疑惑地看著下面玩捉迷藏的小孩子蒙著眼不小心抓錯了過路的大人，忽然想起那日被他們撞到的那個蒙面女子。

吳嬤嬤，女子，探親……那個小院子！

所有的疑點瞬間在葉小玖的腦子裡穿成了一條線，她走到桌前激動道：「吳嬤嬤，就是吳嬤嬤，凶手就是吳嬤嬤！」

那日吳嬤嬤去的那個小院子，就是那個女子待的那個院子，而她最開始跟著那女子，聽見的婦人訓斥聲，就是吳嬤嬤的聲音，這就說得通當時她為什麼會覺得那聲音格外熟悉了。

「吳嬤嬤在婉兒的藥裡下毒，卻在外面養了一個與婉兒十分相似的女子，她恐怕是想毒死婉兒後，以某種方式讓那女子取婉兒而代之。」

「什麼？」沐封震驚地站了起來，由於生氣氣血上湧，頓時覺得頭暈眼花，還好一旁的沐陽眼疾手快地扶住了他。「玖丫頭，妳的話是真的？」

沐封扶著額頭，很是不可置信，畢竟吳嬤嬤平時那麼疼婉兒，怎麼會做出這樣的事來？

「千真萬確，我親眼所見。」若說吳嬤嬤與那女子並無賊心，葉小玖是完全不相信的，畢竟那個女子與婉兒相像到連姿態氣質都是一致的，而且吳嬤嬤還勒令她不許出門，甚至不惜拿人命相脅。

「不好，婉兒有危險。她知道婉兒停了藥，必然會將毒下到別處去！」

三人急急地出了錦衣閣，葉小玖還順便吩咐了錦衣閣的人去杏花巷從左往右數第三間院子裡，帶一個與他們小姐十分相像的十八、九歲的姑娘到沐府。

三人趕到汀蘭院沒見到吳嬤嬤，桑兒說她在小廚房為小姐煲湯，葉小玖心急，快速跑到小廚房就見她正把湯盅放在托盤上，看到葉小玖她先是瞳孔一縮，隨即又看見緊跟而來的沐封二人，手腕一翻，那湯盅便直直地朝著地上去了。

沐陽見狀，一個飛身上去將吳嬤嬤踹倒在地，眼疾手快地接住湯盅轉了幾個圈停穩，這一番功夫使下來，裡面的湯竟是一點都沒灑。

哇，想不到沐陽還有這功夫！葉小玖心裡讚嘆。

「老爺您從上京城回來了。」吳嬤嬤揉著胸口，起身又對沐陽道：「沐管家，你接湯就接湯，踹我幹麼？」

沐陽沒有說話，直接端著湯盅去了沐封身邊，轉頭對門外的家丁道：「來人啊，將吳嬤嬤押到聽雪院去。」

聽雪院的大廳裡，沐封坐在最上首的紫檀雕花椅上，手指有一下、沒一下地叩著扶手。沐陽站在他旁邊，葉小玖坐在下首，看著正中間五花大綁的吳嬤嬤。

整個沐府除了汀蘭院的人，其餘的丫鬟、家丁都站在廳外，一頭霧水地看著平日裡總是笑呵呵的老爺怒視著跪在廳裡的吳嬤嬤。

這吳嬤嬤在沐府可是除了老爺和管家之外最有權威的人了，因為照顧小姐十分上心，就連老爺平日裡都對她十分敬重，今日這是怎麼了，惹得老爺發了這麼大的火？

沐封看著跪著的吳嬤嬤一臉問心無愧的樣子，黑色的眼眸又沈了沈，一下一下地敲擊著椅子。

少頃，兩個家丁押著瑞兒跪在了堂上。「老爺，這丫頭拿著包袱想跑，被我們從後門截回來了！」

「嗯。」沐封擺了擺手，示意他們下去。

「既然人都到齊了，那妳們就說說吧。為什麼要這麼做？為什麼要在婉兒的藥裡下毒？」沐封聲線很平，若不是看他那眼中難藏的犀利，葉小玖幾乎以為他沒有生氣。

「老爺，老爺！」瑞兒跪在地上，一個勁兒地磕頭。「我什麼都不知道，我什麼都不知道啊！」

「不知道？」沐封嗤笑。「不知道妳拿著包袱逃什麼？可不是作賊心虛。」

「老爺，我真的什麼都不知道，今日輪到我休沐，我拿著包袱是要回家，我真的什麼都不知道。」瑞兒整個身子都在抖，可見是嚇得不輕。

「妳不知道？那我來問妳。」葉小玖不想再聽她喊冤，坐在一旁開口道：「那日，妳鬼鬼祟祟的拿著一個包袱出門說是處理雜物，那裡面裝的究竟是什麼？」

乍聽葉小玖這樣問，瑞兒驚得抬頭看她，卻見她神色清明，分明是已經知道了裡面是什麼。

「是……是藥渣。」

自若。

「誰的藥渣？」

「小……小姐的。」

「既然是小姐的藥渣，妳為何要鬼鬼祟祟的拿出去？」葉小玖同樣手指叩著扶手，神情

「是吳嬤嬤說小姐常年病著，見了那藥渣定要影響心情，所以命令我及時拿出去處理掉。」瑞兒看了一眼吳嬤嬤，低聲道。

呵，這蹩腳的理由！葉小玖瞅了一眼二人，心中嗤笑。

第十四章

不等葉小玖再問，吳嬤嬤突然開口道：「老爺，小姐自病重後就一直在喝藥，老奴想著這藥渣非吉利之物，放在家裡定會影響小姐的氣運，所以我才囑託瑞兒，每次在熬完藥後將藥渣早早處理了。」

「老爺。」吳嬤嬤一個頭磕在地上。「老奴進沐府這麼多年，一天天地看著小姐長大，這些年來我待小姐如何，您都是看到的呀！我怎會下毒害她啊？」

吳嬤嬤打起了感情牌，眼中的赤誠看得在場眾人皆是動容。「老奴情願自己生了那弱病，也不想小姐受罪，看著小姐每日喝那苦藥湯，老奴也心裡疼啊！」

看著她這奧斯卡獎般的演技，再想想她做的那些骯髒事，葉小玖心中作嘔，不由得冷笑出聲。

「葉姑娘，可是妳陷害老奴?!」她忽然轉頭，滿眼淚花地看著葉小玖。「妳當日嫉妒小姐，狠心毀壞了她最心愛的鳳桐古琴，我當時氣急罵了妳幾句，妳便懷恨在心，誣陷老奴毒害小姐，想置我於死地，是不是這樣？」

說完，她便跪走到沐封面前。「老爺，老奴冤枉啊！」

「妳冤枉？」葉小玖簡直被她氣笑了。「妳這是脫罪不成，便要誣陷我了？我已經查得很清楚了，懸醫閣將藥送進沐府後，從始至終都是妳在煎，我在妳們倒掉的藥渣裡查出了青煙散，妳又怎麼解釋？不是妳下的毒，總不會是懸醫閣的人自毀招牌吧！」

吳嬤嬤原以為葉小玖只是懷疑藥中有毒，但一直查不出是什麼毒才勸沐婉兒偷偷停了藥，卻不想她居然已經查到了這個地步。捏了捏手指讓自己鎮定下來，她開口道：「聽葉姑娘這話說的，小姐的藥雖然一直是我在煎，但藥罐子可不是我在管，若是賊人去小廚房在罐子裡下了毒，我又如何能知道？再說了，這青煙散價格不菲，我一個奴僕，又哪裡能買得起？」

「哦，妳怎麼知道這青煙散價格不菲？」葉小玖挑眉。

「這……」吳嬤嬤沒想到自己一時心急為自己開脫，竟不小心暴露了，她忙道：「我之前在家鄉的時候碰巧聽別人說過。」

「碰巧？」葉小玖起身，圍著她慢慢地轉了一圈。「那妳在杏花巷養的那個與婉兒相像的姑娘，也是碰巧？我親眼看著妳進了那個院子，而且還與那姑娘說了話，很明顯妳們是認識的，妳不要告訴我，這也是碰巧。」

沒想到他們竟然連黎沐都查到了！

吳嬤嬤眼睛一瞇，看向沐封，隨即釋然，哈哈大笑道：「是，是我做的，是我下的毒，哈哈哈哈哈！」

「為什麼？」沐封拍椅而起，目光如炬地看著她，眼裡滿是不可置信。「妳向來待婉兒極好，為何要這樣？為何要下毒害她！」

「為何……哈哈哈哈，沐封，你問我為何……哈哈哈哈哈！」吳嬤嬤近乎癲狂的大笑。「沐封，你可還記得黎玥？」

吳嬤嬤忽然說出的這個名字讓沐封茫然，他疑惑地看沐陽，後者也朝他搖了搖頭表示不知道。

「黎玥是誰？」沐封問。

「呵，果然是個薄情寡性、自私虛偽的人，想不到僅僅不過十八年，你竟然忘得一乾二淨。」吳嬤嬤嘲諷道：「那我且問你，十八年前的夏天你在哪裡？」

十八年前，沐封再一次看向了沐陽。時間太過久遠，他確實是記不清了。

「老爺，十八年前的夏天，你不是交了一個外邦朋友，帶他去潁州采風了嗎？」沐陽恭敬地說。老爺和夫人，也是在那個時候相遇的。

「采風？」吳嬤嬤嗤笑道：「是在潁州采風，還是在瓊州採花？」

這個採花自然不是尋常意義上的採花。葉小玖沒想到查個案子還能扯出一段聽起來好像有點不堪回首的往事，連忙退回一旁坐到椅子上，擺好姿勢準備看戲。

「不可能！」沐陽義正言辭道：「當年老爺交了一個外邦朋友，聽說潁州夏季風景如畫兩人便相約同去采風，也是在那個時候，老爺在潁州燕羅橋上初遇夫人並且一見傾心，怎麼可能在瓊州認識什麼黎玥？」

「還真是能言善辯，巧言如簧啊！難不成我還能冤枉你不成？當年你到瓊州做生意，路上遇到了山匪，身受重傷到一醫館醫治，然後遇上了在醫館幫忙的黎玥，你看她長得漂亮，便……」

吳嬤嬤說了一大堆，聽得葉小玖咋舌，這怎麼這麼像瓊瑤劇裡皇上與夏雨荷初遇時的場景？接下來他們該不是要暗度陳倉了吧？

果然，吳嬤嬤緊接著就說沐封在當時還與黎玥寫了婚書，說是一月後定然前來提親，結果卻一直沒等到他人，只能獨自生下了孩子，卻不想在第二年，一場洪水將什麼都沖光了。

「當時我抱著孩子來涼淮縣找你，你卻正在大肆地為你的孩子尋找奶娘，憑什麼？憑什麼同樣是你的孩子，黎沐一出生就遭眾人唾棄辱罵，而她沐婉兒卻含著金湯匙出生，受盡萬般寵愛？哈哈哈哈哈，我就是要她死，我就是要你看著你心愛的女兒一點一點的衰弱，我就是要你嚐嚐那叫天不應、叫地不靈的無力感，哈哈哈哈哈！」

「乳娘！」一個溫婉的聲音忽然傳來，葉小玖回頭望去，卻是沐婉兒扶著門在流月的攙扶下走了進來。

「婉兒。」葉小玖喊了一聲，忙起身去扶她。沐婉兒這幾日停了藥，身上也有些力氣了，她揮開流月的手，一步一步地走到了吳嬤嬤跟前。「乳娘，為什麼？為什麼是妳?!」

沐婉兒那悲切地質問，聽得葉小玖鼻頭一酸。

吳嬤嬤抬眼看了沐婉兒一眼，嘴角微挑，眼裡完全沒有平日裡她與沐婉兒相處時的疼惜寵愛。「為什麼？當然是為妳那個見異思遷，三心二意的爹了。」

她用那隻掙脫束縛的手摸著沐婉兒的臉。「婉兒，別怪乳娘，怪就怪妳投錯了胎，認錯了爹。」

沐婉兒哭得傷心，而沐封卻還是滿腦袋的疑惑不解。他真的不記得自己何時去過瓊州，對吳嬤嬤說的這些也是全然陌生，就像是在聽著別人的感情與經歷。

瓊州……他總覺得有什麼事被他忽略了。

「老爺！」一旁同樣冥思苦想的沐陽突然開口。「當年沐家剛涉及布料這一行，老太爺聽說瓊州有一種布料，色澤豔麗，質感光滑，便派了大老爺前去瓊州談生意，後來……」

沐封頓時醍醐灌頂，他快步走到吳嬤嬤面前，激動道：「當時那個男人是不是叫沐信？」

縱使吳嬤嬤這會兒精神有問題，但也被沐封嚇著了，她呆呆地點了點頭，卻讓沐封倒退了幾步，一屁股坐在了旁邊的椅子上。

當年他的雙胞胎哥哥前去瓊州談生意，在回來的路上遇上暴雨，山體滑落，整個商隊都掉下了懸崖，屍骨無存。沐信這個名字也就成了沐府的禁忌，這麼多年來，他經歷喪妻之痛，又日日擔憂女兒的身體，更是將哥哥的記憶埋藏在記憶深處。

「這麼說，妳便是那個黎玥？而妳養在杏花巷的女子，便是我大哥的女兒？」沐封彷彿一下子老了十歲。他不由得暗恨自己當年為什麼不在瓊州稍作調查，這樣的話，她們母女二人也不必受這樣的苦，事情也不會變成今天這個樣子。

「她才不是我娘呢！」一道清脆嘹亮的聲音傳來，眾人尋聲望去，就見一個著一身紅衣的明豔女子走了進來，她身邊還有一個穿白袍的男子，而他們後面跟著的則是錦衣閣的幾個小廝。

沐婉兒看見來人，也是驚得瞪大了眼睛。沒想到她真的跟自己十分相像，只是自己不似她那般明豔活潑。

「她才不是我娘呢！她不過是我家收留的一條覬覦我爹的毒蛇罷了！」女子進了大廳，一臉氣憤地看著吳嬤嬤。

「付神醫！」沐封看見白袍男子驚奇地叫道，又看了黎沐一眼，了然道：「她便是妳要找的姑娘？」

「不錯。」付神醫一笑，隨即看向吳嬤嬤。「蝕月，別來無恙啊！」

吳嬤嬤一聽有人叫她的代號心中一驚，抬頭就看見一個面容清俊的男子直勾勾地看著她笑，那笑雖然溫暖，但她卻從裡面看出了殺意。

「什麼蝕月，我不知道你在說什麼？你認錯人了！」吳嬤嬤狡辯道。

「喲，裝不認識啊？」付神醫挑眉，從懷中掏出一塊雕刻著一個碩大的「殺」字的令牌。「那這個，妳總認識吧？」

藥王谷的追殺令，針對的便是背叛藥王谷的叛徒。江湖傳言，凡藥王谷的追殺令出，狙殺只會遲到卻從不缺席，所以凡是藥王谷下了追殺令的人，沒有一個是可以安享晚年的。

吳嬤嬤見了那追殺令，心中一緊，起身就想跑，卻忘了身上還有繩子綁著，瞬間摔了個狗吃屎。

付神醫瞧了她這樣子，輕蔑一笑，隨即將令牌揣回懷裡，轉身坐到了葉小玖他們對面的椅子上。「你們繼續，我的帳稍後再算。」

沐封這會兒早已熱淚盈眶。黎沐長得和沐婉兒極像，也就是說，這必然就是大哥的親骨肉。他顫抖著手想去摸摸她的頭，卻最終還是覺得有愧於她只得作罷。

黎沐自然是看見了沐封的動作，但她毫不在意，只是很客觀地陳述事實。

「當年她一身傷的來我家求醫，我娘心軟，看她身無分文又是個女子，便將她留在了醫館，並以姊妹相稱。後來，我爹來求醫，她仰慕我爹的才華芳心暗許。卻不想我爹卻對我娘矢志不渝，對她的色誘毫不動心，還和我娘去官府寫了婚書。我舅舅知道她心術不正，便尋了個由頭將她趕了出去，從此她便在瓊州銷聲匿跡。後來瓊州發大水，她不知道從哪兒冒出來搶走了我，還將我得以活命的家人都推進了水裡！」

「我沒有！」那些塵封的往事被抖出來，吳嬤嬤歇斯底里地喊著，似乎覺得只有以這樣的方式，才能擺脫那些骯髒不堪的作為。

「沒有？」黎沐輕蔑一笑。「妳沒想到吧？當年我舅舅被妳推下水後大難不死，反而被藥王谷的人救了，妳做的那些骯髒事，他早已經告訴我了。」

黎沐看了一眼沐婉兒與沐封。「而妳之所以對沐婉兒那麼好，不過是想故技重施，吸引他的注意力，想讓他對妳高看兩眼，後來會下青煙散，也不過是嫉妒沐婉兒得到了他全部的寵愛，並不是為了讓我取而代之，不然妳也不會狠心對我下藥，甚至讓王婆子囚禁我，我說得沒錯吧？」

吳嬤嬤這會兒整個人都崩潰了，如一坨爛泥一樣癱在地上，口中喃喃自語。「不，你們騙我，你就是沐信，就是沐信！你在編故事騙我，我是為了報仇，是為了報仇才下毒的，不是嫉妒，不是、不是啊……我是黎玥，對，我就是黎玥！」

這一幕看得葉小玖不勝唏噓，看來這吳嬤嬤長時間活在自己編製的謊言裡面，時間長了，連自己都分不清真假了。

「孩子！」沐封老眼含淚，顫抖著走到黎沐跟前。「孩子，二叔對不起妳啊！當年妳父親在回來的路上遇到了山體滑坡，所有人都掉下了山崖屍骨無存，他不是不去找妳們母女，他是……」

沐封早已泣不成聲，黎沐看了他一眼道：「我知道，舅舅已經將當年的事情都查得很清楚了，我知道爹爹不是故意不要我們的。」

她頓了頓又道：「對不起，我一直都知道她對沐小姐下毒，可我也中了青煙散，她又派人看著我，沐府也到處都是她的眼線，所以我真的無法告訴你們。不過……」她指了指椅子上的付神醫。「他有解藥！」

忽然被提到，付神醫挑了挑眉，笑著朝黎沐道：「什麼他，沒大沒小的，要叫師父！」

最終，沐府這場長達十八年的鬧劇終於落幕，吳嬤嬤被付神醫下了軟骨散，帶回藥王谷處置，而沐婉兒身上的毒有付神醫給的藥，完全解毒恢復也只是時間問題。

依照沐封的意思，黎沐終是沐家的骨血，所以想讓她留在沐家，可黎沐是個醫癡，一直崇拜藥王谷，所以決心要跟著付神醫一同走，沐封無奈，只得放手。

「黎兒，若是在藥王谷待不下去就回來，沐府的大門永遠為妳敞開！」兩、三天的相處，沐封對她早已如對待親女兒一般，而且他也想通了，怎麼樣她都是大哥的骨血，他也相信，整個藥王谷，包括眼前的這位小神醫，都會將她照料得很好。

黎沐看了付神醫一眼，然後笑著應和道：「好！」

沐封已經為他們準備好了馬車和乾糧，黎沐在上車的時候回頭衝著沐婉兒她們一笑。

「婉兒、玖兒，我走了，有緣再見啊！」

黎沐走後，沐府來了一場大換血，凡是與吳嬤嬤有利益聯繫的人都被沐封發賣了出去，這其中自然也包括瑞兒。雖然，她幫吳嬤嬤做事是有不得已的苦衷，可背叛就是背叛，沐府從來不留有二心的人。

解了毒，沐婉兒的病一天天的好起來，現在是能跑能跳能玩鬧了，每天跟在葉小玖後面，開心得像個孩子。雖然，她心裡還是無法釋懷將她從小養到大的乳娘竟然會是個人面獸心、笑裡藏刀的人，雖然，她也懷疑，當年她娘的死或許也跟乳娘有關係，可那一切只是猜測罷了，就像她爹說的，過去的就讓它過去吧。

過於糾結以往，反倒會讓現在的生活失了許多快樂，所以她便也放下了，好好珍惜她現在健健康康的生活。

葉小玖前幾日一直在鬧心沐府的事，對食肆沒怎麼上心，現在一切都塵埃落定，她自然是要專心掙錢了。

沐封感激葉小玖救了沐婉兒一命，所以在知道了葉小玖一直想開食樓後，就直接找出他家在隔壁街的一家珠寶店的房契，說是送予她的謝禮。葉小玖雖驚訝於他的闊綽，但終究想著無功不受祿，她所做的這些遠遠抵不上這一棟樓的價值，而且也並非想要獲得報酬，便很心痛地婉拒了。

沐封無奈，直說是這珠寶店生意不好，瀕臨破產，這房子擱置著也是浪費，硬是要低價賣給她。葉小玖知道這只是他的託辭，畢竟錦衣閣生意極好，若是他再在涼淮縣城開個分號，也是能日進斗金的。但最近食肆的生意越來越好，她確實是想趁著這個機會擴大規模，將食樓開起來。

沐封的這家珠寶店面積很大，而且還是上下兩層，後面還帶個小院子，位置又在縣城中心，確實是開食樓的不二之選，所以最終她便以八百八十八兩的價格盤了下來。

雖然她知道，食樓的價格遠高於這個價，沐封算是為了感激她所以半賣半送的。而且，她現在全部的家當加起來不過才五百兩，葉小玖便只好厚著臉皮將剩下的三百八十兩賒了帳。

不久，唐柒文來了信，說半個月後書院休沐，他大概會回來待十天左右，這可把唐母高興壞了，是日日盼、時時盼，扳著手指頭算他回來的日子。

第十五章

唐柒文要回來的消息葉小玖也知道，她雖高興可以看見男神的盛世美顏，但還是不忘找了涼淮縣最好的木匠，忙著裝修她的食樓。

她想著，不如就趁著這幾天將食樓裝修好，等唐柒文回來，便能直接尋個好日子準備開張，畢竟唐柒文怎麼算也是合夥人，開張這麼盛大的日子，自然要讓他參加。

「玖兒，今天中午我們吃什麼啊？」沐婉兒解了毒後，現在完全就是葉小玖的小跟班，早上沐封出門的時候將她送過來，晚上回去的時候再將她接回去，一天十二個時辰，她大半都跟葉小玖待在一起。

而葉小玖也樂意讓她跟著，這幾日她忙著趕裝修進度，所以大部分時間都待在食樓這邊。唐昔言要看著食肆那邊沒辦法過來，唐母又忙著家裡沒有時間，剛好沐婉兒可以和她說說話解悶，她也可以時常聽聽其他人的意見。

沐婉兒病了太久沒出過門，對外面的一切都新鮮得不得了，而且這幾日，她已經完全被葉小玖的廚藝征服了。她就不明白了，同樣是做菜，為何玖兒做的就要比府裡廚娘做的好吃那麼多，所以只要眼瞅著時間到了中午，就一直問葉小玖今天吃什麼。

「吃什麼呀……」葉小玖領著沐婉兒到後院的小廚房，看了看架子上的東西，轉頭道：

「不如我們吃螺螄粉吧！」

施工隊中午是各自回家吃飯的，食肆那邊也是要開灶的，所以她只需要準備她和沐婉兒兩個人的飯便好。

將處理好的螺螄炒香後，加入從家裡拿來的高湯熬製，葉小玖在一旁用小火爐開始乾炒酸筍。

「玖兒，這東西味道為何如此奇怪？」沐婉兒皺著眉，捏著鼻子蹲在一旁問。

「哦，這是酸筍的味道，很正常的。」葉小玖加入一大勺辣椒油繼續翻炒。

說實話，她真的想這一口好久了，現在聞著酸筍的味道，口水都止不住的往下流。在炒乾的酸筍裡面加了螺螄湯燉煮，葉小玖便在大灶上炸花生米，順便又潑了一碗紅油。

灶上的清水燒開後，她在裡面放入了米粉。這米粉聽老闆說是外邦貨，所以她也不曉得究竟能不能做成，就抱著實驗的心態，但結果好像還不錯，至少這米粉看起來滑溜筋道，沒有在熱水的作用下變成一團。

將米粉撈出來裝碗，葉小玖又在裡面加了燙熟的菜，澆上湯，放上幾粒酸豆角和幾片野木耳，這螺螄粉算是做好了。

將花生米擺上桌，葉小玖看沐婉兒那抗拒的眼神，抿唇輕笑。

「婉兒，過來吃飯。」

沐婉兒瞅了一眼桌上賣相很好的螺螄粉，再嗅了嗅空氣中有些嗆人的氣味，糾結得兩條好看的眉毛都快皺成毛毛蟲了。

「玖兒，這東西真的能吃嗎？妳不是整我吧？」她方才只覺得那酸筍的味道有些難聞，不想澆上這螺螄湯後味道更濃郁了，怎麼聞都不像是好吃的樣子。

「沒騙妳，真的好吃！」葉小玖說完就用筷子將米粉拌勻，挾起一筷吹了吹放進嘴裡。

嗯……果然是熟悉的味道！

沐婉兒見葉小玖吃得香甜，也試探著挑起一根米粉放進了嘴裡。嚼了幾下覺得還可以忍受，便將粉拌勻，就著酸筍一起吃進了嘴裡。

酸筍的微酸混合著辣油的香辣，配合著米粉特有的米香氣，酸辣爽口，滑溜筋道。酸、辣、鮮的滋味頓時在唇齒間交融，與那特殊的氣味混合，成就了一番很奇妙的滋味。

「嗯，好吃！」沐婉兒這幾天跟葉小玖混久了，漸漸拋開了那些繁瑣的禮節，學著她的樣子大快朵頤。

葉小玖就知道，像沐婉兒這樣熱愛美食的人，肯定抗拒不了螺螄粉的。

一碗螺螄粉吃得兩個人很是滿足，吃過飯，沐婉兒爭著要洗碗，葉小玖便隨她去，將碗筷交給她，自己去收拾灶臺。

「哇，妳們是在院子裡放了恭桶嗎？」柳若凝在前廳沒看到葉小玖和沐婉兒，覺得她們定在後院，沒想到一進院子，就聞到了一股奇奇怪怪的味道。

「妳怎麼來了？」聽見外面有人說話，沐婉兒從廚房探出頭，卻見是柳若凝。

「我在家練琴練煩了，便來尋妳們玩。」帶著丫鬟玉林進了小廚房，她一眼就看見沐婉兒竟然在灶臺邊洗碗，頓時瞪大了眼。

「婉兒，妳居然在洗碗啊！」

自上次吳嬤嬤的事後，兩人之間也說開了，嫌隙沒有了關係自然就漸漸好了起來，因為沐婉兒經常和葉小玖一起玩，柳若凝便也成了這裡的常客。

「看起來挺好玩的，我也試試！」

柳若凝說著就捲起袖子，順便將手上的鐲子脫下來扔給玉林。

玉林見小姐這個動作，忙扯住她道：「小姐，妳這手是用來彈琴作畫的，這種粗活還是我來做吧！」說著，她便捲起袖子走到沐婉兒跟前。「婉兒小姐，還是我來洗吧！」

葉小玖在後面打了水進來，就看見沐婉兒與柳若凝兩人穿著錦緞華服，挽著袖子在灶臺邊洗碗，一個個都笑得十分開心，一點都沒有往常那大家閨秀的溫婉賢淑，十指不沾陽春水的樣子。而一旁的玉林卻皺著臉，手裡拿著柳若凝的金鐲子。

嘿，敢情這兩人到她這兒體驗生活來了！

「我這兒就兩只碗、一個盤子外加三雙筷子，用得著妳們四隻手洗嗎？」葉小玖調侃道。

「玖兒妳回來了！」柳若凝甩了甩濕漉漉的手，朝她道：「婉兒說今日妳們吃了新的吃食，這奇怪的味道便是那東西散發出來的，可是真的？」

還有東西能聞著臭、吃著香？她著實不信。

「嗯。」葉小玖點頭。「下次做了給妳嚐嚐。」

下午，施工隊再次上工。葉小玖在一樓隔出一個大的廚房，其他都弄成正常的酒樓樣子，至於二樓，原本是珠寶店待客的地方，現在她想改裝成雅間，正好這邊風景不錯，開窗後一眼就能看到湖，著實有一番風雅之趣。

柳若凝家有一家木工坊，是涼淮縣頂尖的，葉小玖便將店裡桌椅之類的都交給她家訂做，只是這食樓的招牌，她想等唐柒文回來親自做，不為別的，只因為他的字好看。

食樓裝修好，離唐柒文回來不過五日，沐陽的意思是讓葉小玖早日擬好請柬名單，提早做準備。畢竟如此大一間食樓開業，必要的程序還是要走的。而整個涼淮縣，大到鄉紳名士，小到販夫走卒，無一沒有吃過一家食肆的糕點，如今食肆升格為食樓，再加上有沐家的加持，那些人多多少少都要給些面子，到時候肯定會來捧場的。

而此時唐家的碧落閣裡，二房的人正坐在廳裡吃飯，一小廝急急忙忙跑過來，在唐堯文的耳邊低語了幾句。

「嗯，我知道了。」唐堯文點點頭，示意小廝下去。

「發生了何事？」他爹唐靖看他面色不好，放下筷子問道。

「大娘家要開食樓了。」他嗤笑了聲。「想不到被我們趕出去這麼多年，他們還能尋到

上來？」

「平起平坐？」唐靖笑了笑，一臉的高深莫測。「被踩到泥地裡的人，哪有那麼容易爬

辦法與我們平起平坐。」

照著沐陽的指導，葉小玖在決定了開張的日子後，便寫了請柬邀請涼淮縣的各位名士鄉紳前來捧場。因為葉小玖對這些鄉紳不熟悉，請柬還是沐陽找人替她送的。

知道葉小玖這幾日確實忙，沐婉兒她們便不再去打擾，安靜地待在家裡，幫忙打著一種叫中國結的絡子。

葉小玖說這是開張當天要送給前來捧場賓客的謝禮，她們雖在其他事幫不上忙，但打個絡子還是可以的，便自告奮勇擔下了這事。

打絡子的絲線是沐封贊助的，柳若凝因為那日沒學會，所以今天特意去沐府叫了沐婉兒來教她，同時也順便讓她身邊的丫鬟們學，畢竟人多力量大嘛！

馬車停在柳府門口，柳若凝與沐婉兒先後下車，結果就看見一陌生男子從府裡出來。

「朱管家。」進了府，柳若凝喚來了管家朱延。「方才那人來府裡是做什麼的？」

「哦，是唐府的小廝來送請柬的。」朱延手裡拿著一張紅色的紙，恭敬地說。

「請柬？」柳若凝拿過那紙，低聲嘀咕。「唐家怎會遞請柬來？」

打開來看，就見上面寫著說唐家老夫人六十大壽，邀他們前去祝壽。

與沐婉兒到了自己房間，柳若凝才開口問出了自己的疑問。「婉兒，這唐府的賀壽與玖兒開張在同一日，應該不是巧合吧？再說唐家那位老夫人，怎麼著都沒有六十歲啊！」

「管她有沒有六十歲，他們的目的，不過就是攪亂玖兒的計劃罷了。」

唐堯文知道沐家與葉小玖他們的關係，所以這請柬自然沒有遞到沐府。可沐婉兒對唐母他們與唐家老宅的恩怨一清二楚，立刻將他們的心思猜了個八九不離十。

「他們這是要和玖兒搶人，讓她在開張那日冷場啊！」

「那他們怎麼就確定這些人到時候一定會去唐府？」柳若凝疑惑。畢竟葉小玖之前的食肆就已經名動涼淮縣，而且她還是沐府的座上客，又跟他們柳家交好，唐府到底哪來的底氣，確定當天人就一定會選擇去唐府呢？

「玖兒雖有我們沐府撐腰，可她自己畢竟不是大家族，只僅僅在美食這一方面有點成就，誰又知道她將來如何？可唐府不一樣，這幾年他們在涼淮縣也算是風生水起，各項產業都有所涉及，勢力高漲，這一番對比下來，他們自然會選擇去唐府而忽略玖兒。」

沐婉兒生病的那些日子，沐封常去看她，但父女之間沒什麼話好說，沐封便講了生意經，耳濡目染之下，她現在分析起這方面的事是頭頭是道。

「那怎麼辦？總不能讓玖兒再改日子吧！」柳若凝氣憤，唐府當年趕大房孤兒寡母出府的事也是轟動涼淮縣的，當時她雖然年紀小，可也聽父親他們談論過。

而唐家雖也有間食樓，但與玖兒這才開張的食樓並沒什麼太過直接的衝突，唯一能讓他們這麼做的，相必就是因為玖兒開的食樓，唐柒文他們占了一半。

「這個……讓我再想想。」沐婉兒低聲道。

事情確實如沐婉兒所料，各家前腳很歡喜地接了葉小玖的請柬，後腳唐府的賀壽請柬就送了來，一時間都陷入了兩難。

這即將開張的一家食樓，雖聽說有沐家保駕護航，但誰又知道是真是假？若只是人家拋出的幌子，為了這個得罪唐家，確實有些得不償失。

更何況，唐家這幾年有往上京城發展的趨勢，聽說還勾搭上了上京城的一位高官。這一番對比下來，眾人心中的那桿秤自然是有了傾斜的方向，紛紛準備了賀禮，打算在當日派人送去一家食樓，而自己則去唐府賀壽。

唐堯文在聽家丁說各家都直言要前來祝壽後，心情愉悅地用黑棋堵上了白棋最後的生路。

「唐柒文，跟我鬥，你還不配！」

四月初八是一個風和日麗的日子，沐婉兒閒來無事，便邀了涼淮縣各家的女兒前來沐府賞花。

沐婉兒的母親杜燕如乃是潁州人，出身花匠世家，向來惜花愛花，為了博美人一笑，沐封當時沒少往外邦跑，就是為了尋些奇花異草。後來杜燕如逝世後，沐封便將這些花草當作自己的精神寄託，悉心照料，打理得很好。如今還沒立夏，花園裡的花就已經花團錦簇，各色花朵爭奇鬥豔了。

尋個賞花的理由將各家女子聚在一起聊聊天、品品茶，這樣女兒家的社交在涼淮縣的一眾貴女的圈子裡並不稀奇，可奇就奇在此次發出邀請的人竟會是沐婉兒。

誰不知道沐婉兒自十歲後便一直生病臥床？平時她們的邀約到她那裡，都是推了的。雖說最近聽說她的病好了，可這樣的消息在這幾年也沒少過，可哪一次是真的？都石沈大海了。所以這一次，她們是既驚奇又好奇，紛紛準備了禮物，畫了精緻的妝容，身形搖曳來沐府赴約。

趕巧葉小玖下午得了空，沐婉兒便讓她領著唐昔言一同來玩，葉小玖想著既然是賞花，自然來點下午茶更應景，所以便在唐昔言和沐婉兒的幫助下，弄了些小點心。

花園裡花開得豔麗，可人比花更嬌，看著她們的樣子，葉小玖只覺得賞心悅目。

沐婉兒雖已有近七年的時間沒參加過這種聚會，但她自身良好的教養再加上柳若凝從中調和，不一會兒便和她們聊到了一起，有說有笑，好不熱鬧。

「我給大家介紹一下，這是我義結金蘭的好姊妹葉小玖。」

涼亭裡，葉小玖正倚在欄杆上，嘴角噙著笑看著她們賞花撲蝴蝶，時不時和唐昔言聊聊天，卻沒想到忽然被沐婉兒點到，只好笑著打了個招呼。

葉小玖？就是那個做出奶油泡芙的葉姑娘？

眾人將目光轉到她身上，紛紛露出了驚豔的神色。

眼前的女子著青色的絲製薄衫，長髮半挽，一支海棠步搖隨風輕擺，膚白如雪，明眸皓齒，裊裊婷婷的坐在長椅上，莞爾一笑的樣子甚是靈動俏皮。在沒見過她之前，她們就想著能做出奶油泡芙如此精巧吃食的人，定是有個玲瓏心的女子，今日一見，果然如此。

葉小玖是個比較大方隨性的人，她也知道原主長得很是貌美，且不說她在擺攤時聽了多少讚美，就是在原著中，男主邵遠會對葉小玖念念不忘，最終不顧正妻的反對執意納她為妾，也是因為捨不得這張臉。可縱然如此，被這麼多人盯著看，她也覺得有些小羞澀，略顯緊張地抿了抿唇。

沐婉兒倒是沒想到葉小玖居然也會害羞，嬌俏一笑後便邀著眾女到涼亭納涼。

氣氛略顯尷尬，沐婉兒便在眾人坐好後一拍手，流雲立即會意，帶著一眾侍婢，提著食盒過來，在石桌上擺出了一道道十分精巧別致的點心。

在座雖然個個都是富家女子，可對沐婉兒擺上來的點心還是滿心好奇，畢竟如此精巧的點心她們確實沒見過。

葉小玖見她們都看著她，便也打開了話匣子，為她們一一做了介紹。這樣一來，倒是將眾人之間的隔閡打破了，一個個吃著糕點、喝著奶昔，開心地聊聊最近涼淮縣時興的服飾妝容，很是和諧。

「喲，這麼多人啊？」沐封剛從外面回來，路過花園就見沐婉兒帶著一眾女子，在涼亭裡笑鬧著。

「爹爹。」沐婉兒喊了一聲。「我約了她們來賞花，玖兒做了餅乾，可好吃了，你要不要嚐嚐？」

「不了。」沐封笑著搖搖頭。「我還有事，就不打擾妳們的興致了。玖丫頭，妳和婉兒是主人，可要照顧好她們。」

看著沐封的背影，葉小玖是一頭霧水，她不也是客人嗎？怎麼在沐封口裡變成主人了？一邊眾女心裡頓時掀起了驚濤駭浪。若說之前她們只是覺得葉小玖與沐婉兒關係好，那現在她們可以確定，這葉小玖與沐府確實關係匪淺，看這沐老爺對她的態度，可是跟親生女兒一般啊！還說她是主人！

角落裡，沐婉兒和柳若凝相視而笑，似乎對此時的情景很是滿意。

第十六章

賞花結束後，葉小玖又開始投入了緊張的員工特訓當中。前幾日她招的一批廚師與幫工，經過這幾日的實踐與觀察，她把偷奸耍滑、不安分的人都剔除了，只剩下一個專門揉麵的楊師傅，兩個負責切墩的和兩個炒菜的。

這五個人都是在別的酒樓裡做過工的，只須她稍作點撥便可以出師。唯獨需要她費心的，是之前在食肆裡做工的王潤雪、何花，還有金家兩兄妹。

這兩兄妹是雙胞胎，一個叫金昭，一個叫金陽，葉小玖看他們可憐，從人市買來的。

本來她並未想過要買人，是沐陽見她食樓開業在即，建議她找些賣身契捏在自己手中的僕人會更值得信任，才跟著去了一趟牙行。

據那牙行說，二人原是在隔壁縣一富戶家做下人，可那家的主母是個小心眼的，看妹妹有幾分姿色，生怕自家那個老色鬼納妾，便尋了個偷師學藝的由頭，要將妹妹打死。幸虧哥哥拚死護著，再加上家裡的兒女們說情，那狠心的主母便在二人的胳膊上刺了字，然後發賣了出來。

這刺了字的奴僕是注定沒人要的，所以一番輾轉便來到了涼淮縣，牙行說若再賣不出去，便只能將他們都賣到青樓去了。

葉小玖看兄妹二人不過才十八出頭的年紀，被那些人像牲口一樣的挑來挑去，看著他們從最初希冀到最後的失望，一時心軟便花了十五兩，將二人買下了。

幸好兄妹二人在廚藝方面有些天賦，她便讓二人跟著王潤雪一同學廚。

經過這幾天的訓練，兄妹兩人的廚藝是突飛猛進，相比之下，反倒是王潤雪差了些。可能是因為性格的原因，她學什麼都格外慢，而且常常是葉小玖說一做一，缺了些自主性，難以獨當一面，著實讓葉小玖頭疼。

唐柒文是下午才到的，因為租的馬車只負責將他們送到縣裡，葉小玖便早早讓田小貴駕著馬車去縣裡等著接他。

唐母一想到兒子要回來了，那是笑得合不攏嘴，早早買好了食材，打算做點好吃的給唐柒文補補身，還順便讓葉小玖也叫了沐婉兒來家裡做客，一同高興高興。

唐母手藝不如葉小玖的好，所以葉小玖便主動攬下做菜的任務，和沐婉兒、唐昔言三人在廚房裡搗鼓。

馬車的轔轔聲吸引了廚房裡三人的注意，葉小玖探出頭來瞧，便看見唐母開門讓田小貴駕著馬車進了門。田小貴讓唐柒文下車，接著與唐母說了幾句，便不顧唐母留飯的話，頭也不回地出了門。

唐母一見到兒子，那是老淚縱橫，顫著手摸著他的臉，嘟囔道：「瘦了，瘦了也黑了。」

唐柒文倒是高興，握著唐母的手道：「沒瘦也沒黑，我在那邊吃得好、喝得好，胖了不少呢！」

唐昔言早已撒歡地跑到唐柒文身邊，揪著他的袖子噓寒問暖，打聽這兒、打聽那兒的。唐柒文一邊與她打趣，一邊將馬車上的東西拿下來，結果轉身就看見站在廚房門口的葉小玖噙著笑，笑靨如花的看著他。

定了定心神，他溫聲道：「小玖，我回來了！」

「嗯。」葉小玖應了聲。

二人相顧無言，葉小玖覺得氣氛有些尷尬，便忙將身旁的沐婉兒拉了出來。「這是我的好姊妹婉兒，是來家裡玩的，婉兒，這是昔言的哥哥唐柒文。」

「你就是唐柒文？」沐婉兒聞言，很激動地擠開葉小玖，走到唐柒文跟前打量他。「就是玖兒說人長得好看、字也寫得好看，非要等你回來寫招牌的唐柒文？」

她頓了頓，又嘛嘴道：「因為你，她連我爹的字都看不上，我爹在涼淮縣怎麼說也算半個書法大家呢！」

葉小玖本是用她來緩解尷尬的，結果經她這麼一說，覺得更尷尬了，一把將沐婉兒拉到身後，硬著頭皮道：「你別聽她瞎說，我就是想著你是合夥人，這招牌上的字由你來寫最好不過了！」

唐柒文沒說話，只是目光灼灼地看著葉小玖，讓葉小玖只想把沐婉兒暴打一頓。這丫頭以前病懨懨、秀氣得很，怎麼現在這麼招人打呢？

晚餐是照例的豐富，但今日的主菜是麻辣小龍蝦和香辣蝦蛄。

前幾日葉小玖去菜場轉悠，瞧見不少賣海鮮的攤子旁邊都放著一個大木盆子，裡面全都是小龍蝦和蝦蛄。細問之下她才知道，原來這裡的人不知道這兩樣東西能吃，都把它們當水蟲，單獨挑出來打算扔掉。這可把葉小玖心疼壞了，忙問攤主能不能賣給她，結果他們居然直接送了她，還十分感謝她幫忙處理。

晚餐上桌，葉小玖還特意拿出了她初春時心血來潮釀的桃花酒，因為知道自己是個一杯倒的酒量，喝醉後還容易吟詩，為避免自己再出糗，葉小玖便只給唐母、唐柒文和沐婉兒三人斟了酒，自己和唐昔言以茶代酒。

沐婉兒也是喝不得酒的，於是只稍稍抿了一口試味，反觀唐柒文，因為是第一次喝桃花釀的酒，好奇心驅使下多飲了幾杯，人有些微醺，臉也紅紅的。

眾人酒足飯飽後時間已至子時，唐母便讓唐柒文送葉小玖和沐婉兒先去睡，自己和唐昔言來收拾殘局。葉小玖拗不過她，便攙著因為饞嘴偷喝了半杯酒而有些醉了的沐婉兒回了自己的院子。

因著沐婉兒時常來這裡玩，葉小玖便在自己的院子裡特別為她收拾出來一間客房。將沐婉兒送回房間，葉小玖打了熱水為她擦淨手臉，蓋好被子端著水盆出門，卻見唐柒文還坐在自己院子裡的石凳上。

「柒文哥。」看唐柒文盯著那輪不太滿的月亮出神，葉小玖輕叫了他一聲。

「玖兒。」唐柒文轉過身來朝著她笑。「今晚的月亮真好看！」

他頓了頓道：「我在書院的時候，從來沒看過這麼好看的月亮。」

葉小玖看著唐柒文那微醺的樣子，不知道該怎麼回答，難不成跟個醉酒的人較勁，告訴他這月亮到哪兒都是一樣的？

「你醉了，早點回去休息。」

唐柒文起身，不是朝著前院走去，而是從袖子裡拿出了一支簪子，遞給葉小玖。

「給我的？」葉小玖驚訝。畢竟在飯桌上，唐柒文已經將禮物給她了，是一塊從越州帶來的湖藍色孔雀綢，手感細膩光滑，色澤明亮，她很喜歡。

唐柒文點頭，隨即便朝她走近了幾步，對她道：「我幫妳戴上。」

葉小玖本想著輕易收別人的禮物不太好，而且簪子這東西聽說寓意比較特別，可還不等她拒絕，唐柒文已經藉著月光，將簪子插在了她的頭髮上。

「好看！」他後退了幾步道。

不知是月色撩人，還是唐柒文那逆著月光噙著笑的清風明月的樣子勾人，抑或者是他身上那清爽如山間風的味道惑人，葉小玖就那樣看著他的臉，忘記了拒絕，也忘記了動作，只是呆呆地看著他，感受著自己那快要撞破胸口的心跳。

次日清晨沐婉兒一推開門，就看見葉小玖坐在院子裡的石凳上，手裡拿著一支簪子在那兒發呆。

「玖兒，妳想什麼呢？」她懶懶地伸了伸胳膊，打了個秀氣的哈欠。

「哦，沒什麼！」葉小玖忙將簪子往袖子裡藏。

唉！真是美色誤事啊，昨晚怎麼就鬼使神差地收下了他的東西，還答應他一定會好好保管了呢？

「什麼東西，給我看看嘛！」沐婉兒撒嬌著拽住葉小玖死死扣著袖口的手，葉小玖無奈，只得鬆手，攤開掌心。「哇，好漂亮的簪子啊！」

沐婉兒仔細端詳著那支簪子，簪子是用檀木製成的，還散發著淡淡的香味。上面是用黑白紅三色的寶石珠子鑲嵌著，白寶石的後面是兩片造型別致的鏤空銀杏葉，而葉子下面還吊著一顆大小適宜的紅色水滴形的流蘇吊墜，整個簪子看上去很是溫婉大氣，淑女味十足。

「唐柒文送妳的？」話一出，看葉小玖的表情，沐婉兒就知道自己猜對了，她坐下來湊到葉小玖跟前道：「玖兒，妳說他是不是喜歡妳啊？」

「沒、沒有吧，就是普通朋友之間送個禮物而已。」

「普通朋友？」沐婉兒把簪子遞到她眼前。「這上面又是紅寶石，又是銀杏葉的，妳告訴我是普通朋友？」

「這有什麼特殊寓意嗎？」

「紅寶石，代表的是赤誠之心，而這銀杏葉，代表著純情和永恆，這二者結合在一起，妳難道不明白是什麼意思？」她看了眼簪子又道：「送簪子還有象徵正室尊嚴之意，妳還說是朋友？」

葉小玖被沐婉兒的這一番說辭說迷糊了，腦袋裡滿是漿糊，根本就無法思考。

他應該不是這個意思吧？雖然故事中，他對原主情深意重，可她不是原主呀！

而且，她與他如今的命運，都脫離了本來的劇情，接下來只要避著邵遠，將腳跟站穩，就很是幸福了。這感情事……她跟原主性子差這般多，應該不可能的……對吧？

無論怎麼樣，這簪子還與不還都是尷尬，她便索性假裝不知道，只當是朋友送的，將其小心地鎖到了首飾盒的最下邊。

唐柒文也是酒醒後才發現，他昨晚藉酒壯膽，居然把那簪子送出去了。

那簪子本是他有次和楚雲青出去辦事時路過一個小攤，當時覺得這簪子與葉小玖的氣質極搭，便買了下來。還是楚雲青調侃他是不是有心上人了，居然送這樣寓意深重的定情信物，他才反應過來這簪子的深意。

原本他是打算等時機成熟再送的，至少得確定葉小玖也心悅他的時候，卻沒想到昨晚一個衝動之下竟送了出去，也不曉得她到底領沒領會到其中的意思。若是她知道了，卻對自己沒意思，那又該怎麼辦？

唐柒文覺得他將自己推向了兩難之地。

兩個內心糾結的人終是見了面，結果發現對方跟沒事人一樣照常打招呼，照常聊天，都悄悄地鬆了一口氣，也隱隱有些失落。

四月十六是個吉利日子，據算命先生說，這是百年難遇的好日子，適宜開市、嫁娶、求財。說在這一天開業的必定是生意紅火，財源滾滾，而嫁娶的則能夫妻和睦，兒孫滿堂。所以這一天，光是一家食樓所在的這條街上，就有不少店鋪開業，鞭炮聲噼哩啪啦的顯得十分熱鬧。

葉小玖起了個大早，趕來這裡收拾好一切，安排好迎接客人的小廝，順便還交代了後廚的人要注意的事項，走了一遍基本的流程後便坐在大廳裡等著賓客上門。

相較於葉小玖的淡定，唐母與其他人就顯得有些不安了。開張向來講究熱鬧，尤其是食樓、酒樓這一類，越是熱鬧越預示著往後生意熱鬧。雖然現在離定好的時間還有半個多時辰，可上門的賓客是一個都沒有，這怎麼能不著急？

「玖丫頭，恭喜恭喜啊！」沐封攙著沐婉兒，後面還跟著提著賀禮的沐陽，滿臉笑意地走了進來。

「沐伯、陽叔，你們來了！」葉小玖笑著起身，和唐母一起將沐封迎進了雅間。「這時間還早，你們先坐會兒喝點茶。」

葉小玖招來店小二上茶，與沐封寒喧了幾句，就聽見下面有人在叫她，便急忙出了門，葉小玖看見是柳若凝和她父親在樓下。

近乎兩刻鐘的時間才來了兩家人，著實是有些冷清，可相較於葉小玖這邊的冷清和門可羅雀，唐府那邊可謂是熱鬧非凡。

闊氣的大門上掛滿了紅綢，那個碩大的「壽」字耀眼無比。大門內，喜慶的樂曲吹得響亮，門前的長桿上掛著兩串超長的鞭炮，點燃後噼哩啪啦震天響，還真真是鑼鼓喧天，鞭炮齊鳴。

唐堯文和他爹唐靖站在門前，一身喜氣洋洋，滿臉笑意地將來往的賓客往裡面迎。

雖然現在來的都是家裡的親戚，但他可以料到，等會兒自家的院子裡必然是人山人海，而唐柒文和一家食樓，注定會變成明日眾人茶餘飯後的笑談，成為涼淮縣的笑話。

「唐賢姪，今日好生喜氣啊！」

「路叔哪裡的話，祖母壽誕，我們做小輩的跟著沾個光罷了。」唐堯文笑言。

路叔聞言，哈哈一笑，環顧了四周然後道：「老夫人壽誕，怎麼沒看到柒文賢姪？」隨即他又哀嘆道：「聽聞今日他的食樓開業，想來是沒有時間來了。」

這話要是被不知道內情的人聽了去，定會覺得祖母六十壽辰，孫兒不出現實屬不孝。可知道內情的，誰不曉得當年唐府那老夫人毫不顧念情分，在唐大屍骨未寒時，就攛掇著老爺子狠心將那孤兒寡母趕了出去，而且還是在大晚上，是何等的薄情。

而這說話的路叔當年在這件事裡出了不少力，唐大活著的時候跑前跑後的拍他馬屁，唐大沒了就立刻轉身投入了老二家的陣營，這一丘之貉聚在一起狼狽為奸，手段自然是髒得很。

在這種情況下，人家沒有前去縣衙告狀就是好事了，難道還妄想著人家提著賀禮，高高興興地前來祝壽？哪來的臉！

唐堯文自然領會路叔的意思，只見他眼眸一垂，用眾人都能聽得清楚的聲音低聲道：「畢竟不是堂哥的親祖母，他不想來我們也是可以體諒。」

「體諒？老夫人雖不是他親祖母，可到底是長輩，他不來也就罷了，還特意挑在這一天開業，平白讓人為難，簡直不是東西！」

路叔聲音十分大，甚至都蓋過了鑼鼓的聲音。唐堯文低頭勾唇一笑，隨即應和道：「路叔，您聲音小點，堂哥是讀書人，這要是被人聽去了，會壞了他的名聲的。」

「讀書人最是重孝道，我看他那書都讀到狗肚子裡去了！」路叔聲音不降反大。

看到眾人都對唐柒文議論紛紛，說他不孝不悌、不仁不義，唐堯文與唐靖相視一笑，眼裡那得逞意味十足。

離葉小玖定好的時間還剩一刻鐘，可她請的賓客才將將來了幾個，加上唐柒文那幾個關係好的同窗以及姚蟠子他們，也才五分之一不到。但吉時不可耽擱，葉小玖便吩咐店小二從二樓挑出了兩根木棍，上面掛了兩串鞭炮，準備請沐封和柳老爺主持開張事宜。

冷清雖冷清了些，可總不能什麼都不做，在這裡傻等著吧？

安排好了一切，葉小玖和唐柒文剛要請沐封他們出來，卻見有不少人提著賀禮往這邊趕來了。

「葉老闆、唐老闆，我們沒有來遲吧？」

「葉老闆、唐老闆，恭喜恭喜啊！」

來人都是葉小玖請的那些名士鄉紳，原本他們都打算好了要去參加唐家的壽宴，可誰知自己女兒從沐府賞花宴回去後，竟說葉小玖在沐府地位不一般，沐老爺還說她和沐婉兒一樣都是主人，那食樓背後的財主多半就是沐老爺。

聽到此事，他們心中雖驚，但還是不敢完全相信，萬一是沐老爺口誤了呢？

所以今日一早他們便讓自家的家丁在食樓外守著，準備先看看情況再說。誰知家丁急死慌忙地跑回來說，沐府前來賀喜的不只沐婉兒和管家沐陽，連沐老爺都親自到了。他們這才慌慌張張趕來，結果在路上就碰到了一起。

既然人都來了，葉小玖也不在乎他們為何遲到，請了他們之中兩位德高望重的鄉紳，與沐封他們一同主持。

唐柒文穿著一身淡藍色長袍，頭上還是那根雅致的木簪子，襯得他面容更加清俊，他站在門口，笑著拱手道：「感謝諸位在百忙之中賞光蒞臨，不周之處，還望多多包涵！」

旁邊的小廝見時間差不多了，揚聲道：「吉時已到！」

葉小玖和唐柒文站在右邊，沐封和柳山青站在左邊，一同伸手扯下匾額上的大紅綢緞。與此同時站在二樓的店小二點燃了鞭炮，伴隨著鞭炮的聲音，門口柱子上的紅綢也被葉小玖請來的兩位鄉紳扯了下來，露出上面唐柒文親手刻的楹聯。

第十七章

鞭炮的聲音引來了不少路人駐足觀看，沐婉兒站在樓上看著下面萬頭攢動，與柳若凝相視一笑。

讓唐柒文帶著賓客去了二樓雅間，葉小玖看著門口瞧熱鬧的人，揚聲道：「感謝各位鄉親這幾個月來的照顧。今日我們一家食樓開張，所有的酒菜讓利三成，還望各位多多賞光。」

此話一出，還在門口觀望的食客紛紛往樓裡湧。先前一家食肆做的早點味道都不錯，現在成了一家食樓，那菜的味道自然也差不到哪裡去，趁著這個讓利的時機，可是要好好品嚐一番。

今日來的女眷不多，葉小玖便將她們聚在了一個雅間裡，其餘的男賓客則是按他們自己的意願自行落坐。雖然不少人想與沐封坐一桌，但知道自己身分不夠，只端著酒去他那兒混個臉熟，希望日後在生意場上遇見，他可以稍稍行個方便。

葉小玖對每個雅間都有不同的布置，而且她選擇了梅蘭竹菊這一類比較高潔的花草做主題，小到茶杯、大到屏風，都是一樣風格的，這倒是讓裡面不少文人雅士稱讚不已。

唐柒文和他的一眾同窗負責男賓客，女眷這邊自然就是葉小玖照料。好在今日前來的女眷大多是各家的女兒們，葉小玖在賞花宴上見過，倒顯得不那麼尷尬。一群女孩子坐在一起聊天，比唐柒文那邊時不時要敬酒來得輕鬆。

後廚的人以及前堂的小二經過葉小玖這幾日的集訓，做起事來也是有條不紊，井井有序。賓客的宴席是她之前決定好的，而且因為提前準備了，上菜速度還算快。真正讓他們覺得挑戰的，其實還是樓下來的客人。

仿照著現代菜單的要求，葉小玖做了好幾本菜單，還讓沐婉兒她們幫忙畫了實物圖。客人點菜都是先翻了菜單，然後報出自己想吃的菜，由店小二寫好單子送往後廚，但因為客人太多，後廚的人顯得有些力不從心。

可葉小玖這一系列程序下來，不免讓樓上的人看得新奇，直嘆這點子好，既避免了客人對菜名不理解，又避免後廚的廚師聽不清要求出錯了菜，紛紛徵求葉小玖的同意，說也想在自己店裡試試看。對於這一點，葉小玖倒是沒有異議，不過是她從現代模仿過來的東西罷了，沒什麼好獨占的。

而且按照她的吩咐，後廚每上一道菜，便要在單子上劃掉，全部上完後，店小二便會將單子拿到門口的結帳處。

結帳的先生叫谷城，之前便是做帳房的，打得一手好算盤，但因為今天人多，唐柒文抽不開身，因此他們裡面唯一會打算盤的胡萊時不時地要過來搭把手，場面十分熱鬧。

唐府內吵吵嚷嚷，時不時地傳出幾聲笑來，顯得十分和諧。

唐堯文與唐靖遊走在人群間，時不時地笑著打個招呼，寒暄幾句。在他們的最前方搭著個戲臺，方才唱罷了《龍鳳呈祥》，這會兒上面正演著《三星賀壽》，坐在最前面的唐老夫人和唐老爺子正看得樂，客人們也時不時地鼓掌叫好。

可唐堯文回過神來後看著此情此景，卻死活笑不出來了。

為何這個時辰了，那些商賈大亨一個都沒到，來的都是家裡的親戚，還有在他們唐府面前不入流的小門小戶。

「阿力。」唐堯文擺了擺手，喚了正與丫鬟調笑的阿力過來。

「少爺。」阿力恭敬道。

「去瞧瞧！」唐堯文的語氣怒意十足。

不用唐堯文說具體地點，阿力瞧了一眼這寥寥無幾的賓客與自家主子的臉色，瞬間便明白了，點點頭後他便從後門溜了出去。

唐堯文已經做好了最壞的打算，那就是那些人唐家和沐家都不想得罪，便紛紛閉門不出，一個個在家做鵪鶉，卻不想阿力帶來的消息是，那些人拖家帶口地去了一家食樓，而且現在一家食樓是人來客往，賓客盡歡。

「唐柒文！」唐堯文一把捏碎了手裡的茶杯，茶水混著血水一滴一滴地掉在雪白的桌布上，開出一朵朵紅色的花。

「少爺，我去外面請大夫！」阿力說著就要出門，卻被唐堯文叫住了。

「你過來，我有事吩咐你去辦。」

阿力附耳過去，良久他才抬頭道：「少爺，這樣不好吧，若是……」

見唐堯文那陰森森的眼神，阿力識趣地閉了嘴，恭敬的說了聲「是」。

因為客人越來越多，後廚有些忙不過來，葉小玖便讓沐婉兒和柳若凝二人幫她照顧著女客，自己和唐昔言去下面幫忙。

此時一樓大廳裡人已經坐滿了，可還有不少人站在門外，拿著單子在等店小二叫號。沒辦法，誰讓人家那些水煮肉、酸菜魚、辣子雞丁、冷吃兔什麼的菜色，顏色好看，味道又好，吃過的人都連連稱讚，沒吃過的便只能聞著這麻辣鮮香的味道，邊流口水邊排隊，祈求裡面的人吃飯能快點，讓他早點一嚐美味。

店小二在大廳跑堂，見門口又來了人，忙迎上去告訴他客人滿了，可能需要稍等，結果待他看清來人是誰後，一時驚訝地忘了言語。

本來人聲鼎沸的大廳，也在眾人看清來人後瞬間變得鴉雀無聲，彷彿掉下根針都能聽見聲音。

站在二樓樓梯上透氣的沐封看見來人時眸色也暗了暗。

閻淳焌怎麼來了？

那人一襲黑色飛肩廣袖錦袍，上繡白色的祥雲紋，低調內斂的腰封上右掛一長穗雲紋玉珮。表情冷若冰霜，顯示出一種生人勿近的氣場。似是沒想到這食樓裡竟會有如此多的人，他微微皺了皺眉，沒有說話。

若說店小二和食客是被他的外貌和氣場震驚到了，那沐封就是完全沒想到閻淳剡這人竟會到此地來。

「客、客官，這會兒沒座位了，您可能需要稍、稍等。」店小二說話戰戰兢兢的，生怕下一秒此人會一巴掌把他拍飛。

「我不是來吃飯的。」閻淳剡抿了抿唇，似乎是不知該如何表達自己的想法。

「那、那客官是來……」店小二低著頭，拿眼神偷偷瞄著他。來食樓不吃飯，看這架勢，莫不是來找麻煩的？

「閻兄，好久不見，別來無恙啊！」沐封順著樓梯下來，笑呵呵地與閻淳剡打招呼。

「沐兄，你怎麼在這裡？」看見了熟人，閻淳剡的表情才不那麼僵硬，那種緊張與不知所措感才稍稍減了些。

「哦，小女好友新店開張，我特意前來捧場。」沐封笑著說。

「這食樓是令嬡的好友開的？那你可知這門上的匾額和那副楹聯，是何人所書？」

看他那激動的樣子和這話，沐封哪裡能不明白他這是因何而來？

這人說白了就是個文癡，常年沈迷於書法和文學，雖有個都督的職位，但就是個甩手掌櫃，而且還是當今皇上特許的。而且這傢伙寧願與書為伴都懶得交朋友，所以才造成他現在懼於和別人交流。自己能與他有交情，也是因為在書法上有些造詣，曾在越州談生意的時候，機緣巧合下與他交流過一點心得。

「這匾額乃是這食樓的另一東家寫的，不知閻兄可需要我引薦？」

直到沐封帶著人上樓，一樓大廳裡的人才都鬆了口氣。

他奶奶的，這人的氣場簡直太駭人了，活像個閻羅王！

唐柒文和胡萊他們這會兒正與他們之前的先生還有山長談古論今，見沐封帶了人來，忙起身行禮。

閻淳剡無視他的禮儀，直接激動得上前道：「那門上的楹聯是你們何人所書？」

唐柒文上前一步道：「正是學生。」

他之所以自稱學生，是因為閻淳剡腰間那枚玉珮上的飾物彰顯了這位文人的地位。

「那『一』字向來講究藏鋒逆入，逆鋒回筆，你為何最後要放鋒？」

「為了好看，書法講究章法、結構、筆畫，三個要素缺一不可，雖有極大的規矩要遵守，但也講求恣意風範，為了追求美觀好看，學生才在收筆處做了變化，不知先生可是覺得不妥？」唐柒文求教般地回答。

這謙遜有禮的樣子讓閻淳剡開懷大笑，連說了好幾個好字，聽得一旁唐柒文的先生和山長都覺得與有榮焉，一個個咧著嘴，捋著鬍子笑。

「年輕人，你叫什麼名字？」

「學生姓唐名柒文。」他恭敬道。

「唐柒文。」閻淳烈一下又激動了，連帶著嘴上的八字鬍都顫動了幾下。「可是博雅書院甲班的那個唐柒文？」

「正是。」唐柒文疑惑，看這人的樣子好像是認識他，可他確實不記得自己何時見過他。

一旁的沐封笑著搖了搖頭。

依禮數，來客向來講求自報家門，閻兄這一激動又把禮數忘了。

「這是越州的閻老先生閻淳烈。」他介紹道，但只是說了身分，沒有提及他的官職。

閻淳烈？越州的閻都督！

這下震驚的不只是唐柒文，就連雅間裡的幾個老學究和門外看熱鬧的人都驚呆了。

誰人不知道這越州的閻都督向來不喜交友？更別說親自上門了。多少人親自上門求教都被婉拒了，今日他們也不知是走了什麼狗屎運，來參加個宴席居然能看見閻都督真容。

唐柒文的山長他們原來覺得此人只是上門賣弄，這會兒是隨即起身擦了擦自己的椅子，十分恭敬地請他入座。

閻淳烈是個社交盲，身分又高，簡單道了謝後便欣然入座。沐封知他的性子，便讓其他人都入座，讓門外觀看的都拿了椅子到這個雅間落坐。畢竟這一群人圍在一起，著實有礙觀瞻。

好在這雅間夠大，二十多人坐在一起也不顯擁擠，唐柒文和文悅他們還是恭敬地站著，興奮不已。

「于淵給我看的那篇〈將進酒〉就是你抄寫的？」

「這……」唐柒文遲疑了一會兒，便點頭說：「是。」

博雅書院看重學子的書法，那于淵便是唐柒文他們的書法先生，他之前上書法課默字的時候，抄寫了那首他最喜歡的青蓮居士的〈將進酒〉出來，還被先生叫去交談了一番，卻不想先生竟還將他的字給了閻老先生看。

「那你現在能否再抄寫一遍？」閻淳烈兩眼發光地看著他。

店小二聞言，忙去後院拿了筆墨來，鋪開一張大宣紙，唐柒文深吸了一口氣，提筆落墨。

這〈將進酒〉唐柒文之前給文悅、胡萊他們看過，所以對這篇文章，他們也是有些體會心得的，唐柒文抄好後，不少具有文學涵養的賓客都湊上前來，你一言、我一語地發表著對文章、對書法的看法。這原本好好的謝客宴生生地被他們弄成了文學交流會。

葉小玖在後廚忙到客人幾乎都走了後才到前廳來，結果她發現梅蘭菊三個雅間中一個人都沒有，客人都跑到軒竹閣去了，而且還都圍著桌子裡三層、外三層的，她著實看不出個什麼？

喚來在下面忙碌的小二一問，她才知道是閻淳烮來了，一群人現在在上面開交談會呢。

這閻淳烮葉小玖並不陌生，在原著裡，他就是唐柒文的伯樂。唐柒文因為吃了官司失了去博雅書院的機會，便只能在涼淮縣苦讀，而恰巧此時，唐堯文又勾搭上了遠在上京城的男主邵遠，邵遠從中作梗，讓他科舉不第，後來是閻淳烮在一次偶然中看上了唐柒文的才華，才向皇帝舉薦。皇帝深知閻淳烮的為人，驚於他的行為，才會特許唐柒文參加殿試，最終取得頭名狀元。

不想她的到來，竟讓二人提前見面了。

笑看了他們一眼，葉小玖便去了旁邊的雪松閣。

雪松閣裡，唐昔言正向眾人炫耀葉小玖給她做的生日禮物，一隻用白色雪錦做的長耳兔子。

前幾日是唐昔言的生日，她因為忙於開張之事，便只能晚上抽空做了她的生肖玩偶，當作禮物送她。想不到這丫頭十分喜歡，簡直到了愛不釋手的地步，還特意拿去給沐婉兒和柳若凝瞧，讓二人一個勁兒地纏著她要。

想不到這丫頭現在又拿出來炫耀了！

眾人見葉小玖站在門口，一個個都向她投來了渴望的目光。然後不出葉小玖所料的紛紛央求著她幫她們也做一個，讓她們出錢買也可以。

好不容易從嬌小姐們那軟軟糯糯的言語和水靈靈的眼神攻擊中脫身，葉小玖逃也似地衝到了後廚。

「葉姑娘。」此時前廳已經沒了人，後廚幾個人好不容易歇了下來，一個個都癱在了椅子上，這會兒見葉小玖來了，一個個連忙起身。

「坐坐坐，你們坐。」葉小玖擺了擺手，示意他們別管她。

瞅了一眼案上剩下的食材，葉小玖選了一扇排骨，又挑選了一塊上好的五花肉。

「姑娘這是要做什麼？」金昭走到葉小玖跟前，幫著她洗排骨。

「前面來了貴客，我再做點吃食送去給他們。」她記得書裡說閻淳烮最喜歡吃排骨，他今日能來此地算是蓬蓽生輝，自然要好好招待。「妳去歇著吧，今兒個累了一天了。」

「不累。」金昭搖頭。「以前在主家的時候可比這個累多了，我覺得現在的日子對我來說簡直就是享福。」

金昭話音剛落，旁邊歇息的王潤雪就投來了一個大白眼，結果在碰上金陽冷冷的眼神後默默地低下了頭。

排骨冬瓜湯和椒鹽排骨這一類的菜是金昭他們會的，所以葉小玖便放手讓他們去做，自己專心在一旁弄她的排骨釀肉。

排骨釀肉顧名思義就是將排骨去骨，裡面包以肉餡。以蛋清、菜汁打底當作水面，上面鋪以塞入肉餡的排骨段裹上雞蛋液後復炸成型的排骨，然後再撒上少許碾碎的雪白蛋清。

這道菜還有一個十分詩意的名字，叫斷橋殘雪。用排骨成段搭成的橋意寓斷橋，而蛋清便是殘雪。想來這樣詩意的菜，定能獲得閻老先生的喜歡吧？

唐家的壽宴早已經散了，因為來的人太少，他還被不少叔伯諷刺，可唐堯文此時根本就沒有閒心去理會他們，只一門心思的等著阿力帶來好消息。

可直到太陽下山之際，阿力才風塵僕僕、滿身塵灰地回來。

「怎麼樣，事情可辦成了？」唐堯文此時雙眼發光，一點都沒有平時看阿力的輕蔑與不屑。

「少、少爺……」阿力捏了捏指頭，不知道該如何回答。

看他這個樣子，唐堯文就知道這是失敗了，他瞬間黑了臉，吼道：「有什麼就說，少他媽吞吞吐吐的！」

阿力被他嚇了一跳，偷偷看了唐堯文一眼，低著頭道：「縣衙班房的人穿著便衣守在一家食樓門口，吳老狗他們提著哨棒剛靠近就被逮住了。」

他又看了唐堯文一眼，接著道：「那吳老狗走之前看了我一眼，那班房的人便認定我是同夥，追了我一路。」

要不是他窩在狗窩裡躲了一陣，這會兒恐怕也被抓走了！

「廢物！」唐堯文一把將桌上的茶杯扔到地上，濺起的碎瓷片劃傷了阿力的手。

唐堯文看著一滴一滴掉落下來的血珠，眼神陰鷙。「官府的人怎麼會守在食樓門口？」

「聽說是閻都督在食樓裡與一眾賓客吟詩作畫，官府得到消息，特意去保護閻都督安全的。」

「閻都督，哪個閻都督？」

「就是、就是那個越州的閻都督，而且、而且外面人還說……」

「說什麼？」

「說……」阿力小心翼翼地瞧著唐堯文。「說柒文少爺的狀元已經是板上釘釘的事了，唐府的人現在肯定後悔死了。」

「唐柒文！你欺人太甚！」不等阿力將話說完，唐堯文一下站起來，一腳將阿力踹倒在地，眼中那怒火中燒的樣子只得讓阿力忍著痛趴在地上一動不動地裝死。

第十八章

文人多喜歡詩情畫意的東西，葉小玖的那盤斷橋殘雪受到了眾人的一致好評，就連女客也被那酥香的排骨肉，以及內裡滑嫩多汁的的口感征服，一個個都十分敬佩葉小玖的手藝與想法。

葉小玖失笑，只說自己是機緣巧合下從一位名叫華中的神廚那裡學的。

喜愛排骨的閻淳剡吃得格外高興，興致使然下還就這斷橋殘雪的意象，提筆揮毫，親自賦詩一首。這可把在座的眾人驚呆了，畢竟閻老先生的墨寶千金難求，除了當今皇帝手裡有，其他流傳的都是閻淳剡早期的作品。想不到這小小食樓竟然以一道菜得了這麼大的榮耀。

葉小玖自然知道這副字的價值，厚著臉皮喜孜孜地收好，打算明日找個裱字畫的店將其裱起來，掛在一家食樓最顯眼的位置，當作鎮樓之寶。

一家食樓有閻老先生墨寶一事經過一晚，已經傳遍了整個涼淮縣甚至整個越州，無數騷人墨客不遠千里慕名而來，在被那行雲流水的書法與勸人嘉言善行的立意所驚豔的同時，也被一家食樓中各式各樣的美味佳餚所吸引，紛紛打算在此住上一陣子，這可樂壞了一眾客棧的老闆。

在此同時，涼淮縣兩種流言也是肆意傳播，成了民眾茶餘飯後的談資。一是說唐柒文不孝不悌，專門選在祖母的壽辰當日開張食樓，明顯有欺辱之嫌。一是說唐府當年趕他們母子出府，現在唐柒文得了閻都督的賞識，這狀元之位就猶如探囊取物，唐家這會兒肯定後悔得要死。

唐堯文藉著這個風向極力散布第一種謠言，打算毀了唐柒文的名聲，可唐府當年做的事整個涼淮縣誰人不知，何人不曉？不到一日的時間，第一種謠言就被批得消聲匿跡，任憑唐堯文怎麼舞，都激不出半點水花來。

「唐柒文，咱們走著瞧！」唐堯文惡狠狠的眼神嚇得旁邊奉茶的婢女瑟瑟發抖。

外面這些傳聞一點都沒有影響到葉小玖，負責算帳的谷城今日家裡有事告假，唐柒文便拉來了胡萊，和他一起充當一天的帳房先生，食樓早上開門晚，葉小玖便在後廚教導聘來的楊山廚藝。

大鄴朝的氣候屬於溫帶大陸性氣候，時人水田種稻，旱地種麥，所以米麵都是主食，可奈何麵食大多以包子、饅頭為主，麵條一類的吃法甚少。

所以楊師傅是空有一手揉麵的好手藝卻無處可用，所以葉小玖今日便教他做牛肉麵。

正宗的牛肉麵講求「一清二白三紅四綠五黃」。

一清是指湯清。牛肉麵的湯要選用精品牛大骨，加入佐料燉煮一日後再加以上好的牛肉一同煮，要最終達到牛肉軟爛，肉湯澄澈，味道鮮美，不鹹不膩的程度方是一鍋好湯。

二白指蘿蔔白。好的牛肉麵上面浮著的蘿蔔片要晶瑩剔透，軟爛入味。三紅則是指火紅的辣椒油。這是很講求火候功夫的，辣椒油要香而不辣，紅而不黑，油而不膩。

四綠是指切碎的香菜和蒜苗，這是牛肉麵的點睛之筆。

五黃是麵條本身的顏色。牛肉麵和麵時講究「三遍水，三遍灰，九九八十一遍揉」。因為沒在這裡找到蓬灰鹼，葉小玖便只得退而求其次的用時下的鹼來代替。經過這幾道工序做出來的麵條也能爽滑透黃、筋道有嚼勁，成為上品牛肉麵。

對於麵食，楊師傅的領悟能力超級高，只須葉小玖稍稍點撥，他就能領會這其中的奧義，然後做到最好，這一點連葉小玖都自嘆不如。

因為馬上要開門了，葉小玖便讓他們先準備著，自己去外面瞅瞅還有何處不妥，結果一到大廳就看見唐昔言和胡萊在說話，也不知是聽到了什麼好笑的，那丫頭眼睛都瞇成了一條縫，露出兩顆小虎牙看起來可愛極了。

葉小玖看得見，靠得那般近的胡萊自然也看見了，甚至那衝擊力比葉小玖更甚，他只覺自己心裡小鹿亂撞，那癢癢的感覺讓他覺得陌生得很。

唐柒文見葉小玖出來，朝她笑了笑後，繼續低頭一邊默誦胡萊教他的撥算盤口訣，一邊在算盤上撥弄予以驗證。

葉小玖食樓的火爆，連帶著辣椒這一調味料也是入主大鄴朝，成了家家戶戶餐桌上代替茱萸的主要調味料。也因此辣椒，漲價了。

價格由之前的幾文錢一斤漲到了現在的三十幾甚至四十幾文錢的地步，簡直比豬肉還貴。

不少食樓、酒樓紛紛囤貨，生怕以後漲得更凶。但這卻完全影響不到葉小玖，因為，她之前與田大叔一同種的辣椒已經開始收穫了。

看著那細長的二荊條和肥嘟嘟的燈籠椒，葉小玖簡直是喜笑顏開。

她終於可以吃到新鮮的辣椒了！

「玖丫頭，妳上次找來的幾種椒，種子都發芽了，而且長勢很好。」他看了葉小玖一眼。「只是苗子太多，不知道該往何處移栽？」

這個問題倒是把葉小玖難住了，這辣椒生長間距很重要，她培養了這麼多小苗，一時倒是不知道該怎麼辦了。

「田叔，村裡人可有願意種辣椒的？」葉小玖問。

「妳的意思是……」田大叔雙眼發光，直直地瞅著葉小玖。

「對，我想將這些苗子發配到村裡各家去，現在辣椒價格這麼好，是該回饋一下鄉親才是。」

與田大叔合計了一番後，葉小玖便去找了俞竹村的村長。因為之前葉小玖帶著村民做泡芙讓村民賺了不少銀子，所以村長很是感激她，見葉小玖來了，他忙從躺椅上起身。

「小玖？你們怎麼來了？快坐、快坐！」

葉小玖也不來虛的，直接和田大叔落坐後直言道：「村長叔，我這次來是想和你商量件事。」

見村長看她，葉小玖接著道：「你也知道，現在涼淮縣辣椒價格一直漲，這一時半刻是降不下來的。所以，我想請你發動村民種辣椒。」

「種辣椒？」田家在種辣椒這事村長是知道的，而且現在辣椒價格比肉還貴，村長自然也是眼饞。「只是，現在辣椒價格這麼貴，想必種子更貴吧？」

「這個你不用擔心。」葉小玖指了指田大叔。「田叔已經育好了苗，而且已經充分掌握了辣椒的生長習性，應該是沒有問題的。我知道現在家家戶戶的田地裡都種了糧食，沒有閒地，但我們可以組織村民開荒種辣椒。這事若是成了，以後我們俞竹村就能大量供應辣椒了，按照現在辣椒的稀缺程度，想必以後家家戶戶住上大瓦房都不是問題。」

葉小玖畫的這個大餅有些大，著實把村長噎住了，良久他才道：「那我晚上開個會，問問村民的意見。」

這等好事，村民自是願意，畢竟現在是農閒時節，不少男人都在縣裡做短工，一天也就三十來文錢，若是這辣椒種成了，那賺頭可就多了。

村長拿了簿子記錄下要參加的人，最後還與他們商議，合計是所有人一齊合作，屆時再分潤，這樣省事也省時。

田大叔與土地打了一輩子交道，俞竹村的土地哪裡比較適合辣椒生長他是一清二楚，所以這次他便成了此次開荒的領頭。所有事都要仰仗他，荒地澆多少水、施多少肥，都是他一言通過，別人毫無疑義。也就是這個時候，田大叔才找到了他存在的價值，他與土地打了一輩子交道，最終也從土地上找回了面子。

而唐柒文因為假期還有四、五天，所以每日溫完書後，他便去田裡幫忙。葉小玖站在田埂上看著他挑著兩擔土也毫不費力，汗水打濕了薄衫後緊緊地黏在他身上，身上那腹肌隨著他的動作時隱時現，性感的模樣看得葉小玖臉上一紅。

「玖兒，妳怎麼了，怎麼熱成這樣？」沐婉兒瞅了一眼那已然被烏雲遮住的太陽，內心疑惑。

看著馬上就要下雨了，天氣已經很涼了啊！

「太陽大，熱的。」葉小玖故作鎮定，然後若無其事地轉移話題。「這天氣看著是要起陣雨了啊！」

沐婉兒沒有說話，只是用如同看白癡的眼神瞅了她一眼。

一會兒說熱，一會兒說下雨，敢情妳這是冷熱不分？

眼見烏雲越積越多，葉小玖正準備和沐婉兒早些回去，那豆大的雨點就已經砸了下來。下地的人早就猜測會下雨，都提前準備了斗笠、蓑衣，看著村民俐落穿上蓑衣，沐婉兒已然做好了今日淋雨的準備。用手遮著頭頂，她正想衝回家去，結果突然眼前一黑，頭上一重，一頂大斗笠便蓋在了她的頭上，緊接著，那輕便的蓑衣便搭在了肩上，她手忙腳亂地抓好蓑衣的兩條帶子，抬頭就看見唐柒文動作麻利地脫下自己身上唯一的外衫罩在了葉小玖頭上。

嗯，非禮勿視，非禮勿視！

雨點落在地上發出聲響，沐婉兒想著她還有大斗笠，而葉小玖只有那一件薄衫定是遮不住雨的，她正想說要將蓑衣給葉小玖，抬頭卻發現唐柒文早已抱著葉小玖，一溜煙地跑沒影了。

葉小玖是直接被唐柒文半抱著回家的，因為唐柒文高大，她整個人除了裙子下襬沾了雨水，其他地方竟然都是乾的。

只是唐柒文步伐快，她為了保持平衡就只能用手抱著他的腰，雖然回了家後便放開了，可他腰間那結實有力、沒有絲毫贅肉的觸感還是深深地印在了她的腦海裡。

「小玖，擦擦吧！」唐母遞給她一條乾爽的棉質布巾。

「哦，謝謝嬸子。」葉小玖接過，擦了擦臉，然後就看見唐柒文背對著她擦拭他浸濕的頭髮，後背上的水珠隨著他的動作一路下滑，滑過緊實的背，最終消失在腰腹下面……

唐柒文回過身就看見葉小玖目光灼灼地盯著他看，頓時覺得有些不好意思，以手掩唇假意咳了一聲，掩飾自己的局促。

葉小玖在聲音中回過神來，瞬間臉頰暴紅，急忙轉身用手裡的布巾捂住了臉。

要死了，要死了！她剛才居然在饞唐柒文的身子啊！

「葉小玖妳給我出來！」嬌嗔的聲音透過雨幕傳了進來，葉小玖這才想起自己方才居然將沐婉兒一個人丟在了外頭。

沐婉兒戴著斗笠，穿著蓑衣，披著一身雨水進了門。「有了妳的柒文哥哥，就忘了我這個婉兒姊姊了是不？」

進了大廳，沐婉兒瞧著葉小玖一身乾爽，頓時氣不打一處來。「好妳個重色輕友的，枉費我還怕妳淋濕了，準備把蓑衣給妳，妳居然就這麼跟著唐柒文跑了！」

唐柒文在屋裡穿好了衣服，出來就聽見了這話。

葉小玖本就因為方才之事羞愧，這會兒在他那疑惑的眼神下更覺得無地自容，一把攬著沐婉兒的肩膀，捂住她的嘴，帶她回了自己的院子。

「婉兒淋雨淋得腦子都不好使了，我帶她回去擦乾。」

唐柒文看著葉小玖那近乎野蠻的行為，又看了目瞪口呆的唐母一眼，失笑地搖了搖頭。

「喂，妳是不是喜歡唐柒文？」沐婉兒給葉小玖撐著隨手從前院撈來的油紙傘，言笑晏晏地走在葉小玖前面，轉身看著她。

「哪有，妳別胡說！」葉小玖否認。

「哎妳就別裝了，我都看出來了。」進了葉小玖的院子，沐婉兒將斗笠和蓑衣脫下來搭在牆上。「只要有他在的地方，妳的眼神就一直隨著他轉，一刻都不曾離開過，妳可騙不過我。」

「我哪有！」葉小玖垂眸，否認著自己心中那異樣的感覺。

在她看來，她對唐柒文只是因為有劇情的既定印象，加上他本身優秀、才氣高、長得好，所以她才多欣賞了兩眼，並不是沐婉兒所謂的喜歡。

「沒有？上次若凝和唐柒文兩個人聊天，妳看見後頭也不回地回了自己房間，妳敢說妳不是吃味了？」

看著葉小玖糾結的揪著衣角，沐婉兒微微一笑，循循善誘道：「妳要是真的喜歡他就要好好把握，可不能等到失去才追悔莫及啊！」

她在生病時，無聊之下看了不少話本子，常常被那些才子佳人愛而不得的遺憾弄得哭泣，所以她著實不希望葉小玖留有遺憾。而且在她看來，這兩人是極相配的。只是葉小玖還小，情愛一事尚未開蒙，所以她這個做姊姊的肯定要及時點撥一番。

葉小玖經沐婉兒這一提點，才開始正視自己的心。活了兩輩子，她都是母胎單身，也從未有過談戀愛的心思，自然不知道喜歡一個人究竟是什麼感覺。

遇見唐柒文後，她確實會不由自主地受他吸引，目光總是會在他身上轉。看見他和別的女子在一起說話，她心裡會有一種很異樣的感覺，雖然知道只是很平常的交談，可她還是會覺得有些莫名的生氣。

可是，這就是所謂的喜歡嗎？應該不至於吧……何況，她也不是他喜歡的類型。

聰明如葉小玖，卻在自己的心意方面逃避不敢面對，頓時成了個傻子！

這陣雨只下了不到半個時辰便停了，下午沐婉兒還有事，葉小玖便讓田小貴駕著馬車送她回了沐府。

送走了沐婉兒，葉小玖閒來無事便想著做點方便攜帶的吃食給唐柒文，雖然不甚明瞭自己的心意，但他後天就要回書院去了，自己身為合夥人還是應該要有所表示的。

轉了一大圈，葉小玖只在自己院子的水井裡找出了昨日唐母冰著的一大塊豬肉。掂了掂沈甸甸的肉，葉小玖打算將它做成豬肉乾，等明兒個去縣裡割上幾斤牛肉，再做點牛肉乾。

做豬肉乾的肉最好是選用豬後腿肉，這樣做出來的豬肉乾口感更好，嚼勁也更足。

將豬肉上面的肉筋挑乾淨，葉小玖將豬肉清洗了一遍，瀝乾水後切成小塊，然後用雙刀剁成細細的肉泥。

那一坨肉大概有七、八斤，她便將它分成了兩份，一份放上醬油、鹽、糖，還有她自製的雞精，外加適量的胡椒粉做成五香口味，而另一份則額外加了花椒粉和辣椒粉，做成辣味的。

第十九章

將兩份肉泥攪拌完後放在一旁醃，葉小玖先將她的陽春烤箱預熱。約莫過了半個時辰，她在油紙上刷了一層食用油，放上一坨肉後再蓋上一層油紙，用擀麵杖將其壓成薄薄的一大片，看那薄厚程度剛好是她想要的，葉小玖便去掉最上層的油紙，在肉餅上撒上些許的白芝麻，將其小心地放在烤盤裡烤。

烘烤的時間長短影響著豬肉乾的口感和硬度。烘烤的時間長，肉質偏硬、乾、有嚼勁，時間短則肉嫩，但口感鬆散。

因為不知道唐柒文的喜好，葉小玖便按照自己的習慣，將肉乾烤到軟硬適中。

將豬肉乾切成小片，她拿了一塊不整齊的邊角料嚐了下，果然是很有嚼勁，香味十足。拿了油紙將烤好的那些豬肉乾打包，葉小玖提著去了隔壁，因為今日之事，她看見唐柒文著實有些不好意思，所以放下東西就出來了，連唐母留飯都被她拒絕了。

一家食樓在前幾日熱鬧了好一陣子後便走上了正軌，除非是每隔五天的上新日前來嘗試新菜式的人比較多，其他時間都是按著飯點來的。

因為葉小玖早上提供牛肉麵，所以前來吃麵的食客著實不少。畢竟以一份同樣的早點錢便能在一家食樓吃到有肉、有蘿蔔還有足量滑溜筋道的麵條，香味十足的牛肉麵，而且吃飽喝足的同時還能瞻仰一番閣老先生的墨寶，何樂而不為呢？

牛肉麵製作簡單，只要前期準備到位，後面出菜的速度還是挺快的。後廚有金昭和王潤雪幾個也著實用不著她幫忙，葉小玖便在巡視了一番後去了菜場，打算趁著清早買點新鮮的牛肉，好做牛肉乾。

賣牛肉的王大叔是一家食樓的牛肉提供者，因為今日食樓的牛肉已經送過了，所以此時見葉小玖朝他走來，他著實是驚訝。

「葉姑娘，妳這是？」

「王叔，我是來買牛肉的。」葉小玖瞅了肉攤子一眼隨即道：「可有上好的牛里脊肉？」

「牛里脊肉今早大部分已經送到食樓去了，不知道剩下這十多斤夠不夠？」王大叔從一旁的肉簍子裡拿出一條牛肉，甩在了肉案上。

「夠了夠了！」葉小玖付了錢，提著肉從後門去了食樓後院的小食堂。

將牛肉洗乾淨，葉小玖正準備將其切成細條時，唐昔言走了進來。

「玖姊姊，妳這是又做什麼好吃的呢？」唐昔言瞅著砧板上紅紅的牛肉，想了下昨日吃的那些豬肉乾的邊角料，那筋道爽口的感覺實是不賴。

「牛肉乾。」葉小玖笑睇了她一眼，用濕手刮了她的鼻子一下。「妳個小饞貓，放心，少不了妳的。」

看著葉小玖切牛肉，唐昔言抿了抿唇，深吸了一口氣道：「玖姊姊，妳能不能教教我這豬肉乾是怎麼做的？我想做一點送人。」

「送人，誰？胡萊啊？」葉小玖笑問。

被戳中了心思，唐昔言瞬間低下了頭，彷彿地板上有什麼好看的吸引著她。葉小玖本是隨便打個趣，竟不想唐昔言會這般反應。

她看著唐昔言那泛紅的臉頰，笑道：「就想著給妳胡萊哥哥做，怎麼不給妳哥也送一點？妳說妳哥若是知道了該有多傷心，自己的妹妹一門心思地向著別人。」

「他才不會傷心呢！」唐昔言氣呼呼地說：「昨日妳送了肉乾來，他還在胡萊哥哥面前誇耀來著，妳是沒看見他那個得意勁兒，硬生生將胡萊哥哥氣了個半死。玖姊姊，我哥是不是喜歡妳啊？」

唐昔言忽然轉移話題，驚得葉小玖下大料的手微微一頓。

「沒有吧，怎麼可能呢？」畢竟他身邊，可從來不缺貌美有才華的女子。

她到現在都覺得當時那簪子只是唐柒文隨意買的，並不知道其中的涵義。

「我看見他在書房裡描摹妳的畫像來著。小時候爹爹曾說過，只有刻在自己心窩窩裡的人，才能在本人不在場的情況下畫得唯妙唯肖，宛若真人。我見過哥哥的那幅畫，確實和妳十分相像。」

「這、這應當只是練習吧！」

她話語中帶著不確定，仍是不敢相信，卻清晰認識到自己想要逃避的念頭。唐柒文才高八斗，怎麼可能不明白這時代眾人皆知的簪子意涵呢？

「而且娘親也說，妳跟哥哥二人其實是兩情相悅，只是你們自己當局者迷不自知罷了！」唐昔言又下了一劑猛藥。

那篤定的話語，頓時讓葉小玖認清現實，她此時就如同一個暗戀著男神的小女生，忽然得知男神也喜歡她，心中激動又雀躍，還帶著不自信的不敢相信。

想直接去問，卻又怕這只是南柯一夢，只得自己壓著情緒瞎糾結。

葉小玖做好牛肉乾後便讓唐昔言帶了回去，自己一個人在食樓待到很晚才回家。燒了熱水洗了臉和腳，葉小玖正準備倒了水上床睡覺，結果就發現唐柒文站在門外。

「柒文哥，這麼晚了還沒睡？」她莫名有些緊張。

「我寫了副字，想送予妳瞧瞧。」唐柒文說著便跨過月亮門走了進來，葉小玖這才看見他手裡確實拿著一幅字畫。

「什麼字？」葉小玖走近他，才從他身上聞到了一股淡淡的酒味。「你喝酒了？」

「嗯。」唐柒文點頭。「明日便要走了，所以小酌了幾杯。」

唐柒文很想告訴她，自己其實一直在等她回來，可很晚了也不見她回來，心情苦悶之下他才多喝了幾杯。

原以為她今晚會睡在食樓那邊，卻不想她竟摸黑回來了，他找不到理由來尋她，所以才寫了字，尋了個蹩腳的理由來見她一面。

葉小玖拿過他遞過來的宣紙，打開就看見上面龍飛鳳舞地寫著八個大字——桃之夭夭，灼灼其華。

「好字！」葉小玖由衷地誇了一句，得知他的心意，這內容更是讓她心頭發癢。

看著佳人笑靨如花的樣子，唐柒文心滿意足地笑了笑，可等了半天也不見她說第二句話，他垂了垂眼眸道：「妳喜歡就好，既如此，那我便走了。」

看著他高大的身影在月光下形單影隻的落寞樣子，葉小玖不禁覺得有些心疼，一時衝動，她便出聲叫住了他。「柒文哥，我有話與你說！」

可不等葉小玖說下句，唐柒文卻一個轉身搶先開口道：「阿玖，我心悅妳！」

月光皎潔，微風不燥，情話微甜，心神悸動。

唐柒文一聲很曖昧親密的阿玖已經叫傻了葉小玖，更別說他後面的那句我心悅妳了。

良久，她才找回了自己的聲音。「你說什麼？」

她猶記得之前聽過胡萊打趣唐柒文，說以他這個性子，將來娶的娘子肯定也是個溫婉有才情的。她記得很清楚當時唐柒文垂眸微微一笑，一副不置可否的樣子。

而她也一直覺得，唐柒文應該是喜歡沐婉兒那種類型的，當然她指的是沒有遇見她之前的沐婉兒，畢竟原主在書中也是類似那般性格，反正怎麼都不會是她，所以她才一直逃避著，催眠自己只要能逃開慘死的下場，那便足夠了。

「我說，我心悅妳。」唐柒文眼神直直地看著葉小玖，裡面透露著他的認真與忐忑。

「我知道，現在涼淮縣不少青年才俊都中意妳，很多人說是去食樓吃飯，可更多的是帶著媒婆前去說親的。我也知道妳都囑託田大嫂推了。

「我、我知道今日之事有些唐突，可是……」他頓了頓。「我明日就要走了，我怕等我再回來的時候，可能就沒有機會了！」

他深吸了一口氣，接著道：「我沒有要造成妳困擾，只是想告訴妳我真實的想法。」

葉小玖看著面前這個光風霽月的男子徐徐地訴說著自己的心意與想法，神情有些忐忑，只覺得心臟脹脹的。從來不懂情愛的她，第一次因為一個男子的真情告白，有了想哭的感覺。

「傻瓜！」她眼裡含淚，嘴上卻噙著笑。

唐柒文見葉小玖哭了，頓時酒都嚇醒了，手忙腳亂地從懷中掏出手帕要替她擦眼淚，卻被葉小玖一把抓住了手。

他以為她是嫌棄他了，心中更是怨恨自己的口無遮攔，怎麼能在這樣的時間、這樣的場合，還是在自己喝了酒的情況下表露心聲，著實顯得有些浪蕩輕浮。

看著他糾結和懊惱的樣子，葉小玖噗哧一笑，隨即道：「我也是。」

她盯著他的眼睛，鄭重其事說道：「我，也心悅你。」

唐柒文沒想到竟會得到葉小玖這樣的回答，一時愣了神。可那嘴角卻不斷上揚，露出了癡傻的笑容。

葉小玖雖是現代人，可畢竟是第一次向別人表白，心中還是十分害羞的，她低著頭，良久沒有等到唐柒文說話，抬頭卻看見唐柒文眼神直直地看著她，樣子有些傻。

他這表現逗樂了葉小玖，同時也讓她壞心大起，但也有可能是美色勾人，讓她有了些別的想法。她上前一步，踮起腳尖隔著手中的宣紙，紅唇印上了他的笑容，停了一秒後轉身跑回了自己的房間。

「那從今天開始，你便是我的男朋友了！」

直到佳人隨著房門的關閉只顯現出個影子，唐柒文才愣愣抬起手，覆上了自己的唇。方才的溫熱與嬌軟的觸感還停留在唇上，他展顏一笑，然後看著背靠著門上的身影，用她可以聽到的聲音道了句。「好。」

雖然他不明白阿玖口中的男朋友是什麼意思，但想來應該和他們確認彼此情意是差不多的意思。看著門上的嬌影，唐柒文覺得要不是明日他還要啟程去書院，他是真的很想守著她直到天亮。

看著門外的身影終於一步三回頭地走了，葉小玖跑到屋內，撲到床上，抱著被子一個勁兒地在床上打滾。

受她父母的影響，她一直覺得只有和兩情相悅的人才能肌膚相親，相濡以沫，可她今日居然受了唐柒文的蠱惑，自己主動吻了他。

雖然是隔著宣紙，但那是她的初吻啊！

夜已經很深了，可葉小玖的腦海中卻還是來回播放唐柒文的那句「阿玖，我心悅妳」以及自己吻上他唇的畫面。

得了，今晚她是別想睡覺了！

唐柒文要在第二日清晨就趕去縣裡，和胡萊、文悅他們一同乘車去書院，所以唐母今日起了個大早，打算去縣裡送他。

四個人坐在馬車內，葉小玖與唐昔言坐一側，唐柒文與唐母坐另一側。

二人雖然一晚沒怎麼睡，但卻都精神得很，看起來神采奕奕的。唐母雖一門心思地叮囑唐柒文去書院要好好照顧自己，但還是發現唐柒文時不時地偷偷看小玖，笑得開懷。然後再看對面小玖那低著頭，臉色微紅的樣子，瞬間心中了然。隨即閉上嘴，靜靜地不去打擾他們。

空氣中粉紅泡泡亂冒，馬車裡的四個人中，也就只有唐昔言還在狀況外，時不時地拉著葉小玖閒話家常。

確定關係的第一天男朋友就要出遠門，而且一去就是一個月，葉小玖心中不捨，但終究沒有表露出來，只是柔柔叮囑了他幾句萬事小心。

唐柒文見唐母正與文悅他們在聊天，偷偷抬手揉了揉葉小玖的髮頂，對著她寵溺一笑，然後塞給她一封信。

此情此景讓葉小玖瞬間有了一種背著父母偷偷談戀愛的刺激感，急急地將信塞到自己的袖子裡，然後若無其事的看著路上來往的行人。

唐母知道他二人定是有話要說，所以才帶著唐昔言引開了眾人的注意力，瞄見唐柒文那發自內心的開心笑容，她感覺很是欣慰，她終於對得起丈夫的在天之靈了。

送走了唐柒文，葉小玖懷揣著情書和唐母一同去了食樓，因為明日就是食樓推出新菜式的日子，而她這幾天忙於開墾荒地，再加上心情煩悶，所以一直沒有時間教他們，所以今日她便不得不加緊腳步。

去後院自己的屋子將信仔細地放好，葉小玖便趁著早飯時間，教導金昭他們新菜式。

第一批新鮮辣椒昨日便已經採收了，雖然數量不多但也不少，葉小玖讓他們全部運回了食樓，放在後院的地窖裡。

因為時間緊迫，她便只能從簡單的開始教起。

「青椒炒肉片要想裡面的肉吃著入味，滑嫩不綿軟，要提前醃，並往肉裡面打水。」

葉小玖說著，將順著紋理切好的薄厚適中的肉片放到大碗裡，加入適量的醬油、胡椒粉、糖等，用手抓勻。

因為二荊條不好切絲，所以她便將其切成塊。在她切辣椒的時候，肉片也醃得差不多了，她拿來一勺清水，加入少量後不斷用手抓揉肉片，直到肉片吸附了所有的水分，才再次加水，重複之前的動作。

「這肉片裡面打水是有講究的，水要適宜，不能多、不能少，多了肉片鬆散，少了則沒了滑嫩的口感。而且，攪拌肉絲的手法要一致，不能東一下、西一下，這樣做出來的肉絲才能不失勁道，富有嚼勁。」

然後她從一旁的袋子裡抓了一小撮洋芋做的澱粉出來。「最重要的是，在肉片將水分吃進去後，一定要加一點粉抓勻，這樣有利於鎖住水分。」

說完，她便在鍋裡倒了少量的油，囑咐燒火的小丫頭一定要燒大火。

將蔥薑蒜下鍋爆香，葉小玖迅速將肉片滑入鍋中，待肉片七、八分熟的時候，倒入辣椒塊，放入適量的鹽和自製雞粉，最後勾了薄芡，出鍋裝盤。

新鮮辣椒炒後的清香味早已經傳遍了整個廚房，金昭他們已經迫不及待地想一嚐味道，這會兒看葉小玖示意他們，忙拿了筷子伸向盤中。

幾人毫無意外的都先挾了辣椒塊，微微辣且清脆的口感再加上辣椒特有的香氣，讓他們瞬間睜大了眼睛，然後紛紛轉而嚐肉片。

果然，經過打水的肉片就是與其他肉片口感不同，這樣做出來的肉片口感滑嫩卻不綿軟，肉片裡面的肉汁和水分隨著咀嚼一同迸發，口中香氣十足。

金昭是最興奮的，她一個勁兒地誇好吃，直說要趁著還有時間好好琢磨琢磨，葉小玖看大家都是這個意思，就連平時對學新菜式向來比較消極抗拒的王潤雪都顯現出少有的興奮，不禁覺得欣慰。

提醒了他們幾個比較重要的點，葉小玖便放手讓他們自己去實驗琢磨，自己去了前廳。唐母因為今日村裡要去給辣椒苗澆水，所以在送完唐柒文後來這裡小坐了一會兒便走了，葉小玖見唐昔言和幾個店小二將前廳打理得井井有條，便轉身回了自己的房間。

關好了房門，她小心翼翼地拿出信撕開信封，入眼的便是唐柒文那賞心悅目的字跡。信裡面細細的訴說了他對她從前的一些看法，說了他對她的動心，說了他那晚只是情之所至，並不是他浪蕩輕浮，趁著醉酒表情示愛。

這已然是一封真正的情書，葉小玖咧著嘴看到最後，看他說以後再也不會讓她哭了，因為她的眼淚讓他心疼和不知所措。

只願君心似我心，定不負相思意。

她滿心歡喜地默讀其中一句，只覺得舌尖都是甜的。接著，她發現這信不只兩頁，還有一頁與上一頁黏在了一起，葉小玖小心地撕開來，就見那頁紙上只龍飛鳳舞地寫著一句話，說她哭的樣子——太醜了。

唐、柒、文！

葉小玖以手握拳，惡狠狠地無聲喊出了他的名字，嘴角卻微微上揚，似乎是看到了那人信寫到最後的一點小心思與惡趣味，對他在書中的印象薄了些，在她心中的形貌則更加靈動了。

離別的愁緒因為這樣一句話而煙消雲散，葉小玖將信摺好裝回信封，然後再次塞回了袖子裡，打算回去後和那支簪子鎖在一處。

第二十章

葉小玖在俞竹村搞辣椒種植的傳言一經證實，立刻得到了當地官府的支持。因為最近辣椒價格高漲，涼淮縣的劉縣令也很是焦慮，畢竟白花花的銀子都流到外邦去了。現在好了，咱們自己搞種植，到時候自給自足，還怕外邦人再搞什麼么蛾子？

所以在得到消息的第二天，劉縣令就帶著人去實地考察，看那新開墾的一個山頭的荒地上，一根根小苗長得壯實又精神，有的已經結上了白花花的花苞，他是喜笑顏開。

「縣令大人，您這邊請。」葉小玖和村長帶著劉縣令走到另一邊的田埂準備帶著他去看另一塊已經收穫的地。

「好好好！」劉縣令眯著眼睛，笑嘻嘻地應答。

自那日閻都督對他說此女子有福相，將來可以變成他仕途上的福星，他就一直關注著她的動向。果然，不過才半月而已，她就帶來了好消息。

現在這辣椒在整個大鄴這麼受歡迎，若是他涼淮縣能率先種出來，然後銷售全國，還怕他的政績上不去、不能升官？

另一塊地裡的辣椒經過這幾日的成長，已經開始了第二次的採摘，地裡滿是葉小玖雇來採辣椒的村民。劉縣令見地旁邊放著好幾個裝滿辣椒的大筐，走上前去瞅了瞅，直接從裡面拿出一根二荊條辣椒，毫不嫌棄地在衣服上擦了擦就放進嘴裡咬了一口。

這新鮮辣椒口感香辣回甜，清脆多汁，著實比吃乾辣椒要好很多。

因為縣令是穿便服來的，而且也叮囑了村長不要張揚，所以村民只以為他可能是葉小玖尋來買辣椒的客人，故而也不怎麼拘謹，反而笑著向他各種推銷。劉縣令也不擺官架子，十分和藹的聽著村民說這兒、說那兒，時不時還點頭附和，親民的樣子讓葉小玖很是意外。

轉了一大圈時間到了中午，村長留了縣令他們吃飯，順便叫來了田大叔，準備一同聊聊擴大辣椒種植面積的事。

雖然葉小玖教了村民不少辣椒的吃法，但因為是縣令在家裡吃飯，村長嬸著實心裡緊張，所以便央了葉小玖幫忙做飯。

葉小玖也不推辭，從剛送來的辣椒裡挑了幾種辣椒，又囑託村長的兒子去自己家裡問唐母要來了自己廚房裡的幾種調味料。

因為辣椒田裡有一株是尖椒品種，葉小玖便特意挑了幾個尖椒準備做一盤尖椒釀肉。趁著村長嬸剁肉泥的間隙，葉小玖將洗乾淨的尖椒去蒂，挖出裡面的辣椒籽。

肉餡她是按尋常的餃子餡那樣調的，加了點鮮菇丁又放了點蒜蓉和白酒，可以讓肉餡更香醇。

往尖椒裡塞肉餡的工作村長的女兒主動攬下了，小姑娘看著這做法好玩，興高采烈地在村長嬸的埋怨下玩得不亦樂乎。

接著葉小玖又做了一道虎皮尖椒。

在鍋裡下了寬油，葉小玖先將辣椒大頭的那一面炸了一下，防止裡面的肉餡跑出來，然後再整個放進去，待所有的尖椒炸出虎皮色後撈出，她重新起鍋，將提前調好的料汁下鍋煮至起泡，然後勾入薄芡，澆淋在炸好的青椒上。

因為肉餡的味已經調得很足了，所以葉小玖便弄了酸甜味的料汁，配合著肉餡裡的蒜香和香菇鮮，著實是一道不錯的下飯菜。

村長他們現在已然聊得熱火朝天，站在院子裡就聽見劉縣令那爽朗的笑聲。

劉縣令是很支持他們開荒種辣椒的，而且還說可以免除他們的雜糧稅收，若是到時候辣椒豐收，官府還可以負責收購，定不會讓他們的心血爛在地裡。

這可樂壞了村長和田大叔，兩個人笑得連眼睛都沒了，一個勁兒點頭。

村長嬸將飯菜擺上桌後，葉小玖便尋了個藉口，跟村長他們說了聲後溜了出來，跟唐母吃過飯後，便去了食樓。

大鄴朝也有端午這一說，而且同是為了紀念屈原，只是這大鄴朝端午的風俗小吃不是粽子，而是油餅子卷糕，但這跟現代的卷糕不同，這裡的卷糕是用白米飯加了糖做的。

因為上次的青糰讓整個涼淮縣知道了「一家」之名，也知道了葉小玖，知道她善於創新，對吃食這一方面比較有想法，所以對這一次一家食樓端午節的風俗小吃還是滿懷期待。

所以早在前幾天，就已經有人很委婉地向她打聽過了，在聽說那新做的小吃還可以帶出去送人，紛紛都下單訂了近百個。

這對葉小玖來說可是個大單，也關乎食樓的名聲，所以這一次，她必然要做到最好。

帶著負責後廚採購的二元，她去了縣裡最大的糧店。

糧店的老闆陳春是葉小玖食樓裡的常客，見葉小玖來了，笑呵呵地迎接。

「葉姑娘來了，可是有什麼需要的？」

葉小玖在整個糧店找了一大圈，看見了她需要的紅豆、大棗、綠豆，卻獨獨沒有找到最重要的糯米。

「陳叔，你這店裡怎麼不見糯米？」

「妳要糯米做啥？」陳春疑惑。「那東西吃起來黏牙，又沒什麼味道，除了做青糰，平日著實沒什麼人買。」

沒有找到糯米葉小玖很是失望，但還是在糧店裡訂了許多豆類和大棗，讓他們送去食樓。

原以為只是陳春這裡沒有糯米，可是葉小玖帶著二元跑遍了涼淮縣各大米店，加起來買到的糯米也還不到一麻袋。看著車上那癟癟的袋子，她第一次覺得自己給自己挖了個坑，而且是鐵定要把自己埋裡面的那種。

二元駕著馬車安慰著她，說實在不行他明日便去越州看看，那地方那麼大總會有的。

葉小玖不置可否，隔著竹簾看著窗外，忽然看見一個十五、六歲的少年被人推搡著，一下從四、五層的臺階上摔下來，直直地摔在了他們的馬車前面。

馬兒受了驚嚇，嘶鳴著抬起了前蹄，還好二元御馬技術高超，勒緊了轠繩用力一拉，馬蹄才沒踩到那少年的胸口。

「姑娘，妳沒事吧？」二元擔憂地問。

「沒事。」葉小玖搖了搖頭，揉了揉因為顛簸撞到車子上有些發麻的手臂，掀開了簾子跳下了車。

「你沒事吧？」葉小玖走過去將他扶了起來。

少年搖了搖頭，眼眶卻微微泛紅，也不知道是因為受了驚嚇還是摔在地上摔疼了。

葉小玖拍了拍他身上的塵土。「他們為什麼打你？」

此話一出，少年更是委屈，卻還是強忍著眼淚搖了搖頭。倒是一旁的路人看不慣了，出聲道：「還能有什麼事，還不是這糧店為富不仁，騙著人家種了雜米，看著現在這銷量不如意，便不要了，還不肯給人家一點賠償！」

「雜米，什麼雜米？」葉小玖疑惑。這米還有純米和雜米之分？

路人以為葉小玖是打趣他，瞪了她一眼，沒好氣道：「還能是什麼雜米，當然是糯米了。」

葉小玖眼睛一亮，然後用眼神示意二元，二元會意，上前跟少年說有生意與他談，邀他去清靜的地方坐坐。

少年看了他們二人一眼，眼中滿是狐疑與防備，但最終還是點頭上車，與二元一同坐在車外。葉小玖坐在車上掀開簾子瞅了一眼，那糧店上面赫然掛著黑底燙金的「唐記糧店」四個大字。

馬車駛到了食樓，葉小玖下車，帶著二人一同進了樓。

少年沒想到他們竟然帶他來了這麼好的食樓，並不想進去，可裡面的店小二卻都對這姑娘恭敬有加，還有客人也打招呼叫她老闆，他頓時感到震驚不已，便不知不覺跟進去了，回神後便對葉小玖感到崇拜，畢竟這位姑娘看起來不過與他相同的歲數。

葉小玖看他那面黃肌瘦的身子，和一個勁兒嚥口水的模樣，便知道他很久沒有吃飽飯了，讓二元領他去雪松閣，她喚來小二讓他端一碗牛肉麵以及幾個小菜送上來。

進了雪松閣，葉小玖就見那少年正襟危坐，手臂緊緊地貼著身子，一動不動深怕弄髒這裡的東西。

葉小玖坐在椅子上，倒了杯茶遞給他，然後道：「不用緊張，我是有事與你談。可以先告訴我你的名字嗎？」

「呂樂。」少年鏗鏘有力地答道。

葉小玖點了點頭，直接問道：「你家裡的糯米多嗎？大概有多少？」

「五、五百斤！」呂樂本不想報出全部的數量，因為好不容易有個顧客，他不想嚇壞她。可是現在情況緊急，若是米再賣不出去，姊姊就遭殃了。

五百斤倒也不多，葉小玖心道。

正好這時，小二端著托盤進來了，葉小玖看少年確實是餓狠了，便提議讓他先吃飯。見呂樂看著她一副躊躇不安的樣子，葉小玖笑了笑。「快吃吧，就是給你的。」

呂樂抿了抿唇，很是忐忑地開口道：「可以……再給我一個碗嗎？」

「怎麼了，太燙了嗎？」葉小玖用眼神示意二元，二元剛想出去，卻看呂樂搖了搖頭，聲音哽咽道：「我想留一半給姊姊。」

他長這麼大，還沒聞過這麼香的飯菜呢，他要留一半給姊姊吃。

「我明日會把碗還回來的。」他又道。

他這舉動讓葉小玖鼻頭一酸。「你快些吃吧，等你走的時候，我再做一碗。」

許是葉小玖那善意打動了呂樂，他不再拘謹，一邊吃一邊講述他的遭遇。

他是應平村的人，離縣城很遠，家中父母雙亡，徒留姊弟二人相依為命。因為父母去世，家裡窮，喪葬費都是他借錢辦的。去年春天的時候，唐記糧店的人去他們村裡做宣傳，說是讓他們種糯米，他們會以稍高於市價的價格收購。

因為那一年外邦人需要糯米，價格確實不錯，所以村裡大部分的人都種了糯米，卻不想秋收後，糯米一下達到了飽和，唐記的人也食言了，讓那整整近幾千斤的糯米砸在了他們自己手裡。

因為應平村比較貧窮，所以村民便只能自行將糯米拿去賣，涼淮縣賣不出去，就租板車帶到越州去，著實歷經了千辛萬苦。

可他家就姊弟二人，沒有那個能力，眼看著還錢期限到了，放貸的說若是還不上錢，便要拿他姊姊呂欣抵債，將她賣到青樓去。

眼看明日就是最後的期限，他著實是沒有辦法了，才會去糧店鬧，希望能得到一點賠償金暫時應應急，卻不想……

呂樂的故事聽得葉小玖鼻子發酸，而一旁的二元早已聽得臉上掛了金豆豆，大罵姓唐的不是人，結果在看見葉小玖那奇怪的眼神後，才想起這兒另一個東家也姓唐，忙閉上嘴，心虛地低下了頭。

「你欠了多少銀子？」葉小玖問。

「五兩。」

葉小玖點了點頭，讓二元掏出一塊五兩的碎銀子遞給他。「這是五兩銀子，你先拿去還貸，等明日你將米拉來，我再將剩下的銀錢結給你。」

呂樂看著銀子，眼中閃爍著興奮的光芒，可他還是小心翼翼地問葉小玖。「妳不怕我拿了銀子跑了嗎？」

葉小玖微微一笑。「疑人不用、用人不疑，我相信你，希望你也不要讓我失望。」

她相信呂樂不會騙她，從進門到現在，無論是吃飯還是聊天，他都體現出了良好的教養，就算是她將銀子給他，他的眼裡也只有興奮卻沒有絲毫貪念，看得出來他是個好孩子。

呂樂聞言，一個勁兒點頭，表示自己絕不會騙她。

因為應平村過於遙遠，葉小玖便讓二元駕著馬車送他回去，順便認認門，明日好上門拉米。

呂欣在家裡等得十分焦急，弟弟今日一早就說要上縣裡討個公道，卻到現在都沒回來，著實讓人擔心。

原本打算再出門去瞧瞧，卻不想剛到門口，她就聽見馬車的聲音，嚇得她立刻閂好了門，結果就聽見呂樂的聲音從外面響起。

打開門後，她看見一個車屁股和提著精美食盒、笑得開懷的呂樂。

「姊，我今天遇到一個好心的姑娘，她把我們家的米都買走了。」他露出八顆大白牙，順便提了提手中的食盒。「而且她家的飯菜可好吃了！」

姊弟二人進了屋，呂樂一邊訴說著今日的遭遇，一邊將食盒打開，然後看著裡面的兩碗白米飯和肉量十足的幾個菜之後，一時失了聲。

「樂樂，我們一定要好好謝謝葉姑娘。」呂欣哽咽著說。

「嗯！」呂樂點了點頭。「就算是上刀山、下火海，我也要報答她的恩情。」

次日清晨，二元就帶著店裡的三個小二，駕著兩輛騾車去應平村拉米。因為山路難行，他們頗費了一番力氣，等趕到時，已經是辰時了。

此時村民大多都下地了，所以村裡顯得格外寂靜。二元找到地方一下車，就看見那院門開著，裡面幾個青壯男子正兇神惡煞地將呂樂姊弟二人圍在裡面。

「我已經將銀子還你們了，你還想怎樣？」呂樂雖是弟弟，但長得比呂欣要高很多。他將呂欣擋在身後，警惕地瞪著他們。

「呵，幹麼？」那四人中年齡稍大的發了話。「你還個銀子磨磨蹭蹭的，浪費了我們兄弟這麼多精力，難道還不許我們討些利息？」

他一邊說話，一邊用色迷迷的眼神看著呂樂身後的呂欣。

二元昨日在聽了呂樂的遭遇後，就對他很是同情，而且他能在如此逆境中仍保持本心，沒有走上歪路，也讓他很是敬佩。現在看著姊弟二人又遭人欺負，頓時氣不打一處來，一腳踹開了半掩著的門，帶著三人走了進來。

原以為這樣比較有氣勢，卻不想那門年久失修，禁不住他暴力一踹，竟然搖晃了幾下後直直地拍倒在地，發出了重重的聲響。

原本那幾人聽見騾車聲，並沒怎麼把他們放在心上，卻不想這幾人還是個狠角色，一上來就拆了人家的門庭，心中不由得開始發怵。

二元也被那聲音嚇了一跳，回頭看了一眼後眼皮是突突直跳。

本想裝回惡霸，卻不想裝過了，這下好了，恐怕要賠上這五、六日的工錢了。雖然心疼，但他還是面上不顯，與幾人互看了一眼後，龍行虎步的走上前去。

「呵，想不到竟然有人敢和我們爺搶人，怕不是活膩了？」二元站定，眼帶蔑視。

他話音剛落，後面就有人搭話。「爺蠆盆裡的那些個小可愛已經好久沒有吃過活物了，若是他們能讓其飽餐一頓，也算他們的福分了。」

那四人聞言，面面相覷，眼中盡是恐懼。這大鄴朝誰人不知蠆盆是何物，那可是將人活生生餵毒蟲啊！想不到他們口中的爺居然如此狠毒，用這樣陰毒的酷刑。

「你們爺是誰？」他們中的老大硬著頭皮問。

「喲，居然連我們爺都不認識，就敢在道上混啊？」二元呵呵一笑。「每一道有每一道的規矩，既然你們不守規矩，那我便與你們好好講講。」

四人摩拳擦掌的樣子嚇壞了那幾個人，他們急忙道：「什麼道上混的，我們就是來收帳的，你認錯人了！」

說完，便夾著尾巴落荒而逃，如同身後有惡鬼攆一樣。

第二十一章

聽幾人的腳步聲遠去，二元他們才破了功，發出爽朗的笑聲。

呂欣原以為自己剛逃出狼窩又掉進了虎口，卻不想這幾人瞬間變了面孔，變得和藹可親，一點都沒有方才的可怕。

「姊，這就是昨日送我回來的二元哥哥。」呂樂興奮地說。

呂欣看了他們一眼，微微福身道：「多謝各位幫忙解圍。」

二元擺了擺手表示不客氣，然後看了一眼倒在地上的大門，很不好意思地撓撓頭。「那個……實在抱歉啊，我一時沒收住腳，修這個要多少錢？我賠。」

呂樂微微一笑道：「沒事，這門本就這樣！」

說著他便上前將半扇門扶了起來，二元忙上去搭手，將門抬到門楣處安好。

因為時間緊迫，二元安好了門後，也不與他們再多言，直接看了看糯米的成色後，就和其餘三人將袋子抬上了車。

板車一路駛向涼淮縣城，到了食樓，二元駕著騾車和姊弟二人從後門進入。葉小玖正在後院的樹下喝茶，見他們進來，起身朝呂樂笑了笑。

呂欣是個心細的，看弟弟那眼神就知道眼前這個笑意盈盈、溫婉且美麗的女子便是他口中的葉姑娘。於是下了馬車後，她三步併作兩步跑到葉小玖跟前，一下就跪倒在地。

「姑娘的大恩大德，我姊弟二人沒齒難忘，願為姑娘做牛做馬，以還恩情。」

呂樂見狀，也乖巧地跪在了呂欣身邊。

葉小玖被她這舉動嚇了一跳，一時沒反應過來，隨即連忙將二人扶了起來。「只是銀貨兩訖的交易罷了，哪有什麼大恩大德？」

二人站起來後，便向葉小玖說明了今早之事，她聽二元居然將人家的大門都拆了，轉頭眼帶戲謔地看著二元，看得他只想找個地洞鑽進去。

糯米總共滿滿六袋，過秤有五百九十八斤，葉小玖便以六百斤算，每斤給十二文錢。

「昔言，算算是多少銀子！」唐昔言最近跟著谷先生在學算帳，這會兒抱著個算盤撥弄，還頗像那麼回事。

「總共七兩零二百文。」呂樂答。

唐昔言聞言，看了他一眼後繼續低頭打算盤，然後倏然抬頭道：「哇，你好厲害啊，不用算盤都能算出來，而且還這麼快！」

呂樂聞言，害羞低下頭，倒是一旁的呂欣見弟弟這樣子，笑著道：「他從小就對算數很有天分，八歲識了字後，便將那算盤照著書上說的玩了個透澈，現在大了，對這是越發機敏，算帳都不用算盤了，只須給個數字他便能很快算出來。」

「此話當真？」方才去茅房如廁的谷城正好出來。「年輕人，你姊姊說的可是真的？」

呂樂愣愣地眨了眨眼睛，誠實地點了點頭。

「既如此，那我便考考你。」谷城一連說出好幾串數字，聽得葉小玖都有些頭暈，呂樂卻在話音剛落後便給出答案。

少頃，唐昔言撥完算盤才開口道：「居然是對的！」

谷先生聞言，呵呵一笑道：「年輕人，你可願意拜我為師？」

「這是我們食樓的帳房，谷城谷先生！」葉小玖幫忙介紹。

呂樂看了呂欣一眼，然後重重地點了點頭。當即跪在地上，朗聲道：「師父在上，受徒兒一拜！」

「好，好！」谷城點頭，眼中滿是欣慰。

原以為他這一身做帳的好本領就這樣帶到棺材裡去了，家裡那個混不吝的絲毫沒個長進，卻不想居然機緣巧合下收了個如此有靈性的徒弟。

除去昨日給的五兩，葉小玖將剩下的二兩零二百文給了他們姊弟。眼看時間到中午了，她便提議讓他們吃過午飯再回去。

去前廳需要穿過後堂，呂欣從窗戶看著廚房裡忙碌的金昭和王潤雪，眼裡露出了羨慕的神情。

「妳喜歡做菜？」葉小玖看著她眼中那點點希冀，溫聲問。

「嗯。」呂欣點了點頭。只是奈何她一個女子，去食樓幫工都沒人要。

「如果妳真心喜歡，倒是可以來我這裡試試。」葉小玖在方才聽了二元說她家的狀況後，就很想幫他們姊弟二人一把。

古人有云：窮則獨善其身，達則兼濟天下。她現在雖做不到兼濟天下，但幫他們姊弟二人的能力還是有的。她覺得，命運冥冥中讓她遇見他們，定然是想讓自己幫他們一把的。

「真的可以嗎？」呂欣一時激動得揪著葉小玖的袖子搖晃個不停。

「當然。」葉小玖勾唇。「只要妳願意。」

因為谷城收了呂樂為徒，葉小玖便徵詢了姊弟二人的意見，直接讓他們住在食樓後院裡，也省了他們跑來跑去的麻煩。

呂欣確實在做菜方面很有天分也很有想法，只須葉小玖稍稍點撥，她便可以做得很好，就連唐昔言都說，她那人就是為美食而生的。

糯米和其他食材都有了，葉小玖便拜託村民幫她去各村收購箬葉和蘆葦葉，越多越好。

因為不知道這裡的人能不能接受粽子，葉小玖便準備提前試賣，煮一部分粽子擺到門口，拆一些讓來往的路人試吃。

「豆沙粽和紅棗粽不能捆得太緊，米粒若是擠進內餡中容易夾生，影響口感。而鹹肉的要捆緊一點，這樣才可以讓粽子湯汁不流失，保持它原本的肥糯。」葉小玖一邊說，一邊手腳麻利的給他們做著示範。「就像這樣，明白了嗎？」

見他們都點頭，葉小玖起身，邊走邊指導他們正確的手法。

「妳頭上的這支簪子挺好看的啊！」走到王潤雪跟前時，葉小玖忽然被她頭上那支瑪瑙簪子吸引了目光。

「我胡亂買的，可有什麼不妥？」王潤雪有些緊張地問。

「沒有，就是覺得很好看，很配妳。」葉小玖道。

經過兩日晚上的集訓，後廚的人都學會了包粽子，無論是手法還是速度，都讓葉小玖很滿意。

沐婉兒前兩日去她外公家了，今日剛回來就立刻提著給葉小玖帶的潁州特產來見她。

「試試看，能不能接受？」葉小玖煮了一盤各種口味的粽子，端給了她。

沐婉兒小心的剝開那綠色的外皮，就聞見了一股箬葉香味，咬一口，糯米軟糯彈牙，夾雜著箬葉那特殊的清香和豆沙的沙沙口感與清甜，著實爽口。

「嗯，好吃！」沐婉兒讚嘆。

看她吃完，葉小玖又拿了一個肉粽給她。「嚐嚐這個鹹的。」

「哎玖兒，陽叔過幾日要去越州收帳，妳可有什麼需要帶的？」沐婉兒邊吃邊說。

「會不會太麻煩他啊？」

「不會，就是陽叔讓我問妳的。」

「這樣的話，就麻煩他帶些粽子過去吧！」

看沐婉兒那曖昧的眼神，葉小玖忙辯解道：「你別誤會啊，我是帶給閻老先生的，不是帶給唐柒文的。」

「嗯，我知道不是帶給妳的柒文哥哥的！」沐婉兒一臉正經，眼神卻帶著促狹，看得葉小玖著實心虛。

唐柒文下學後，就聽門房叫他，說是外面有人找他。他滿心歡喜以為來人是葉小玖，卻不想竟是沐陽。

沐陽因為有事要忙，將葉小玖囑託他帶的粽子以及信給了唐柒文後，與他稍稍寒暄了幾句便急急的乘著馬車走了。

提著兩個大包袱回了學舍，唐柒文見楚雲青已經吃飯回來了，順便還給他帶了一份。見他提著一大包東西，他連忙跑來接。

「唐兄，這裡面是什麼啊？」他用手戳了戳。

「不知道，你打開看看。」

楚雲青原以為是吃的，打開後卻看見是一個個綠綠的草疙瘩，用繩子穿好了，幾個弄成一串的樣子。

「唐兄，這是什麼啊？」聞著有一股清香，可這明顯就是草啊，誰閒著沒事千里迢迢的送草啊？

唐柒文搖了搖頭，忽而想起沐陽給他的信。小心地撕開信封，唐柒文看著紙上歪七扭八、缺筆少劃的字，不由得笑出了聲。

「什麼事這麼好笑。」楚雲青說著就湊上來看，卻被唐柒文一個轉身擋住了。

「呿，小氣！」他白了他一眼，走到桌前，繼續研究那奇怪的綠四角。

葉小玖的毛筆字雖然極醜，但唐柒文還是看懂了。這綠色的四角叫粽子，是端午節的吃食，只須煮熟即可食用。

信中還反覆提及她這粽子主要是送給閻老先生，他只是順便附帶而已，讓他不要想多。這欲蓋彌彰的樣子讓唐柒文失笑，不由得勾起了唇。

讀完信，他正欲將信裝回信封，卻摸見信封裡還有一顆硬硬的東西，倒出來一看，竟然是一顆用紅玉髓雕成的紅豆。

那「紅豆」顏色似血，光滑圓潤，唐柒文拿在手裡摸索著，那顆本就溫柔的心瞬間軟得一塌糊塗，濃濃的相思也漫上了心頭。

粽子的試賣活動做得不錯，不少人在嚐過後紛紛都下單訂貨，這讓葉小玖很是滿意。離端午節還有近六、七日，時間倒是充裕，葉小玖便讓金昭他們白天正常做菜，晚上便稍稍辛苦加個班，加急將訂單做出來。

找人在後院挖了個大地窖，又找了硝石製冰，將包好的粽子放進去，一時半刻倒不會壞。

王潤雪這幾日因為她母親生病了，所以總是很不好意思地請假，葉小玖倒不是很在意，畢竟工作再忙也沒有父母重要。

緊急趕工的第三天，沐陽從越州回來了，除了給她和唐昔言帶了越州最出名的藥糖外，還給了她一個紅色的木盒子，說是唐柒文給的。

葉小玖將盒子抱回房，用鑰匙打開小鎖，裡面是用木頭雕刻的兩個近一尺長的小人兒，緊緊地依偎在一起，看起來憨狀可掬十分可愛。而且看面相，那女孩還有幾分像她，至於那男孩像誰，自然是不言而喻。

想不到他還有這樣的情致，葉小玖心道。這木偶沒十天半個月是雕不出來的，而且看這精細程度，必定是他這次回去之後就開始著手做了。

這個呆子。

葉小玖微微勾唇，把玩了一會兒後，葉小玖正準備將娃娃放回去，卻見那木盒子的底部靜靜地躺著一張紙條。打開來看，上面龍飛鳳舞的寫著六個字——定不負相思意。

呿，誰思他了！

看著上面的字，葉小玖彷彿看見那個人就站在她面前，明月清風的樣子。咧著嘴將紙條捲好後，她小心地將其裝在了她貼身佩戴的香囊中。

唐柒文送的娃娃頗像現代賣的那種可以自己上漆的泥塑娃娃，葉小玖一時玩心大起，便去書店買來了顏料，打算幫這兩個娃娃穿一套好看的衣服，結果因為配色不協調，整個娃娃彷彿看著中了毒，還是最後沐婉兒在著實看不過去的情況下，忍著笑手把手地教葉小玖做了最後的補救。

這連著便是兩日的時間，葉小玖白天塗顏料，晚上就和金昭他們一起加班，眼看著訂單做得差不多了，沐婉兒卻帶來了一個很不好的消息。

唐記食樓也在賣粽子，而且從配料到味道，都跟葉小玖做的相差無幾。

「玖兒，是不是食樓出了內鬼？」沐婉兒擔憂地問。

這五穀粽和大棗粽倒是好模仿，買一個看看裡面的配料就能仿個十成十，可這豆沙粽和鹹肉粽卻需要提前的工序準備，而這些除了食樓的人，其他人必不會知曉。唐記卻這兩種粽子都有，這明顯就是有問題。

看著葉小玖發呆，沐婉兒扯了扯她的袖子。「玖兒，妳想什麼呢？」

「沒什麼？」葉小玖回過神來，微笑著搖了搖頭。

她方才是在想，到底是她的食樓出了內鬼，還是……又有人像她一樣也穿書而來呢？畢竟，她覺得自己食樓出內鬼的機率還是不大的。

抱著這個疑惑，葉小玖一夜沒有睡安寧，結果第二日，沐婉兒帶來了更糟糕的消息。

唐記酒樓，推出了和她家一樣的菜品。而且唐堯文在被一家食樓的老顧客質疑後，直接將唐記新來的廚師推了出來，說是重金聘請而來的華中神廚的關門弟子。

言下之意就是此人與葉小玖同宗，會做一樣的菜著實不稀奇。

這華中神廚是葉小玖杜撰的，取自顛倒的中華二字，是她當時為搪塞那些個千金小姐臨場編的，想不到現在唐堯文竟然以此作文章，還弄出了個神廚的弟子來。不過，這也證明沒有什麼另一個穿越者，這食樓裡，是真的出了內鬼！

下午打烊之後，葉小玖便組織酒樓眾人，就唐記仿照他們食樓菜品之事開了個會，眾人在聽了這事後，一個個都氣憤不已，義憤填膺的破口大罵唐記不是東西，早晚要倒閉。

「可唐記不是說，他們是重金請了華中神廚的關門弟子嗎？」呂欣在眾人異口同聲的大罵中發出了不一樣的聲音。

她今日在做完最後的單子後抽空去前廳轉了一圈，聽到有客人在聊唐記酒樓的事，她就順便也聽了一耳朵。

「妳這是什麼意思？」王潤雪經過這幾個月的鍛鍊，膽子變得大了起來，人也開朗了不少。這會兒聽見呂欣為唐記說話，她頓時氣不打一處來。「姑娘看妳可憐，留妳在食樓做活，妳竟然胳膊肘往外拐，果然是餵不熟的白眼狼。」

「我沒有，我只是說了自己聽到的。」呂欣辯解道。

「妳別忘了，妳是一家食樓的人，就像姑娘說的，進了一家食樓就都是一家人，妳在這情況下處處為唐記說話，可見妳根本不把食樓當家。」

「我沒有！我不是那個意思，我只是……」呂欣急得快哭了，轉頭對葉小玖道：「姑娘我真的沒有！」

「好了別吵了！」葉小玖揉著突突直跳的太陽穴。「現在當務之急是如何解決此事，而不是吵這些毫無意義的東西。」

「我覺得現在最應該做的便是迅速推出一套新菜品，拉開與唐記的差距。如此，說不定能化解此時兩家對立的局面。」楊師傅在這一行摸爬滾打這麼些年，自然是事事看得透澈，一下子就戳中了要點。

葉小玖本就是這個意思，自然是同意他說的話，與眾人又交換了下意見後，最終訂了方案，便遣他們回去休息。

「玖姊姊，看不出來誰是內鬼，這可怎麼辦啊？」唐昔言面上帶著擔憂。將這樣一個人留在食樓早晚是個大患，須得儘早找出來。

「妳不覺得呂欣是內鬼？」葉小玖反問。

「她眼神清明，不太想是心裡有鬼的樣……」唐昔言忽然噤了口，若說眼神清明，心中無愧，那後廚的幾人哪個不是一樣的。

「那她是嗎？」唐昔言小心翼翼地問。

葉小玖看了她一眼，只笑了笑，不置可否。

就在葉小玖正琢磨著推出怎樣一套全新的菜品的時候，之前那些前來她家訂了粽子的人紛紛前來退單，說寧願賠上違約金也堅決不吃她這偷師學藝的人做出來的東西。

更有甚者，說她偷師學藝道德敗壞，吃了她做的東西會爛心腸。嚇得大廳裡一眾吃飯的客人紛紛放下筷子，掏了銀子後落荒而逃。

第二十二章

葉小玖讓呂樂和金陽兩個人去打聽了一番，她才知道，原來是幾個一家食樓、或者說是葉小玖的忠實擁護者在聽說了此事後，跑到唐記酒樓去鬧，說唐記剽竊一家食樓的創意，壞心肝的搶人家的生意，還咒罵了唐堯文生兒子沒屁眼，一家子都不得好死。

唐堯文剛好出去不在店裡，那廚師被罵得忍不了了，便站出來為唐堯文說話，說葉小玖雖會做華中神廚教的美食，但她並非是正統弟子。

說葉小玖原本是他們門下一個燒火的丫頭，卻不想生了歪心思，在神廚教他們師兄弟廚藝時偷偷學藝，被發現後，神廚看她是個弱女子，便心軟放了她。沒想到她現在居然如此膽大妄為，在明知道唐記有熟人的情況下，還敢找人鬧事，辱罵人家的家人，果然不知所謂。

而且這人話音剛落，唐堯文就恰巧回來了，口口聲聲指責那廚子不該將此事傳言出去，這般壞了她的名聲斷了一家食樓的財路。說她一個弱女子，能闖到今日的地位著實不容易，得饒人處且饒人，他不想過於計較。

唐堯文這一波演出，自是得到了圍觀眾人的誇獎，說他大度，被人罵成這樣還為別人著想。而這一對比，葉小玖顯然就是個妥妥的小人，不但偷師學藝而且還心思歹毒。

「呵，他為了扳倒我，還真是煞費苦心啊！」葉小玖冷笑。自導自演了一場大戲，還不惜拿家人來賭咒，難道他就不怕缺德事做多了，以後真的生兒子沒屁眼嗎？

但是不得不說，他這一次，是真真將她逼到了絕路上；而且一個弄不好，唐柒文的名聲也就跟著壞了。

不過這也讓葉小玖更確定，食樓裡確實有內鬼，恐怕在昨日下午他們開完會後，那人便與唐堯文通了氣，所以第二日一早，唐堯文就演了這樣一齣戲，直接壞了她的名聲，斷了她所有的退路。

「妳別胡說，我沒有！」

葉小玖正在房中思考對策，卻聽到門外有爭吵聲，打開門去看，就見王潤雪死死地拽著呂欣的胳膊，一個勁兒地把她往葉小玖房間這邊拉。

「怎麼回事？」葉小玖開口問道。

「姑娘，她有問題！」王潤雪氣憤道：「如今特殊時期，我居然在巷子裡看見她與唐記酒樓的人拉拉扯扯，鬼鬼祟祟的不知道是在做什麼。」

王潤雪看了呂欣一眼，眼中鄙視與惱怒更甚。「唐記的菜品與我們一致，我懷疑就是她洩密！」

「我沒有！」呂欣淒厲大叫，似是很抗拒王潤雪扣的大帽子。「那人與我同村，今日他來找我說食樓要倒閉了，邀我去唐記做活，我不答應，他便硬要拉我去個清淨的地方好好談談。

「姑娘！」呂欣一下跪倒在地，哭著說：「妳對我們姊弟恩重如山，我怎會壞心腸地恩將仇報？我以我和我弟弟的性命發誓，我今日真的是第一次見唐記的人，真不是我洩密的。」

看著她跪在地上賭咒發誓，葉小玖皺了皺眉，很是平靜地叫她先起來。

看著並排站著的兩個人，她出聲道：「外面都說我偷師學藝，心腸歹毒，妳們不覺得？」

「不可能？」王潤雪急急道：「姑娘向來菩薩心腸，怎會幹那種噁心事？必然是唐氏的人散播謠言，故意壞人名聲。」

呂欣方才哭得狠了，這會兒直打嗝，一句完整的話也說不出來，只能頻頻點頭。

「妳點什麼頭？妳這個奸細！」

看著二人又要吵起來，葉小玖開口道：「好了別吵了，潤雪妳先去廚房忙吧！」她看了呂欣一眼。「妳就先停了活計，去房裡好生反省。」

「是。」王潤雪應聲，回身狠狠地撞了呂欣一下，然後去了廚房。

呂欣看了葉小玖一眼，想要辯解，最終只是抿了抿唇，很是喪氣地回了房間。

看著二人走了，葉小玖忽然開口道：「看夠了嗎？」

後院連著前廳門那兒的柱子後面，赫然走出一個粉紅色的身影，笑著道：「還真是一齣精彩的好戲啊！」

葉小玖看了沐婉兒一眼，失笑著搖了搖頭。

「可看出什麼了？」回到房裡，葉小玖倒了杯茶遞給她，問她對今日之事的看法。

「倒是看不出什麼。」沐婉兒抿了一口茶，不急不忙的說：「雖然現在矛頭直指呂欣，但這一切，都過於明顯了。剛好呂欣一來，食樓的菜品就洩漏了出去，呂欣便被看見與唐記的人糾纏不清。這一切過於巧合，如果她真是內鬼，唐記又怎會如此張揚地與她接觸。」

沐婉兒說出了自己的想法與疑惑。

「說不定是唐記的人兵行險招，反其道而行，好擺脫她的嫌疑也未可知啊！」葉小玖把玩著手裡的茶杯，眼中晦暗不明。

唐母見此事鬧得大了，便寫信向唐柒文求助，唐柒文遠在越州回不來，收到信後便迅速回了信，花重金託人從越州加急送了過來。

信裡除了安撫她們的情緒外，就是幫忙葉小玖出計策。說讓她分邊擊破，找出真正的內鬼。說白了就是讓葉小玖按兵不動，繼續推出新菜品，不過教菜的方式要變，要將後廚的人分成幾波，菜品的食材不變，只在味道上做變化，到時候只要看唐記推出的菜品，便可抓出內鬼。

這倒是有情人心有靈犀，與葉小玖想到一塊兒去了，葉小玖心中竊喜之餘，默默著手調查。

楊師傅只注重麵點不參與炒菜，所以後廚就只有金昭、金陽、王潤雪和呂欣四人。金家兄妹的賣身契在葉小玖手中，背叛她就意味著自尋死路，所以可能性不大，因此葉小玖便將目標鎖定在呂欣和王潤雪身上。

她以緊急訓練為名，將四人分為三組，住在食樓的三人為一組，王潤雪為另一組。

這在眾人看來倒沒什麼不妥，只是金家兄妹因為呂欣確實可疑，對她生出了很不友好的情緒，讓呂欣著實覺得委屈。

唐堯文這一次是有備而來，而且勢必要弄倒葉小玖以及一家食樓的，所以不到半日時間，整個涼淮縣都知道了葉小玖道德敗壞，偷師學藝，為人陰毒。所以現在，一家食樓幾乎是門可羅雀，也就只有幾個相信葉小玖的熟客常來光顧。

「事出從急，我還要制定對付唐記的計劃，為了不浪費時間，潤雪，妳晚上還要回家，便安排在早上與我一同學做菜，而你們三人都住在食樓裡，便晚上再學。」

葉小玖繃著臉，不動聲色地將他們分成了兩組。「可有異議？」

「沒有。」四人異口同聲道。

為了盡快抓出內奸，葉小玖便選了最簡單且味道好的韓式蛋包飯。

蛋包飯製作並不複雜，葉小玖主要的工序還是放在了教他們如何製作這最後的醬料上。

「姑娘，如此簡單的飯食，如何能打擊到唐記？」王潤雪看著那金燦燦的蛋皮包裹著的炒飯，很是疑惑地問。

「如今食樓生意不好，所以我現在要以最快的速度穩住客源，現在食樓來的，除了那幾個熟客，大多是一些比較低層的窮苦百姓，來食樓不過是為了吃一碗廉價的牛肉麵填飽肚子。這蛋包飯有菜有飯，而且量又足，與其他酒樓相比，自然是最好的選擇。」

她嘆了一口氣又道：「我也只能先穩住這些客人，等這風波過了，再謀求翻身了。」

葉小玖說完，便十分落寞地走出了小廚房。王潤雪看著她的背影，拿起勺子挖了一勺米飯到嘴裡，米飯吸收了火腿肉和胡蘿蔔的汁水，顆粒飽滿十分入味，外面的雞蛋皮因為加了一點胡椒粉和鹽，吃著格外鮮香，就著那甜甜的醬，竟是那般的誘人食慾。

王潤雪一個忍不住，將那一盤蛋包飯吃了個乾淨。

晚上教完金昭他們時間已經很晚了，葉小玖便住在了食樓這邊，不知是因為有她坐鎮還是什麼原因，第二日沐婉兒並未傳來新消息。

對此葉小玖倒是不著急，修書一封給沐婉兒，說是村裡新種的辣椒結果了，都是新品種，邀她一同去看，只是要麻煩沐婉兒來食樓做場戲，要強行拉著她離開。

做戲這方面沐婉兒倒是拿手，畢竟那一大疊話本都不是白看的，但為了不被人懷疑，她只能裝作與父親鬧了心，強硬地拉著葉小玖去散心。葉小玖便裝作很無奈的樣子，囑咐眾人好好練習，跟著沐婉兒走了。

「這沐姑娘也真是的，明知道我家姑娘為了唐記的事忙得不可開交，還非要拉著人家去散心，她以為誰都像她一樣有個有錢有勢的爹，吃好的、穿好的萬事不愁啊！」王潤雪忍不住說了幾句酸話。
一旁的呂欣剛要說話，又想到自己不受待見，只能捏了捏手指，到旁邊去幫忙洗菜。
「妳別這麼說，這次沐小姐可能真的和沐老爺發生爭執了心情不好，妳沒看見她身邊丫鬟的臉都是腫的嗎？」金昭小聲道。
「她那麼多好友，怎地偏偏要拉著我們姑娘去散心？我看啊，就是她過於驕縱，只有我們姑娘心腸好，又欠著她家的情所以不得不忍著。」
金昭原想說姑娘和沐小姐的感情是真的好，可看著王潤雪那張氣憤的臉，想必說了她也不會相信，便索性閉了嘴。
「哎阿昭，姑娘教咱們做的蛋包飯妳吃了沒？那味道真是絕了，尤其是上面那層醬，甜甜的卻和那飯格外般配，真是好吃死了！」王潤雪忽然換了話題。
「吃了吃了，姑娘做完後我們三個都嚐了！只是……」金昭原想說他們上面的醬是酸甜口味的，卻看見王潤雪背後的金陽一個勁兒地朝她搖頭，她便閉上了嘴，不再說話。
「只是什麼？」王潤雪敏銳地發現金昭有些遲疑，開口問道。
「只是那味道太奇怪了，我不太喜歡，妳可千萬別告訴姑娘啊！」金昭說完，尷尬地笑了笑。
葉小玖和沐婉兒瘋玩了一下午，回來吃了飯，稍稍漱洗了一番後便上床睡了，與此同時，一家食樓後院的小門被一個人從裡面打開，然後又小心地關上。

不久後，唐府的後院便燈火通明，宛如白晝。

「妳說的可是真的？」唐堯文坐在太師椅上，手中把玩著一把玉骨摺扇，眼帶玩味地看著下面的人。

「當然是真的。」那人穿著一襲黑衣，還披了件黑色大斗篷。斗篷寬大遮住了她的身形，要不是聽聲音，著實分辨不出她是男是女。

唐堯文爽朗一笑，然後道：「那妳先去教他們菜品，若一家食樓真的倒了，妳便是功臣，那時我娘必然不會再阻攔妳我。」

「真的嗎？」那女子忽然激動道，一下跑上前去坐在唐堯文的腿上，雙手摟住他的脖子。「你可不許騙我！」

「那是自然。」唐堯文說著還親了親她嬌嫩的臉蛋，惹得懷中的人嬌羞一笑。

看著女子興奮遠去的背影，唐堯文眼眸暗了暗，接著劉茹慶從屏風後面走出來，看了他一眼道：「兒啊，你當真要娶一個帶著拖油瓶的鄉下女子為妻？」

「妻？」唐堯文抿了一口茶，眼帶嗤笑。「那種女人，也就只配玩玩而已！」

經過了一天的沈澱，第二天一大早，沐婉兒便傳來消息，說是唐記出了新菜品，蛋包飯，而且價格極便宜，這個點酒樓裡已經坐滿了人，她好不容易才從別人的手裡買來了一份嚐了味道。

看著信中沐婉兒對蛋包飯的描述，葉小玖眼神暗了暗。

呵，果然是她。

葉小玖吩咐二元道：「你去把呂欣叫來！」

正在廚房裡忙碌著開張的眾人見呂欣被叫走，一個個都十分好奇，然後不久，他們就聽見二樓的雪松閣傳來了摔杯子的聲音。

「姑娘，我真的沒有啊！」呂欣聲帶哭腔，大聲喊冤。

「妳沒有？」葉小玖冷笑。「妳昨夜偷偷出了門，今日唐記便推出了與我們一樣的菜品，妳還說我冤枉妳？」

「那是我收到一封密信，說樂樂出事了，我是心急才會不打招呼出去，姑娘妳相信我，我真的沒有背叛妳啊！」

「呂樂住在谷先生家能出什麼事？呂欣，想不到妳為了糊弄我，不惜拿妳親弟弟做藉口啊！」葉小玖斜了她一眼。「從今日起，妳便不再是我們一家食樓的人了，帶著妳的東西回家去吧！」

「姑娘！」呂欣癟了癟嘴，終是放下了手，垂頭喪氣地出了門。

「呵，果然是妳做的！」樓下一眾人都出來看，王潤雪看她下了樓，出聲嘲諷道。

呂欣只是呆呆地看了她一眼，然後頭也不回地回自己房間去收拾東西。

須臾，葉小玖從雪松閣出來，整了整衣服，站在樓上大聲道：「現在內鬼已經找出來了，以後我們一家食樓，又是完完整整、和和氣氣的一家子了。」

「姑娘！」王潤雪站在樓下道：「難道就這麼放過她嗎？她洩漏食樓機密，差點害食樓關門，這種人不應該送官嗎？」

葉小玖倒是沒想到王潤雪竟如此心狠，她笑了笑道：「她涉世不深，被人哄騙確實有錯，但得饒人處且饒人，設身處地地想，這事若是妳做的，妳會希望我報官嗎？」

此話一出，王潤雪頓時心中一驚。

她怎麼覺得葉小玖好像知道了什麼？不可能啊，她為了確保萬無一失，還特地讓唐堯文寫信騙呂欣出去，好洗脫自己的嫌疑，按理說不可能會懷疑到她頭上的。

她抬頭看了葉小玖一眼，見她眼神純亮，對她笑得很是溫和，頓時打消了疑慮。「姑娘教訓得是，是我想得狹隘了。」

因為唐記四處宣傳把好多客人都搶走了，所以葉小玖這邊著實閒得慌，一早上連一個客人都沒有。

「玖兒。」沐婉兒帶著流雲進來，看著食樓的狀況，很是擔憂。「內鬼抓到了嗎？」

「嗯。」葉小玖點頭。「是呂欣。」

「呂欣？」沐婉兒詫異。「還真是沒看出來，平時那麼純善的人。」

「再純善的人，若是被情愛和金錢所迷惑，便會失去本心。」葉小玖感嘆。

「那現在怎麼辦？」沐婉兒皺眉。「妳好不容易開起來的食樓，總不能就這麼黃了吧？」

「當然不會。」葉小玖站起來看了看四周。「我已經想到反敗為勝的辦法了，這裡不宜說話，我們去樓上說。」

兩人上了樓，坐好剛倒了杯茶，就看見門外有一個黑影，這會兒陽光剛好照到這邊，所以那影子著實明顯。

葉小玖勾了勾唇，用很大的聲音與沐婉兒竊竊私語。

「啊，這能行嗎？明日便是端午節了，妳這個點子確定能扳回一局？」沐婉兒懷疑。

「那當然，這可是我家的祖傳秘方，要不是這次事出有因，我怎麼捨得拿出來？」葉小玖語帶惋惜，隨即又強硬道：「不過，若是能以此給唐記一記重拳，倒也不虧。」

看著門上的黑影消失，沐婉兒吐了吐舌頭。「那內鬼當真是她？」

「嗯。」葉小玖點頭。「我教金昭他們的是酸甜口味的，而她是甜的。從妳信裡的描述來看，是她沒錯了！」

所以她才會特意叫了呂欣過來，徵求她的意見後，和她一同演了一場戲。

總不能唐堯文壞事做盡，她卻毫無反擊吧？

「還真是沒想到啊……」沐婉兒不由得咂舌。「想當初分明是妳把她從青樓救出來的，她最後竟然恩將仇報！」

「比起唐家少奶奶的名號，我一個救命恩人算什麼？」葉小玖冷冷一笑。

其實從她第一次看見她那支瑪瑙簪子時就隱約覺得不對，這些日子她跟沐婉兒相處久了，對這些珠寶的價格心裡有數，她頭上的那支簪子，從成色到製作工藝，都絕對不是她能付得起的價格。

後來粽子訂單加急時她又總是請假，說她母親重病，需要她照顧。她原本沒有懷疑，可不巧的是，唐昔言給唐母去抓藥的時候，碰巧遇上了王母。

而後她便未再懷疑過其他人，委屈呂欣也是權衡之策，她私下也好好地道了歉。

「可問題是妳這法子行嗎？都是水果，混在一起能有多難吃？」沐婉兒還是不信。把香蕉和大棗混在一起，就能整到那唐堯文嗎？

提到這個葉小玖就樂，她用手攬著沐婉兒的肩頭，興奮地說：「妳若是懷疑，那便自己買了試試。」

又與沐婉兒逗笑了一番，葉小玖下樓，卻沒在後廚看見王潤雪。

「潤雪人呢？怎麼沒見她？」葉小玖明知故問。

「哦，她說她肚子不舒服要去瞧大夫，我尋思著反正現在無事，便允了。」楊師傅恭敬道：「姑娘找她可是有急事？」

「無事，我就隨便問問。」

第二十三章

「潤雪，妳簡直就是我的福星啊！」唐堯文抱著王潤雪，腦袋一個勁兒地往她脖子鑽，直惹得她格格笑。

「哎，我立了這麼大的功，你到底何時來我家提親呀？」王潤雪被逗得氣喘吁吁，但還是拿手抵著他的腦袋問。

唐堯文眼神暗了暗，隨即笑著一把將她抱了起來。「自然是妳我快樂過後了！」

不久，房裡便傳來女子低低的嬌吟哭喊聲，聽得門外一眾家丁都羞紅了臉，而那些面皮薄的婢女，則都躲到了後院。

此時唐府的後院，管家正指揮著人，將一筐一筐的香蕉和新鮮紅棗往廚房搬。

「于管家，少爺買這些貴死人的水果是要幹麼？」大廚房的掌廚看著一筐黃燦燦的香蕉，眉頭皺得緊緊的。少爺莫不是又要像上次一樣，拿這些香蕉去欺辱那些被他搶來的小書僮了？可這也不好使啊！

待所有的水果搬下來擺好，唐記食樓那個神廚的弟子萬旭便帶著三、四個幫工從後門走了進來。

「于管家，這香蕉與新鮮大棗當真能包粽子？」其中一人疑惑。

「這是少爺的吩咐，誰敢多問！」于管家低聲訓斥，隨即道：「少爺說了，棗子只須洗淨去核，與剁成塊的香蕉混著糯米包在一起即可，不須費多大心思。」

然後他又囑咐。「這香蕉矜貴著呢，你們小心點，可不能浪費了！」

看著于管家轉身就要走，萬旭急忙攔著他。「于管家，你還沒告訴我做這東西的比例呢！」

「越多越好。」他不耐煩地說，一個廚子，事事都要問他，著實沒用。

葉小玖一想到唐堯文吃了那香蕉大棗粽後，看見人生走馬燈的模樣就樂，激動得連覺都睡不著，卻不想第二日一大早，沐婉兒就帶來了一個超級大的好消息。

唐記食樓被人圍堵了，裡三層、外三層的，唐堯文的頭都被人打破了，那血是「嘩嘩」的流啊！

「哈哈哈，玖兒妳是沒聽見那些人怎麼說，他們問唐記是不是快要倒閉了？居然在粽子裡包屎！唐堯文在吃了粽子後那懷疑人生的模樣，簡直笑死我了。」沐婉兒笑得花枝亂顫，連帶著葉小玖都笑彎了眼。

她原本想著給唐堯文一個教訓，卻不想還有意外之喜。

這唐堯文東西做出來，居然都不嚐的嗎？雖然香蕉是外來貨，價格確實昂貴，但也用不著這麼吝嗇，連試吃都捨不得吧！

葉小玖哪裡知道，唐堯文不嘗不是因為吝嗇，而是精蟲上腦，根本就沒顧得上。因為唐記那邊出了事，葉小玖這邊的客人便多了，雖比不上之前，但比上不足、比下有餘，她對此還是滿意的。

此時，呂欣已經回來了，事情葉小玖已經和大家解釋過了，是誤會一場，之前的事都是在做戲，也當著大家的面向呂欣真誠的道歉。

王潤雪早上沒來上工，直到中午才來。

「葉小玖，妳這個毒婦，妳不得好死！」她一進來就掀了桌子，對著在櫃檯和唐昔言一起算帳的葉小玖怒目而視，惡語相向。

葉小玖看向她，就見她那原本白嫩圓潤的臉上紅一塊、青一塊，眼角附近還破了皮，明顯是被人打了。

「妳這是被他打了？」葉小玖驚訝，這該有多不重視她，才能下這樣的毒手。

「妳還說！都是妳這個毒婦！」王潤雪氣急。原本她還躺在鋪著細軟的大床上，作著她唐家少奶奶的夢，卻硬生生地被人從床上掀了下來，未著寸縷的被人打，而且是當著那麼多家丁的面。

而這一切，都是葉小玖造成的。她眼中帶著憤恨，如同地獄來的惡鬼，惡狠狠地盯著葉小玖。「葉小玖，妳去死吧！」

櫃檯採用的是半圓式的設計，旁邊有個缺口用來進人，從王潤雪的那個角度很容易闖進來。葉小玖看見她手裡那把鋒利的短匕首在陽光下寒芒閃爍，而她眼裡那同歸於盡的決絕更讓人心驚。

葉小玖壓下恐懼，找準角度，趁她刺過來的同時一個飛腿，將她重重地踢翻在地。

客人已然被這變故嚇傻了，一個個站起來面面相覷，不知所措。反倒是金陽聽到動靜，從後廚出來眼疾手快地將試圖爬起來的王潤雪制伏，奪了她手中的匕首，並喚來金昭拿繩子來，將其綁了後押去了後院。

葉小玖看著店裡的客人，福身施禮道：「讓各位受驚了，今日的飯菜便免費送予大家，當是向諸位賠禮了，還望多多包涵！」

葉小玖這彬彬有禮的樣子倒是讓廳裡的人有些不好意思，一個個擺著手說沒關係。

讓店裡的小二好生招待，葉小玖領著唐昔言去了後院。

後院裡，王潤雪被五花大綁地綁在樹上，看見葉小玖進來了，她立刻怒目而視，彷彿下一秒就會衝上來咬斷她的脖子。

「妳似乎……很恨我？」葉小玖坐到一旁的石桌前，給自己和唐昔言各倒了一杯茶。

「為什麼？」

葉小玖不解，難道就因為她破壞了她作唐家少奶奶的美夢？

「妳裝什麼裝?!」王潤雪語氣極衝，眼中是對葉小玖的蔑視。「我為什麼恨妳，難道妳不知道嗎？呵！憑什麼都為農家女，妳是高高在上的老闆，而我只能是個廚子；妳可以每日穿金戴銀的結交世紳大賈，而我每日卻只能與食材打交道，一身臭汗味，連和客人多說幾句話，都要被姓楊的那個老不死訓斥。說到底，不過就是妳那張狐狸精的皮囊罷了！」

她眼帶譏笑地看著葉小玖。

「就為了這個，妳便背叛了我，背叛了食樓？」葉小玖反問。

「是又怎樣？人往高處走，水往低處流，妳既然不能給我想要的，那我便自己爭取！」王潤雪似乎還能看見，那日她取的藥被人撞到地上後，那個男人蹲下身，平視著她，對她笑意盈盈，溫聲相問的場景。

她忘不了那個男人對她的柔情密意，關懷備至。他說只要一家食樓倒閉，她成了功臣，他母親就會允許他娶她為妻。可是眼看著要成功了，那個男人卻對她怒目而視，拳腳相向，彷彿那些美好往昔沒有存在過一般。

造成這一切的罪魁禍首，就是她葉小玖！

「因為堂哥，妳就忘卻了玖姊姊對妳的照拂、忘了是她從老鴇的手裡把妳救下來的恩情了？」唐昔言氣急，眼中含淚，似乎不相信一個人竟可以忘恩負義到這種地步。

「恩情？哈哈哈哈哈！」此時的王潤雪已然癲狂，她笑著道：「恩情？不過是她假惺惺的憐憫罷了！她之所以救下我，還不是為了讓我給她做牛做馬？妳怎麼不想想這些日子，我為她賺了多少銀子？」

「沒有妳，這銀子食樓也賺得到，而且我相信，換了別人一定會比妳做得更好，至少人家不會忘恩負義，恩將仇報！」在葉小玖屋子裡午休的沐婉兒被外面的聲音吵醒，出門就聽見了那樣一番話，不由得嗆聲。「說到底，還是妳自己心胸狹窄、自私自利，妳但凡有一點人性，便不會絲毫不帶猶豫的背叛食樓；而妳但凡有半點腦子，妳便不該完全相信，以唐家的門第會娶一個農女為妻。」

「呵，這只是妳的臆想，堯文對我好著呢！」她再次將目光轉向葉小玖。「妳自詡聰明，可還不是被人玩弄於鼓掌之中？還不是將對妳忠心耿耿的呂欣趕走了？哈哈哈哈！」

「妳是在說我嗎？」就在此時，呂欣一襲素衣，戴著一家食樓特意訂做的圍裙，站在門口笑意盈盈的看著她。

王潤雪此時還有什麼不明白的，她看著葉小玖、看著呂欣，看著這院裡的每一個人，他們都在笑，笑她是個傻子。她頓時氣血上湧，眼前一黑，暈了過去。

唐家已然亂成了一鍋粥，唐堯文被官府的人帶走了，家裡的兩個老人一時承受不了自己最心疼的孫子惹上官司，雙雙翻著白眼暈過去。

唐府的下人打聽情況的打聽情況，請大夫的請大夫，著實亂得不行。

涼淮縣縣衙內，劉縣令坐在上首的公案邊，一臉嚴肅，而他頭頂上方那塊正大光明的牌匾，更是無形中給人一種壓力。

堂下，唐堯文跪在地上，另一邊是一個穿錦衣的女子，此時正哭得昏天暗地，撲倒在她丈夫的懷裡。而門外，大半個涼淮縣的人都站著看，嘰嘰喳喳的對此事發表看法。

「肅靜！」劉縣令一拍驚堂木，厲聲道：「堂下何人，所告何事？」

「稟大人，小人名叫何光，這是小人的妻子何吳氏。小人要狀告唐記食樓謀財害命，裝了毒藥在那粽子裡，可憐我那苦命的兒，才五歲剛過，吃了他家的粽子後上吐下瀉，險些丟了半條命。求大人垂憐，定要為小人做主啊！」何光一個頭磕在地上。

「唐堯文，你身為唐記食樓的少東家，何光所言，是否屬實？」

唐堯文昨晚被人打破了頭，又加上一晚上沒睡，這會兒腦袋瓜嗡嗡作響，但一聽劉縣令這麼說，他還是立刻反應過來，將全部的責任推到了廚師萬旭身上，說是自己看管不嚴，才讓下面的人鬧出了這種岔子。

萬旭被帶到堂上，那身體軟得就跟麵條一樣，一個勁兒地磕頭說自己冤枉，說他只是做出的東西難吃，並不是下毒。

斷案要求證據，既然他們說粽子無毒，劉縣令便命令後廚的人煮了兩個，端到了他們面前。

「既然你們說無毒，那便吃給我看。」

唐堯文看見這剝好的軟糯水滑的粽子，那臉一下就綠了。不由得想到昨日被眾人逼著吃了一個後，吐了大半夜的恐懼，心中很是抗拒，可他雖為涼淮縣的士紳，終是一介白衣，在縣令面前什麼也不是。最終，他只能皺著眉頭，吃了一口下去。

眾人看見他嚼得一臉生無可戀的樣子，然後身體搖擺不定，接著便暈倒在地。

瞬間眾人躁動，直呼粽子有毒。劉縣令喝斥眾人不許吵鬧，讓班房的人去請大夫來，經過大夫診斷，唐堯文只是疲勞過度，又受了刺激，一時受不住才暈了過去，並無大礙。

說完，他拿出一個小瓶在唐堯文鼻子前熏了熏。「大人，他已經醒了！」話畢，大夫便提著藥箱退了下去。

醒了的唐堯文艱難地睜著眼睛，渾身無力，只能如一條死狗一般躺在地上，氣若游絲。

劉縣令又問了些相關問題，喚了為何家兒子診病的大夫過堂應訊，將事情的來龍去脈了解了七七八八後，他一拍驚堂木準備判案，門外卻忽然響起了鳴冤鼓的聲音。

「何人擊鼓？帶上堂來！」他威聲道。

葉小玖和沐婉兒以及押著王潤雪的金陽一同進來，但因為有人群阻擋，沐婉兒搶先一步進來，跪在地上，指著吃了粽子痛苦不已的萬旭大聲道：「請大人為民女做主啊！此人欺世盜名，辱我師門，夥同我家廚師，盜我一家食樓菜品，壞我食樓名聲，著實可惡，還望大人為我做主啊！」

沐婉兒說完便一個頭磕在了地上，這可把縣令和在場的眾人弄糊塗了。

這沐小姐，哪時成了一家食樓的主人了？

唐堯文哪能不明白沐婉兒唱的是哪一齣戲啊？可他此時渾身無力，連說話都沒辦法，所以只能用眼神示意萬旭，告訴他此人並不是葉小玖，可這看在萬旭眼中卻成了另一種意思。

他急忙跪著向前走了幾步，忍著方才吃了粽子的噁心激動道：「葉小玖，妳血口噴人。大人，大人明查啊，這葉小玖當年偷師學藝，被趕下了山，現在又意圖毀我名聲，其心可誅，求大人明查啊！」

萬旭帶著哭腔那叫一個言辭懇切，可是在場的眾人卻在心中鄙視。連人家葉小玖都不認識，還說自己是華中神廚的關門弟子？著實可笑。不過這也確定，這萬旭之前說葉小玖偷師學藝的事，恐怕都是他編的。

唐堯文躺在地上，無奈地閉上了眼。完了，一切都完了！他當時為保計劃萬無一失，才特意去外地找了個人來冒充，想不到，最終卻栽在了這上面。

人群中，葉小玖聽著他們議論之前之事，勾起了一個好看的笑，然後帶著金陽走了出去。

「大人！」她跪倒在地喚了上首的劉縣令一聲，然後轉頭看向萬旭。「你說你是神廚的徒弟，可有證據？」

「我有沒有證據與妳何干？」萬旭瞪了葉小玖一眼，伸手指向沐婉兒。「大人，自古廚藝界以男子為首，甚少收女徒弟，這葉小玖身為女子，除了偷師學藝，哪來這一身好廚藝？」

萬旭此話一出，周遭又是一陣騷動。正主都在他面前了，還能認錯人，可見這人就是個騙子。

普通民眾都清楚的事，劉縣令又怎會不明白？

他一拍驚堂木，望著葉小玖道：「葉小玖，妳擊鼓鳴冤，是要狀告何人？」

「回大人，民女要狀告唐記酒樓夥同我家廚師王潤雪，偷竊我一家食樓菜品，賊人萬旭欺世盜名，辱我師門、壞我名聲！」

葉小玖一說話，萬旭才知道自己被人擺了一道，急忙回頭去看躺在地上的唐堯文，而後者眼裡的狠辣與對他的失望更讓他心驚。

他知道，這一次他徹底完了，就是不死在官差手裡，出去後唐堯文也不會放過他。

他一記狠戾的眼神甩向葉小玖，隨即起身朝她撲了過去。「妳這個賤人居然敢陰我！」

「阿玖！」

唐柒文一下馬車就趕去了食樓，聽妹妹說了最近發生的事，當聽說葉小玖在縣衙他就急忙往這邊趕，想不到一進來透過人群就看見了讓他心驚肉跳的一幕。

萬旭是抱著同歸於盡的心態向葉小玖撲去，想要掐死她，可奈何他跪的時間太長，雙腿麻木，速度慢了不少，很快就被反應迅速的衙役用殺威棒打倒在地，動彈不得。

看到葉小玖沒事，唐柒文不由得鬆了一口氣，可同時心裡又升起一股濃濃的自責。他身為男子，居然在關鍵時刻無法保護自己心愛的女子，他恨這種無力感。

聽見熟悉的聲音喚著她的名字，葉小玖回頭就看見唐柒文站在人群裡看著她，高大帥氣的樣子很是亮眼。原本面無表情的她頓時鼻子一酸，忽然覺得委屈極了。但她還是強忍著眼淚，看向劉縣令。

「求大人給民女以及一家食樓一個公道！」

第二十四章

唐柒文從人群中走出來，雙手合於胸前朝劉縣令施禮道：「學生唐柒文見過大人。」

「唐柒文，你怎麼來了？」劉縣令對他不陌生，畢竟他是涼淮縣最有才華的秀才，又是閻老先生嘴裡的棟梁之才。

「學生作為一家食樓的另一東家，食樓出事豈有不管之理？不知大人可否給學生一方墨寶，容學生寫些東西。」

「來人，賜座，筆墨伺候。」

唐柒文道過謝後從容入座，執筆在紙上寫著，周圍悄然無聲。

躺在地上的唐堯文看著唐柒文如此受縣令敬重，兩隻手死死地揪著衣服，羞憤至極。他一直以為自從唐柒文被唐家趕出去後，他和唐柒文二人已是雲泥之別，可今天，他才體會了真正的雲泥之別。

他站著，他跪著；他坐著，他躺著。

唐柒文，你別太得意！

他眼中的狠毒，讓一直盯著他看的萬旭不禁打了個寒顫。

唐柒文要紙筆只是寫了一張訴狀，狀告唐堯文以及唐記食樓的種種惡行，雖大多與葉小玖所說一致，但言辭懇切，用詞精煉，讓劉縣令大為驚嘆。

因為唐堯文不能說話，劉縣令便尋來了唐記酒樓的二把手王掌櫃問話。王掌櫃在唐記酒樓這麼多年，自然是明白自己少東家的性子。所以他便滿口否認唐記與王潤雪勾結，只說王潤雪是與萬旭狼狽為奸、招搖撞騙，他們也是受了人家的哄騙，並不知情。

葉小玖原以為事情到了這個地步，王潤雪應該也看清楚了唐家人虛與委蛇的德行，肯定會將真相說出。可她終是小看了王潤雪對唐堯文的信任與情意。

王潤雪捨不得唐堯文坐牢，當她進公堂看見唐堯文躺在地上一動不動就心痛欲死，她相信唐堯文對她是有情的，會打她只是因為一時太生氣了。她也相信如果她坐了牢，唐堯文肯定會救她出去。所以這會兒她一口咬定所有的事都是她和萬旭做的，與唐家無關。

萬旭深知唐堯文的狠毒，若是他否認，那他的命、他父母妻兒的命……

最終，他只能擔下了所有的罪責。

劉縣令雖知道這其中有貓膩，可二人咬死事情乃他們所為，他身為父母官總不能當著這麼多人的面，逼著他們指認唐家有罪，最終只能按大鄴律法對他們判刑。

大鄴朝極其注重禮法，欺世盜名乃是大罪，劉縣令便判了萬旭流放之刑，而王潤雪身為廚師洩漏食樓機密，打二十大棍，判囚刑兩年。至於唐家識人不清險些釀成大禍，責令他向此次因粽子受難的人家予以賠償。

葉小玖本以為此次能扳倒唐記酒樓，卻不想最終出了這樣的變數，讓她所有的努力都化為烏有，不過好在劉縣令特意寫了告示為葉小玖與一家食樓正了名，想必從明日起，食樓的生意又可恢復如往日，而唐記酒樓往後生意如何，還是個未知數。

四人出了縣衙，就聽見有人在喚唐柒文。

「唐兄，唐兄，我在這兒！」這會兒縣衙門口人多，楚雲青只得使勁揮著手，試圖讓唐柒文看見他。

「阿玖，這是我同窗楚雲青楚兄。」轉而他又向楚雲青介紹道：「這是沐家小姐沐婉兒，這是我向你說過的葉小玖。」

「沐小姐好，弟妹好！」楚雲青施禮。

眼前之人穿著白色書生袍，頭上一根白玉簪，五官端正的臉上有些嬰兒肥，咧著嘴看著她們笑得歡快。

楚雲青，大鄴朝的瑞王，當今皇上的弟弟，是個單純的吃貨。

葉小玖只顧著回憶書中的劇情，所以並未在意他對她的稱呼，只是笑著點了點頭，這可樂壞了一旁的唐柒文。

看阿玖不抗拒楚兄的稱呼，想必在她心裡是願意嫁給他的！

五個人走路回食樓，一路上，沐婉兒和楚雲青兩個人聊得很是投緣，聊詩詞、聊美食。

而楚雲青是個極幽默的人，逗得她哈哈大笑。相比之下，葉小玖的心情就不是那麼好了，一路上低著頭，一句話也不說，看得唐柒文很是擔心。

回到食樓，葉小玖直往自己房間衝，唐柒文也跟了上去，楚雲青看他們都往後院跑便也想跟去，卻被沐婉兒一把扯住了。

「人家兩人濃情密意，你跟上去幹麼？」

唐柒文跟著葉小玖進了屋，終是忍不住開口問道：「阿玖，妳……」

他話還沒說完，便被葉小玖一個回身緊緊抱住，腦袋埋在他的胸口，如同倦鳥歸林。感受到懷中人兒微微發顫的身子，唐柒文頓時心疼，雙手緊緊擁著她，下巴抵在她的頭頂，摸索著她的後腦安撫。

「好了，都過去了。」

葉小玖原本是一個堅強的人，來到這世界前，因為母親早亡，父親又忙於工作，所以很早她便開始自立。

這次的事雖不是小事，可她心裡卻沒有絲毫懼意，就連王潤雪拿刀刺向她的時候，她都沒有一絲害怕。

可這一切表象，在她看見唐柒文後全都破了功，只覺得心裡委屈。她一直告訴自己她應該堅強才不會被人看扁，可看見唐柒文的那一刻，她卻只想卸去所有的偽裝，因為她知道她可以在他面前放肆哭、放聲笑，他不會嘲笑只會心疼。

葉小玖沒想到自他們認識到現在不過半年，她對他的依賴居然已經到了這種地步。這讓她有些害怕，卻又甘之如飴。

感受著自己胸膛濕熱了一大片，唐柒文知道她定是哭了，大手輕撫著她的後背，他溫聲道：「對不起，是我來遲了，是我沒有保護好妳。」

楚雲青因為急著趕路，早上連早飯都沒吃，這會兒肚子餓得「咕嚕」直叫，看著唐昔言和沐婉兒都盯著他看，他很是不好意思地撓了撓頭。

唐昔言去後廚弄了幾個菜來，三人一邊吃一邊聊天，良久，唐柒文和葉小玖才回來。

「玖兒，妳沒事吧？」沐婉兒看葉小玖眼眶紅紅的忙迎了上去。

「沒事。」葉小玖搖了搖頭，讓店小二去後廚端了兩碗牛肉麵。

「你們怎麼現在回來了，書院休沐不是還有十多天嗎？」

「是唐兄擔心你們的情況，所以特意請了假回來的，先生也看出來他這幾天心思沒在讀書上，才允了假。」楚雲青見唐柒文只低著頭吃飯不出聲，便索性替他說了。

「那你呢？他是擔心食樓的情況，你是來幹麼的，你不是說你家不在華陽府嗎？」沐婉兒問。

聞言，楚雲青尷尬地笑了笑。「這不是因為書院這次沒有休沐，說一個月後直接放秋假，我怕在裡面悶出毛病來，所以便央著先生允我出來透透風嘛！」

這事葉小玖倒是認同，畢竟在原著裡，這瑞王就是個閒不住的，一輩子都追著美食跑，而他在書裡之所以和原男主邵遠不對付，也是因為一個廚娘的緣故。想必他現在去博雅書院讀書，也是因為博雅書院飯堂裡的飯，是舉世聞名的好吃。

今日是端午節，葉小玖早早地打烊，放了假讓食樓眾人回家與家人團聚，金昭和呂欣他們四人沒什麼親戚，葉小玖便讓他們留在食樓裡，想吃什麼就自己弄，不必與她客氣。

今日人多，此時時間也不早了，葉小玖便去菜市買了些蔬菜、海鮮、肉之類的食材，打算回去煮火鍋。之前她託胡立打了個鴛鴦鍋，現在總算是派上用場了。

唐母沒想到兒子現在會回來，著實驚喜了一番，二人聊了一會兒後，唐母便讓唐柒文帶著楚雲青先去休息，畢竟趕了一天的路了。

但因為明日中午便要啟程回書院，唐柒文此時哪裡肯放過和葉小玖相處的機會呢？忙推說自己不累，讓唐母歇著，由他去廚房幫忙，唐母作為過來人哪能不明白他的心思，只能笑著隨他去。

楚雲青出身皇家，雖不受重視，但從來沒有自己動手下過廚，再加上君子遠庖廚的思想，這會兒見平時在書院裡文質彬彬的唐柒文捲起袖子幫葉小玖打下手，驚得他眼珠子差點掉下來。

「走走走，我們去外面。」沐婉兒一手提著菜籃子，一手推著楚雲青往外走。

真是的，這麼大個人了，一點眼力都沒有，人家兩人郎情妾意，他杵在那兒跟個木頭似的幹麼？

因為沒有現成的火鍋湯底，葉小玖只能自己炒。原以為唐柒文在這裡只會打擾她，卻不想這傢伙極其聰敏，幾乎是葉小玖一抬眼他就能立刻將她需要的東西遞到她手上，那熟練的樣子著實讓她詫異。

「說，你是不是和誰一起下過廚？」葉小玖在鍋裡加了高湯燉煮，拿著勺子指著唐柒文故作凶狠地問。

這人的熟練程度著實令人懷疑，說不定之前在唐府的時候和哪個小丫鬟如此做過。

唐柒文挑眉，笑著拿過她手中的勺子，順著她的姿勢將嬌憨的人兒擁入懷中。「胡說，我們這是有情人心有靈犀。」

葉小玖之前抱唐柒文那是情之所至，這會兒在這開闊的廚房裡，倒是有了些女兒家的害羞，一張俏顏紅如蜜桃，那如同小扇子的鬈翹長睫隨著眨眼的動作時不時地扇動，看在唐柒文眼裡就如同一根羽毛在他心上一下一下的撩撥，讓他心癢難耐，心猿意馬。

「阿玖。」他聲音沙啞，十分艱難地喊了她一聲。

葉小玖從他懷中抬起頭，就對上了他那炙熱的眼神，那種滿心在她身上的癡情似乎能把她融化一般，讓她有些害怕，不由得想退出他溫暖的懷抱。

感受到懷中之人的掙扎，唐柒文卻將她擁得更緊，看著她那誘人至深的嬌嫩唇瓣，低頭在葉小玖耳邊呼著熱氣，搔動著葉小玖的心。

「阿玖，我想……」

「咚」一聲，唐昔言手中的菜盆掉到了地上，蔬菜滾了一地，有一顆南瓜還直接調皮的滾到了唐柒文腳邊，而唐昔言則是一臉震驚地看著他們。

二人之間那種旖旎氛圍瞬間消失無蹤，葉小玖一把推開唐柒文，裝作無事發生的樣子，捋了捋頭髮，轉身拿起放在灶臺上的勺子去弄她的湯底。

在門外聽見聲音的沐婉兒一拍腦門暗道自己粗心，連忙進來將掉在地上的蔬菜裝進盆裡，順便將臉蛋紅透了的唐昔言帶了出去，一邊走一邊還說：「你們繼續……繼續……」

廚房又恢復了平靜，葉小玖看了眼滿臉懊惱的唐柒文，笑著扯了扯他的袖子。「好了，你先出去。」

唐柒文看了葉小玖一眼，然後低頭，一腳將腳邊那顆無辜的南瓜踢得老遠。

看著他如同小孩子一般鬧脾氣，葉小玖失笑，踮起腳尖在他唇邊親了親，還順帶著揉了揉他的臉頰，然後推搡著轉陰為晴、滿臉傻笑的人出了門。

楚雲青雖不算吃遍天下美食，可也算是個美食老饕。在他看來，葉小玖這種把所有的蔬菜、肉放在一個鍋裡直接煮的火鍋，其實完全就是一鍋洗菜水，毫無滋味可言，可不想吃了第一口，他就轉了態度，還直說要葉小玖開個火鍋店。

辣椒這一食材早在數月前就已經傳到了越州，其後便出現在博雅書院的飯堂。在他看來，這乾辣椒在菜裡除了起個點綴作用，那辣味對他來說著實不怎麼樣。

可葉小玖這一鍋湯底乃是用好幾種辣椒剁碎炒的，又放了今年的青花椒和足量的大料，加了高湯熬製而成，那味道自是麻辣鮮香，熱辣十足。

按照她說的將片得極薄的牛肉片在紅湯裡上下擺弄幾下，牛肉口感滑嫩，汁水飽滿，再蘸上葉小玖特製的油碟，麻辣的口感在舌尖迸發，隨之而來的就是鮮，高湯的鮮再加上牛肉的鮮，著實讓人恨不得連舌頭一塊兒嚥下去。

「嗯……好吃……」楚雲青嘴裡塞得滿滿的，還一個勁兒拿著公筷涮菜，那深怕下手慢了就沒了的樣子逗笑了桌上的人。

為了照顧眾人的口味，葉小玖特意做了鴛鴦鍋，可她發現無論是唐家母子還是楚雲青、沐婉兒都只喜歡麻辣鍋，清湯鍋是碰都不碰。用他們的話來說就是麻辣的吃著過癮痛快，再配上她特製的冰鎮青梅果酒，著實是夏日一大樂事。

唐昔言因為今天撞到了葉小玖與唐柒文的親密場景，所以她吃著火鍋，眼睛卻總在葉小玖和唐柒文二人身上滴溜轉，直看得葉小玖臉頰發紅。

唐柒文一直關注著葉小玖，哪能看不出發生了什麼事？可他身為當事人之一，座位離唐昔言又遠，著實有些鞭長莫及，最後還是唐母看不過去女兒那樣子，提著她的後頸領子低聲讓她好好吃飯。

青梅酒味道酸甜，楚雲青第一次喝以為酒勁不大，於是貪杯多喝了點，這會兒臉上兩坨紅暈，一個勁兒地指著天空，非說上面有兩個月亮，還不許別人反駁，誰反駁他就哭，把沐婉兒笑得肚子疼，玩心大起地使勁逗他。

葉小玖也不管他們，看眾人都吃好了便和唐母他們一起收拾，然後和唐柒文合力攙著楚雲青去了書房。

幫楚雲青把鞋子脫了，唐柒文幫他擺好姿勢，蓋好被子剛想出去，卻被楚雲青一把揪住了衣袍。

「唐兄，我想和你一起睡。」他撇了撇嘴。「你不在，我害怕！」

什麼情況？他們在書院裡一直睡在一起？

唐柒文看著葉小玖瞪大的雙眼，無奈地嘆了口氣，然後扯著他的手腕道：「放手，不然明天你的灌湯包……」

一提到吃的，楚雲青頓時乖巧鬆了手，還抱著被子滾到了床裡側。

知道唐柒文和葉小玖兩人肯定還有話要說，沐婉兒早就跑得沒影，就連唐母她們都各自回房去了，唐柒文送葉小玖到月亮門那兒，然後很是不捨地看著眼前的佳人。

「那個……」葉小玖不知道該如何問出口。「你在書院和楚雲青睡在一起？」

「嗯。」唐柒文沒想到葉小玖會忽然問這個，心中雖不解原因但還是老實地點了點頭。「我和他同一個寢室。」

看著葉小玖聽完話後一張小臉皺巴巴的，又想起方才楚雲青說的話，唐柒文瞬間明白過來，抬手敲了葉小玖的腦袋。「妳這小腦袋都在想什麼？我和他是一個寢室兩張床。」

「放心吧，我的心和身都是妳的。」唐柒文真誠道。

「呿，誰稀罕！」

她眼睛泛著光亮卻嘴硬的樣子逗樂了唐柒文，他無奈地笑了笑，拿手刮了下葉小玖的鼻子。「妳呀！」

隔日，因為唐柒文他們中午就要趕去縣裡，葉小玖便把早飯、中飯合在一起，做了很豐盛的一大桌子早午餐。

楚雲青是真的不辜負他吃貨的設定，昨夜喝了酒還在床上呼呼大睡的人，硬是被葉小玖那一桌子美味佳餚的香味勾醒，草草漱洗完畢就坐在了飯桌上。那急吼吼的模樣，讓沐婉兒直呼他這輩子莫不是餓死鬼投胎。

楚雲青一點兒都不在乎這些調侃，在他心裡唯美食不可辜負。要不是葉小玖已經被唐柒文先下手為強了，他一定要娶她回去，讓她天天做好吃的。

第二十五章

因為早上時間充足，葉小玖便做了不少精緻的廣式點心，讓他們帶著路上吃。待唐柒文走後，葉小玖便把所有的心思再次投到了她的事業上。

最初種的辣椒已經開始了第二批的採摘，而且產量遠比第一批多，所以在留夠了食樓所需後，她便把剩下的辣椒留到成熟顏色變紅後，用來醃泡椒，做了辣椒醬。

「小玖啊，這辣椒蒸熟了！」田嬸子端著一籠屜冒著熱氣的辣椒，喜笑顏開地看著葉小玖。

自從這丫頭來了後，她家的日子過得是越來越好了，她家老大媳婦現在在街上擺攤賣雞蛋灌餅，一早上能有半兩銀子的收入，而那新開墾的荒地，辣椒長勢也挺好，想必將來也能有不錯的收入，現在村裡人，哪個不說這丫頭是個福娃？

「哦，麻煩妳拿到外間和嬸子一塊剁碎了拿進來。」葉小玖一邊炒底醬，一邊朝田嬸子說：「麻煩嬸子了！」

「不麻煩，不麻煩！」

將剁好的辣椒放入加了白醋和糖炒好的底醬裡，炒到辣椒醬黏稠時，葉小玖加了鹽盛出後又加入了切碎的蒜蓉。

用辣椒醬的餘溫將蒜蓉燜熟，這樣製成的醬才能蒜香濃郁。將辣椒醬裝進蒸好的罐子裡密封保存，葉小玖順手擀了手擀麵，用剩下的辣椒醬拌麵吃，香辣異常，酸甜開胃。

這次的風波過後，葉小玖的生意再次恢復如往昔，而唐記則是變得門可羅雀，一眼望去店裡的小二比客人還多。

「兒啊，這該怎麼辦？你倒是想想辦法啊！」唐靖急得直上火，這唐記酒樓是老祖宗留下來的基業，總不能就這樣毀在他的手裡吧！

「急什麼？」唐堯文喝著茶，眼睛卻盯著屋檐邊上那張巨大的蜘蛛網。看著蜘蛛一點一點地將網上那隻蒼蠅蠶食殆盡，他忽然笑了。

「唐記的情況只是暫時的，我們現在要做的，是要找一個好靠山，到時候，整個涼淮縣還不都任憑我們唐家橫著走？遑論一個唐記。」

經過這一次的事情他是看清楚了，手裡有再多的錢，都不如手裡有權，若是那個人做了他們唐家的靠山，那唐柒文連科舉都參加不了。

「兒啊，你說的可是上京城的邵大人？」唐靖遲疑了一會兒又道：「可邵大人上次已經明確地拒絕過我們了，沒有想合作的意思。」

「那是因為爹你不捨得給他他想要的東西。」唐堯文嘴角一勾。「只要滿足他的要求，他會願意的。」

「他要的可是唐家一半的家業啊！」唐靖心疼地說。

「爹。」唐堯文不贊同地看了他一眼。「捨不得孩子套不住狼。事成之後，等我們成了皇商，有了無上榮耀，那銀子還不是大把地來？」

他笑了笑，眼中露出一抹陰毒。「最主要的就是，到時他唐柒文，這輩子都只能被我踩在腳下！」

得知王潤雪坐牢後，王母來食樓鬧過幾回，撒潑打滾地說葉小玖害她女兒，要她給補償費。在多次勸說未果後，葉小玖便只能選擇報官，讓官府出面來解決此事。

她不是聖母，不會因為王母失了女兒就可憐她，白白地滿足她的獅子大開口。如同最初她選擇將王潤雪送官一樣，不會看在她年紀小又受人哄騙，就可以對她差點害食樓倒閉、自己名聲掃地，甚至想殺了自己的事既往不咎。既然她選擇了做這些事，就要承受後果。

不過聽說王母被官府的人帶去教育了一頓，出來後不知在何處聽說王潤雪與唐堯文有一腿，竟然又跑到了唐府門口鬧，一哭二罵三上吊的哭訴唐家為富不仁，害了她的女兒。

唐府的人可不似葉小玖那樣溫和好說話，唐府的當家主母劉茹慶正因為酒樓生意慘澹窩著一肚子火沒處發，王母這一鬧，剛好就成了發洩對象，不但被劉茹慶辱罵說她規矩不嚴，教出來個掃把星、窯姐兒胡亂勾搭男人，害了她家堯兒，最後被唐府的家丁打了個鼻青臉腫後扔到了巷子裡。

「玖兒妳是不知道，當時她們兩個潑婦對罵，口水亂飛，那場面有多精彩！」柳若凝笑得花枝亂顫，隨即看了看自己只剩下湯的碗，撒嬌賣萌的拉著葉小玖的袖子對她說：「我的好玖兒，妳給我再來一碗唄！」

「不行。」葉小玖義正辭嚴的拒絕。「這涼皮限量每人只賣一碗，妳已經破例吃了兩碗，不能再吃了。」

葉小玖搖著頭，一臉不容商量。

「那妳怎麼不多做一點啊？」柳若凝癟了癟嘴。「這大夏天的天這麼熱，許多人都食慾不振不想吃飯。妳這涼皮這麼好吃，清涼解暑又管飽，妳還不趁著這個機會多做點，好大賺一筆呀！」

柳若凝家裡是做生意的，從小耳濡目染也得了不少生意經，自然明白生意中需求這一要素。這夏天賣涼皮，肯定熱銷。

而且看著一家食樓人來客往，熙熙攘攘的樣子，哪個不是衝著這涼皮來的？她倒好，大好的機會不賺錢，反倒搞什麼限量。雖然這樣比較有利於價格優勢，可不限量不是也挺好的嗎？還能留住顧客。

「妳以為我不想多做點？」葉小玖給了她一個白眼。「妳是不知道這東西有多耗費時間，可麻煩了。」

俗話說，不當家不知茶米油鹽貴，不做涼皮就不知這其中步驟的複雜。

雖然王潤雪走後，她又從牙行那裡買來了兩個在廚藝方面有點造詣的人填補了空缺，可涼皮的製作工藝著實麻煩，耗費時間極長。

先不說將和好的軟硬適中的麵團在水裡一遍一遍洗出麵筋和麵漿需要時間，就是麵漿沈澱也至少需要差不多一個時辰左右，在這其間倒是可以把麵筋蒸了，可之後還需要將麵漿一勺一勺的放到特製平盤，鋪上薄薄一層，隔水蒸熟。這一套下來耗心又耗力，食樓的人白天要做菜，晚上實在沒有太多精力來弄這個。

「很複雜嗎？」柳若凝喝了一口甜絲絲的蜜桃茶，又道：「那妳為什麼不雇人來做？將複雜的步驟分成好幾份，找專人幾人負責一個步驟，這樣雖耗時依舊長，但總比食樓裡的廚子熬夜做這些來得要容易，而且拆開步驟，也不怕洩密。」

「對啊！」葉小玖眼睛一亮。這幾日起早貪黑的弄涼皮，熬得她是頭暈眼花的，都忘了流水線這件事。她完全可以像之前做泡芙那樣選擇雇人分工合作啊！正好荒地上種的第一批辣椒已經採摘完了，官府也介紹來客商全部收走了，村裡人現在正閒著，也有這個時間。

「是個好主意，就聽妳的！」

「那……」柳若凝眼中透露著狡黠。「我這好主意，值不值得再換妳一碗涼皮？」

看著她那如同貓兒般清明的眼睛巴巴地瞅著自己，葉小玖終是搖了搖頭，喚了在外間候著的人，再給柳若凝端一碗上來。

「記得多放黃瓜絲和胡蘿蔔絲，那個辣椒油也要來一大勺！」柳若凝扯著嗓子大喊。

「妳淑女一點，好歹是大家閨秀，稍微注意下形象行不！」葉小玖一個勁兒地搖頭。真是作孽啊，好好的溫婉淑女，怎麼跟著她變成這樣粗魯了，雖然只是在她面前這樣子，但她還是覺得罪孽深重。幸好沐婉兒因為外祖家有事跟著沐封去了潁州，不然這兩人一起鬧，還真是讓她頭大啊！

「不是妳說過，淑女又不能當飯吃嗎？」柳若凝用葉小玖的話反問她。

葉小玖無力反駁，帶壞人家的罪惡感更重了。

將涼皮拆了步驟教給村裡人做，做好再讓田小貴送去食樓，這一番下來著實省了葉小玖不少事。

昨日天氣突變，沒拿傘的葉小玖淋了點雨吹了風，今早起床後有些不舒服，她便沒去店裡，喝了唐母熬的藥後美美地睡了一覺，現在好了一點後她便起床走走。

「嬸子，妳這揚的是何時的麥子？」葉小玖一出門，就見唐母站在風口上，地下鋪著兩個大麻袋，上面放著一堆小麥，正趁著這會兒有點風，揚去裡面的麥秸和麥殼。

「去年的，去年沒來得及弄完便入了冬，現在正好有空閒，這風又好，倒是難得。」

葉小玖今日因為在家，便穿了她那一身淺綠色的薄衫，一襲長髮及腰，用一根紅寶石簪子半挽著，臉上略施薄黛，清麗的樣子讓唐母直點頭，大呼自己兒子眼光好，豔福不淺。

「妳走遠些，這東西灰大，別把妳的衣裳弄髒了！」

葉小玖站在旁邊看著唐母一次一次將麥子揚起，可這風時大時小，著實沒吹出去多少東西。

「嬸子，無論麥子還是稻米，都是用這個方法弄乾淨的嗎？」葉小玖問。

「嗯。」唐母點頭。「從秋收打場後一直要弄到冬日，有些人家是用簸箕，但是那東西一次裝不了多少東西，慢得很，不如這麼弄來得快。」

當然，唐母指的是風大的情況下。

葉小玖點了點頭，起身看前面那幾家人也是這樣，一時不再說話。

她記得之前去她那個鄉下的姑奶奶家，曾在她家見過一個破舊而且古老的風鼓機，就是用來去麥子、稻米裡面的雜質。她當時因為好奇還纏著她那個表哥問了許多東西，就是不知道現在能不能復刻出來。

「嬸子，村裡有沒有擅長做大型農具的人？」葉小玖蹲下身子，問唐母。

「有，村東頭的林大叔就是做木工活的，妳要打農具嗎？」唐母好奇，這丫頭怎麼啥都好像知道，之前聯繫村人種辣椒，現在還要打農具？

「妳那農具是做啥使的？」

「哦，就是想起來曾見過一個風鼓機，能把稻穀弄乾淨，不知道這東西村裡有沒有？」

「還有這好東西？」正好蹓躂路過的村長聽了，激動地朝這邊走來，兩眼發光地看著葉小玖，彷彿她是什麼稀世之寶。「玖丫頭，妳說的這東西是不是真的？」

村長的激動與興奮讓葉小玖有些不好意思，她頓了頓，然後道：「這個我只是見過，知道其中的原理，就是……不知道這東西該怎麼做。」

「這簡單，等唐家小子回來後，你們一起鑽研鑽研，準能成！」村長篤定，隨即轉頭問唐母。「大嫂，柒文那小子該回來了吧？」

「快了，多半就這幾日了！」唐母笑著說。

「柒文哥還會做這個？」葉小玖疑惑，原著裡不是說唐柒文會做的是木雕嗎？居然連農具都會？

唐母見葉小玖這樣子，笑著道：「柒文小時候不學好，吵著鬧著要學雕刻，他爹就幫他請了師傅。誰知這小子學東西還挺快，不到一年就將雕刻學了個七七八八，還順帶學了些木工活，偶爾能指導旁人兩句。」

葉小玖聞言，抿著唇笑了笑，心道這傢伙還真是長了個玲瓏心。

因為唐柒文還有五、六天的時間才能回來，而離秋收還差不多有半個多月，葉小玖也不著急，所以她只是畫了風鼓機的草圖，等著唐柒文回來一同研究。

正坐在寢室裡溫書的唐柒文忽然打了一個噴嚏，然後低頭看了看自己玉珮上的那顆「紅豆」，笑著道：「定是阿玖又想我了。」

在一旁奮筆疾書抄書的楚雲青聞言，狠狠地剜了他一眼。

一打噴嚏就說是葉小玖想他，上次受風得了風寒，也嘴硬是葉小玖太想他，要不是他及時發現，恐怕這人此時已經成了傻子了。

「唉，墜入情網的男人實在太可怕了！」他無奈地搖了搖頭，甩了甩痠痛的右手，可憐兮兮的開口。「唐兄，你就幫我抄一點吧！你把字寫醜一點，先生不會看出來的。」

上京城，邵府。

「夫君，方才來的那人是誰？」

邵遠的妻子文潔走進竹落居，看著一人滿臉喜悅的在家丁的帶領下出府，看那人的穿著與姿態，似乎不是朝堂之人，便很是不解地問邵遠。

「哦，是華陽府涼淮縣的一個商人。」邵遠看著桌子上那個精雕細琢的盒子，面無表情。

「商人，還是涼淮縣的？」文潔走到另一張太師椅上坐下。「夫君怎麼和商人有了來往，看那人不像是皇商的樣子。」

邵遠笑了笑，手指有一下、沒一下地敲擊著桌子。「是不是皇商有什麼打緊？不過是各取所需罷了。」

只是那人口中說的「葉小玖」這個名字，倒是讓他想起來一個故人。

見文潔又想發問，他突然起身，整了整衣服信步走出了大廳。「今日公事繁多，我就睡在那邊不回來了，妳吃過飯後早些歇息，不用等我了。」

看著自己的夫君頭也不回地出了門，文潔本來極好的心情忽然低落下來。「秀兒，妳說他是不是在外面有人了？」

「夫人說的哪裡話，老爺自與夫人成婚後，便一直與夫人琴瑟和鳴，夫妻恩愛。這麼多年從不留宿花街柳巷，怎會如夫人說的那般。」

秀兒抬眼偷偷看了一眼文潔那緩和的臉色，繼續道：「想必是老爺真的公事繁忙，所以才忽略了夫人。不過我聽張嬤嬤說，女人只有生了孩子才能拴住夫君的心。若是夫人能生個一男半女，老爺必定會時時看護著夫人，寸步不離。」

秀兒說完這話，等著文潔心情大好打賞，結果抬頭就看見她冷冷地盯著自己。

「妳這是在譏諷我這麼多年生不出孩子？」

涼涼的語氣讓秀兒不禁打了個寒顫，隨即立刻跪在地上，磕頭求饒。

「奴婢不敢，奴婢不敢啊！」

「呵，不敢？」文潔冷笑。「我看妳敢得很啊！綠袖，給我打這個不知天高地厚的小賤蹄子。」

「夫人。」綠袖一臉為難，秀兒與她一同長大，情同姊妹，她怎麼下得去手啊？

「怎麼，我的話妳都不聽了？」

「奴婢不敢。」說著綠袖便上前幾步，心中嘆了口氣，對著秀兒便是狠狠的一巴掌。

從上次夫人爬山傷了身子，大夫說夫人可能不易有孕後，夫人這性子便變得陰晴不定，時常因為一點小事就大發雷霆。秀兒也不知今日是怎麼了，哪壺不開提哪壺，這不是找罰嗎？

聽著秀兒的慘叫聲，文潔紅唇微揚，抿了一口祛火的清茶。

唐柒文在書院先生考校完後，便心急如焚地租了馬車連夜趕回俞竹村，回到家裡已經是大半夜了。想著葉小玖此時肯定是睡了，他便沒去打擾她，只等第二日給她一個驚喜。

葉小玖一早起床就看見唐柒文坐在她院子裡的石凳上，拿著一卷書看得認真，一襲白衣在清晨一塵不染，襯得俊朗的面容越發好看。

「你什麼時候回來的?!」她驚喜地問。

看著葉小玖那雞窩頭，唐柒文憋著笑，以手掩唇輕咳了聲道：「昨晚。」

「昨晚？那你怎麼不叫我？」她又看了唐柒文一眼道：「既然是昨晚回來的，怎麼不多睡一會兒，趕了大半天的路，你不累嗎？」

「有美人兮，見之不忘；一日不見兮，思之如狂。」

聽他將「我想妳了」四個字說得如此文藝風雅，葉小玖不由得笑了。

「大清早的油嘴滑舌！」

與唐柒文閒聊了幾句，答應去那邊吃早飯，葉小玖才端著洗臉盆進房。洗了臉坐在梳妝檯前，她剛想為自己捯飭一個美美的妝，結果從銅鏡裡看見一個頭髮炸毛成雞窩頭的女子滿臉紅光，笑咪咪地與自己對視。

葉小玖表情一僵。

她方才就是頂著這個邋遢樣，在心上人面前低言淺笑的？

——未完，待續，請看文創風962《炊妞巧手改運》2

2021年6月出版

藥香蜜醫

文創風 958～960

他教她熬的膏糖甘潤如蜜，甜得她想貪心，
願以兩世相思當藥引，換取與他廝守一生的解方……

偷心蜜方，醫有獨鍾／榛苓

和哥哥隨著母親二嫁到白米村康家，成天挨餓受欺不說，還差點被康家人毒死，
保住小命實在不容易，重生的秦念決定養好身子，替母親和哥哥出一口惡氣，
往後得吃好穿好、兜裡有錢不說，想在這種虎狼窩討生活，不立起來可是不行！
而醫好她的韓醫工與韓啟父子真是她的大恩人，尤其韓啟，更讓她惦念了兩世，
他教她習醫採藥，練武強身；康家人趁繼父不在欺負他們母子，也是他使計維護，
還拿出韓家的中藥秘方，指點她熬出甘甜潤肺的梨膏糖，讓她拿到鎮上賣了換錢。
除了親爹娘與哥哥，唯有韓啟能這般待她了，但她心裡埋著一個存了兩世的疑問——
這樣出眾的他，為何甘願蝸居山中不肯出村一步，連陪她去賣梨膏糖都不行呢？
前世她沒找到答案，但今生她不會再錯過他了，定要與他醫生醫世醫雙人，
憑他倆的本事，就算一生待在山裡又何妨，也能活出甜甜蜜蜜的好滋味來！

為流浪貓狗加油 和貓寶貝 狗寶貝

廝守終生(一定要終生喔！)的幸福機會

對人來說，貓寶貝狗寶貝只是生活的一部分，但妳（你）對牠們來說，卻是生活的全部，領養前請一定要考慮清楚——

▲ 溫馴喜人的鄰家妹妹 馬達

性　　別：女生
品　　種：米克斯
年　　紀：約1歲半
個　　性：活潑、愛撒嬌、極度親人（限女生）、愛乾淨、膽小
健康狀況：已結紮，已完成狂犬病、五合一、八合一、十合一等疫苗注射，有定時驅蚤和吃心絲蟲藥
目前住所：高雄市苓雅區（高師大和平校區狗舍）

本期資料來源：高師大愛護動物社FB

『馬達』的故事：

剛在燕巢山區發現馬達時，牠一看到人就瘋狂旋轉尾巴，彷彿用盡全身的力氣搖著，擺動的模樣像極了螺旋槳，因此幫牠取了「馬達」這個名字。

因為高師大位於市區，只要一丁點噪音就會被附近的住戶抗議，所以馬達在志工的訓練下，除了能適應在都市生活中不吵不鬧，並乖乖等待社團志工來帶牠去散步外，還學會等等、坐下、趴下、握手等小才藝來增加穩定性。

年紀小小的馬達兼具了成犬的穩定和幼犬的可愛，甚至會熱情的給予大抱抱跟甩飛機耳；看到跟牠親近的人去摸其他狗狗時，還會吃醋的湊過來爭寵；當大家要離開時還會跑到面前來，伸出狗掌擋住，再加上小怨婦般不想分離的眼神。這樣惹人憐愛的馬達，其實十分容易受驚嚇，可能是之前在山區時有過被男生欺負的關係，所以對於身材壯碩的男生，牠需要花費較多時間去相處，但熟悉後，就會像顆軟糖一樣黏著不放。

長得特別高大的牠，親人親狗，還有過跟幼稚園小朋友相處的經驗。牠很聰明，也很傻，會在您心情不好時，溫柔的用鼻子磨蹭著安慰您；在做錯事被罵時，又會垂下腦袋，緩慢的將身體挨近您賣乖，至於哪個反應是聰明，哪個是傻，就交給各位親身體驗評斷吧！不論上高師大愛護動物社FB私訊，或是撥打0908172780找王小姐，都是您與馬達認識的好方法，Let's Go！

認養資格：

1. 適合力氣比較大的認養人，至少每天需空出1小時帶馬達散步，且當有男生想摸牠時，請注意不要讓馬達被嚇到。
2. 請當成家人一樣愛護牠，謝絕放養或當成顧農地/看門之類的工作犬。
3. 須同意簽愛心認養切結書。
4. 須同意送養人日後之追蹤探訪，對待馬達不離不棄。

來信請說明：

a. 個人基本資料：姓名、性別、年齡、家庭狀況、職業與經濟來源等。
b. 想認養馬達的理由。
c. 過去養寵物的經驗，及簡介一下您的飼養環境。
d. 若未來有結婚、懷孕、出國或搬家等計劃，將如何安置馬達？

狗屋 ▶ 2021 週年慶

享樂，讀書的好時光

快樂．樂讀

6/1(8:30)~6/11(23:59)

新書75折

文創風 958-960 榛苓《藥香蜜醫》全三冊

文創風 961-963 白折枝《炊妞巧手改運》全三冊

好康、經典 都在這

75折 文創風914~957

7折 文創風861~913

6折 文創風760~860

以下加蓋㊣

- 每本**99**元 ▸▸ 文創風640~759
- 每本**50**元 ▸▸ 文創風001~639、花蝶/采花/橘子說全系列（典心、樓雨晴除外）
- 單本**15**元，2本**25**元 ▸▸ Puppy301~526
- 每本**10**元，買**2**送**1** ▸▸ Puppy001~300、小情書全系列

榛苓

偷心蜜方，醫有獨鍾

6/1 (二) 上市

一同來尋找，誰是妳此生的甜蜜藥方呢？

他教她熬的膏糖甘潤如蜜，甜得她想貪心，
願以兩世相思當藥引，換取與他廝守一生的解方……

文創風 958-960《藥香蜜醫》全三冊

和哥哥隨著母親二嫁到白米村康家，成天挨餓受欺不說，還差點被康家人毒死，
保住小命實在太不容易，重生的秦念決定養好身子，替母親和哥哥出一口惡氣，
往後得吃好穿好、兜裡有錢不說，想在這種虎狼窩討生活，不立起來可是不行！
而醫好她的韓醫工與韓啟父子真是她的大恩人，尤其韓啟，更讓她惦念了兩世，
他教她習醫採藥，練武強身；康家人趁繼父不在欺負他們母子，也是他使計維護，
還拿出韓家的中藥秘方，指點她熬出甘甜潤肺的梨膏糖，讓她拿到鎮上賣了換錢。
除了親爹娘與哥哥，唯有韓啟能這般待她了，但她心裡埋著一個存了兩世的疑問——
這樣出眾的他，為何甘願蝸居山中不肯出村一步，連陪她去賣梨膏糖都不行呢？
前世她沒找到答案，但今生她不會再錯過他了，定要與他醫生醫世醫雙人，
憑他倆的本事，就算一生待在山裡又何妨，也能活出甜甜蜜蜜的好滋味來！

白折枝

炊煙裊裊，純情萌動

6/8(二)上市

收服古代男神，做道專屬我的盤中飧！

身為一名廚子，注重色香味俱全，
既然色字排第一……
有點重「色」輕友也是正常的吧？

文創風 961-963 《炊妞巧手改運》 全三冊

人都離不開吃，做吃的生意，絕對不愁銷路。
葉小玫來到此處，不願依循原身追尋「愛情」致死的命運，
而是停下腳步、挽起袖子，打算依靠她一手廚藝闖出一片天。
不過單打獨鬥並非明智之舉，所幸她很快找到能信任的對象，
與這故事中的倒楣鬼男神——唐柒文一家合作，
只要避開狼心狗肺的「男主」，想必她與他的命運都能改變！
從大清早擺攤賣早點開始，日子樸實而忙碌，
雖說生活不如現代便利，可勝在踏實，還有斯文美男養眼。
這古代男神彬彬有禮、溫潤如玉的氣質，與現代人就是不同，
幫她取下髮絲間不小心沾上的柴草，也要先來一句「得罪了」。
可是，把東西取下後，他居然就跟見鬼一樣地轉身就走了！
她摸了摸頭頂……嗚嗚嗚，昨天沒洗頭，把男神嚇跑了怎麼辦？
原身本該有的情緣，不會被她的油頭給毀了吧？

感謝有妳，我的朋友 My Friend

謝謝大家對狗屋的愛與支持，好禮大放送就是要給您滿載而歸！

活動1 ▸ 狗屋2021年問卷調查活動

抽獎辦法　活動期間內，請至 狗屋天地 或是掃描下方QR Code，皆可參加問卷活動。加入狗屋會員者，還有好禮抽獎等著您。

得獎公佈　6/30(三)於 狗屋天地 公佈得獎名單

我是QR Code

獎項
- 20名　紅利金 100元
- 2名　《藥香蜜醫》全三冊
- 2名　《炊妞巧手改運》全三冊

活動2 ▸ 購書獎很大

抽獎辦法　活動期間內，只要在官網購書並成功付款，系統會發e-mail給您，並附上抽獎專用之流水編號，買一本就送一組，買十本就能抽十次，不須拆單，買越多中獎機率越大。

得獎公佈　6/30(三)於狗屋官網公佈得獎名單

獎項
- 6名　紅利金 300元

週年慶 購書注意事項：

(1) 請於訂購後**三日內**完成付款，最後訂購於**2021/6/13**前完成付款才算有效訂單喔！
(2) 購書滿千元(含)以上免郵資。未滿千元部分：
郵資65元(2本以下郵資50元)／超商取貨70元(限7本以內)／宅配100元。
(3) 特賣書籍因出書時間較久，雖經擦拭、整理，仍有褪色或整飾痕跡，故難免不如新書亮麗。
除缺頁、倒裝外無法換書，因實在無書可換，但一定會優先提供書況較良好的書給大家。
若有個人原因需要換書，需自付來回郵資。
(4) 各書籍庫存不一，若遇缺書情形可選擇換書或退款。
(5) 歡迎海外讀者參與(郵資另計)，請上網訂購或是mail至love小姐信箱
(love@doghouse.com.tw)詢問相關訊息。

狗屋有權修改優惠活動的實施權益及辦法。

文創風 961

炊妞巧手改運 1

國家圖書館出版品預行編目資料

炊妞巧手改運 / 白折枝著. --
初版. -- 臺北市 : 狗屋出版社有限公司, 2021.06
冊 ; 公分. --（文創風 ; 961-963）
ISBN 978-986-509-218-4（第1冊 : 平裝）. --

857.7　　110007281

著作者	白折枝
編輯	林俐君
校對	沈毓萍
發行所	狗屋出版社有限公司
地址	台北市104中山區龍江路71巷15號1樓
電話	02-2776-5889～0
發行字號	局版台業字845號
法律顧問	蕭雄淋律師
總經銷	知遠文化事業有限公司
電話	02-2664-8800
初版	2021年6月
國際書碼	ISBN-13　978-986-509-218-4

本著作物由北京晉江原創網絡科技有限公司授權出版

定價260元

狗屋劃撥帳號：19001626

網址：love.doghouse.com.tw　E-mail：love@doghouse.com.tw